AU ROI DU GUET

ISBN : 2-7475-3189-9

Pierre ESPITALIE

AU ROI DU GUET

L'Harmattan
5-7, rue de l'École-Polytechnique
75005 Paris
FRANCE

L'Harmattan Hongrie
Hargita u. 3
1026 Budapest
HONGRIE

L'Harmattan Italia
Via Bava, 37
10214 Torino
ITALIE

I

AU ROI DU GUET

1

Mes rêves se délitent dans l'ultime sommeil du matin, instants doux et voluptueux encore épargnés par la conscience du réveil. La lumière naissante distille paresseusement sa réalité sur les dernières ombres de la nuit, respectant encore ces coins obscurs, intimes et familiers qui entourent les objets.

Le vent du nord se glisse insidieusement sous la porte et un filet d'air frais me titille les narines. Instinctivement je remonte le drap sous le menton.

L'angélus ! Le tonnerre des cloches me submerge brutalement d'une chape sonore assourdissante. Le supplice de tous les matins commence. Je tourne la tête sur le côté, une oreille enfouie dans une boule de drap, l'autre couverte par l'oreiller que je tiens appliqué à deux mains. Peine perdue. La maison n'est séparée de l'église que par une ruelle se terminant par un étroit passage fermé en hauteur par une corniche en encorbellement. Enfin les impacts sonores diminuent de fréquence. Georges doit être suspendu à la corde et se laisse tirer vers le haut pour ralentir le mouvement.

Un grand silence succède enfin à l'étourdissant tintamarre... Puis c'est l'intervention de la vieille horloge à balancier. Sept coups pour me préciser que Georges a bien sonné l'angélus à sept heures (au soleil). Peu après sept coups à nouveau car cette horloge répète. Elle le fera toutes les demi-heures et bien entendu toutes les heures à venir.

En clôture à la partition matinale, le coq de la maison ajoute sa note impertinente et sarcastique pour attirer mon attention, comme si c'était encore nécessaire, sur la fin définitive de mon repos nocturne. Un jour viendra où je lui décrocherai avec mon arc une flèche bien pointue dans son panache postérieur avec un plaisir sadique.

Bon, allons-y ! Je m'étire longuement, j'extrais péniblement mes fesses du fond du lit, je bascule mes jambes par dessus le montant latéral et je m'élance allègrement vers le sol. Ces vieux lits de campagne, il faut les escalader pour se coucher et en plonger au réveil.

J'ouvre la porte qui donne accès à l'escalier descendant vers le jardinet au fond duquel se trouvent les lieux d'aisance. C'est bien le vent du nord qui s'engouffre dans la ruelle et s'égare sous ma chemise de nuit. Je vais encore en perdre quelques gouttes avant de toucher le but.

"Avec le vent du nord, pas de pluie !" comme dit le grand père Auguste. Par contre si c'est l'ouest, les cascades d'eau descendant directement du toit, ruissellent sur les pierres meulières de l'escalier tellement polies par les générations de paysans qui y ont affûté faux et faucilles, que la descente se termine souvent sur les fesses. La grand mère Marie qui est la prévoyance même, place alors devant la porte le seau d'aisance émaillé, pour nous dissuader de toute tentative de sortie.

Marie n'a pas attendu l'angélus pour le lever. Au petit jour elle inspecte déjà méticuleusement les selles de tous les animaux de la basse-cour. De leur apparence dépend leur alimentation. De l'aspect semi-liquide strié de flammèches verdâtres dépend le menu du jour du canard : son et orties hachées, fraîchement cueillies. L'infortuné volatil ne retrouvera son maïs habituel qu'avec l'émission matinale d'une matière fécale jugée acceptable. Mêmes investigations pour les poules, les oies, les lapins, déterminant au jour le jour des menus variés où l'usage traditionnel des grains d'avoine de blé ou de maïs pour les emplumés et d'herbes diversifiées pour les lapins est toujours, pour Marie, l'objet d'une attention délicate avec l'association de brins de plantes médicinales ou aromatiques dont elle garde jalousement le secret.

Le cochon, lui, bénéficie d'une cuisine mitonnée à souhait. Dès le matin une énorme toupine en fonte pend au dessus de l'âtre, fixée à la crémaillère. Suivant la saison, patates douces, glands, châtaignes, exhalent des effluves odorantes où l'on devine les aromates subtils (toujours des petits secrets). J'ai souvent plongé la main dans la toupine pour en extraire, en me brûlant, une délicieuse patate douce que je laissais à peine refroidir avant de me délecter. A la saison des prunes nous allions même cueillir le dessert de l'animal. Autour du village les pruniers sont nombreux et deux paniers étaient vite remplis. Mais au prix d'une diarrhée mémorable car nous nous gavions sans retenue : une prune pour nous et deux dans le panier pour le cochon.

Fin brutale des pensées et réflexions sur l'alimentation animale. Marie est de retour pour s'occuper des humains.

A jeun, je dois ingurgiter un verre d'eau ferrugineuse qui doit, selon elle, me protéger de l'anémie jusqu'à la fin de mes jours.

Ce breuvage magique est le résultat d'une longue macération de clous à ferrer les bœufs dans l'eau de pluie recueillie sur le rebord du fenestrou dans une assiette creuse à chabrot. Le liquide rougeâtre, filtré dans un linge de fil doit être impérativement absorbé à jeun pour en tirer tout le bénéfice. Ne cherchant même pas à me poser le problème de l'opportunité d'une telle thérapeutique, j'avale sans sourciller… pour faire plaisir à la grand mère.

De toute façon, si j'étais en ville avec mes parents, je ne serais pas mieux loti puisque toujours à jeun j'aurais avalé une cuillerée à soupe d'huile de foie de morue.

Le supplice matinal terminé, Marie, qui n'ignore pas que

la potion anti-anémique provoque des renvois fétides, me prépare un petit déjeuner moins miraculeux peut-être mais combien plus agréable ; la traditionnelle "frotte à l'ail" : une énorme tranche de son pain de campagne dont la croûte épaisse est longuement frottée d'ail, salée et arrosée d'huile de noix.

Comme c'est le plein été, l'association du traitement anti-anémique et du petit déjeuner est particulièrement appréciable car le mélange gazeux subtil des renvois ferrugineux et alliacés maintient à bonne distance et pour quelques heures tout insecte volant et notamment les fameuses mouches à bœufs qui laissent parfois en paix les bœufs salers aux cornes majestueuses pour importuner nos petites personnes.

Comme chaque matin, le grand-père Auguste s'est occupé du cheval. Ce n'est pas le jour de marché à Gourdon et il n'attelle pas la carriole pour Marie. Il a déjà la musette à l'épaule avec son pain, son oignon, sa pincée de gros sel et son litre de vin. C'est par les voisins qui le voient passer que nous pouvons deviner où il va travailler.

Marie, Cayre a croisé Auguste qui descendait la carrière, il a tourné à droite vers le lac Del Pou.

Marie, le père Caudereille l'a vu passer ce matin devant chez lui, il doit être à sa vigne de Millières.

Personne ne se faisait de trop de soucis, il rentrerait ce soir pour se mettre à table et attendre le souper.

La grand-mère est allée couper de l'herbe pour les lapins, ensuite elle ira au jardin sarcler quelques mauvaises herbes et ramasser les légumes pour la soupe avec quelques prunes "reine-claude" pour le dessert.

Mon frère et moi allons rejoindre les copains. La bande habituelle est difficile à regrouper en semaine, mis à part dans la soirée où nous nous retrouvons tous sur la place.

Raymond et Antoine sont aux champs avec leur père, sans grand enthousiasme. "Quand nous serons plus grands nous partirons à Paris, comme les Roques." nous disent-ils souvent.

Laurent, Maurice et Jean sont eux aussi aux champs. Ici, c'est notre terre, nous y sommes nés et nous y resterons. Nous n'abandonnerons jamais la "propriété".

Les deux sœurs de Raymond doivent aller garder le troupeau de moutons. La plus jeune, c'est sur, montera à Paris, elle veut être postière. Yvette, elle, restera au pays. La fille de René Gaubert, l'oncle de Raymond est encore indécise mais elle est très attachée au village.

Ce sont les vacanciers parisiens qui, sans le vouloir, sèment le doute. Certains, comme les Roques reviennent périodiquement pour ne pas se faire oublier et leurs enfants, Pierre et Michel s'intègrent bien à notre bande même s'ils ont l'accent "pointu". Les autres, seules quelques vieilles grands-mères perdues dans leur antique maison de pierres entourée de granges en ruine, en parlent encore : "untel est au métro, une autre aux P.T.T, ou bien chez Citroën".

Il y a aussi le "Sénateur" pour qui la population entière a le plus grand respect. Pensez, c'est le seul qui au premier de l'an envoie les vœux sur une magnifique page à l'en-tête de l'illustre Institution. J'appris un jour de mon père qu'il y faisait carrière d'Huissier et qu'il portait dans ses fonctions un magnifique uniforme.

Robert et sa sœur qui était plus âgée que nous, habitaient Gourdon où ils étaient scolarisés. Mon frère et moi nous étions lycéens à Cahors où résidaient notre famille. Pour nous quatre, les grandes vacances et les petites vacances nous étions seuls avec les grands parents au village et tous les samedi de l'année, nous rejoignions avec nos parents la vieille maison familiale jusqu'au dimanche soir.

Le seul que personne n'appelle par son prénom c'est Grimal, le fils du maire. Comme il est toujours puni il fait rarement parti des éléments opérationnels de la bande ! Son père le qualifie "d'absolument insupportable", ce qui me laisse un peu perplexe compte tenu de mes capacités habituelles. Je crois surtout que son père est las de manger du poulet ou d'en faire cadeau à ses administrés nécessiteux. Il est vrai que depuis que nous avions initié Grimal au tir à l'arc sur poulet et compte tenu d'une adresse exceptionnelle à ce "sport", doublée d'une volonté farouche d'extermination de tout animal à plume, le père se devait en tant que notable respecté de racheter à ses électeurs toutes les victimes de sa progéniture.

Au final, pour cette journée, nous n'opérerons qu'avec Robert, élément particulièrement doué pour la mise en œuvre des farces qui constituaient une activité bien adaptée à nos esprits facétieux, imaginatifs toujours portés à la rigolade.

Puisque nous sommes en petit comité nous allons régler un contentieux avec Marthe.

Sur la place principale du village, une grande demeure relativement moderne porte sur toute sa façade une enseigne dont les caractères d'une taille démesurée ne laisse planer aucun doute de sa vocation : "Epicerie - Constant - Hôtel". Deux autres plaques émaillées précisent encore d'autres ressources offertes par la maison : "Poste rurale - Correspondant" et "Cabine téléphonique", sous lesquelles on trouve l'inévitable et unique boite à lettre du village. Une cour sépare l'hôtel de l'atelier du maréchal-ferrant, Roger, le mari de Marthe. Roger est aussi ferronnier et répare les charrues, il est aussi facteur et toutes ses activités contribuent de faire de lui l'homme indispensable, qui sait rendre service et qui sait tout faire.

Le domaine de Marthe c'est l'hôtel et l'épicerie. Depuis l'enfance nous la détestons. Dans ce pays où le marchandage est une institution séculaire, tant sur les marchés que dans les épiceries de village personne, au dire des anciens, n'avait jamais pu se vanter d'avoir gagné un centime aux dépends de Marthe, mais ajoutaient ils, avec un brin d'aigreur, personne n'avait jamais pu la prendre en défaut quand elle prélevait un centime à son bénéfice. En ce qui me concerne, je me revois enfant :

- "Pierrot, tu serais gentil si tu portais à Marianne Cofran ce paquet de riz qu'elle m'a demandé par son voisin."

Et au retour :

- "Qu'est ce que tu attends ?". Je n'osais pas dire un bonbon.

- "Madame Cofran ne t'a rien donné pour la commission ?".

Je repartais furieux car d'un naturel serviable, Marthe, n'avait jamais eu ce petit geste par lequel on se rend sympathique.

Avec Robert nous avions tout tenté. L'un entretenait la conversation, l'autre progressait insidieusement sur le comptoir vers le bocal à bonbons. En vain. Ce bocal était diabolique : gros, rond avec une ouverture étroite où même nos petites mains n'avaient aucune chance de pénétrer. Bien plus il était fermé avec un gros bouchon de liège, à l'épreuve de toute tentative d'effraction.

Parfois elle devinait la manœuvre et nous en chœur :

- "C'est combien les bonbons ?"

- "Un sou pièce."

- "Bien on va demander à nos grands mères et on revient."

Régler nos comptes avec Marthe nous avait toujours

posé l'épineux problème de ne rien faire qui puisse nuire à Roger son mari qui était si gentil avec nous comme avec tous les enfants en général.

En dissuadant les fournisseurs de l'épicerie de venir ravitailler le magasin, notre "vengeance" serait peut être efficace, du moins le pensions nous. Il y en avait deux, un pour l'épicerie, un pour les boissons, qui viennent de Gourdon. Ils arrêtent toujours le camion sur la place après avoir fait un demi tour pour se trouver dans le sens de la pente, ce qui leur permet de repartir plus facilement. Le Roi du Guet coiffe le sommet d'une colline et du nord comme du sud la route descend dur. Ils ont donc pris l'habitude de laisser le moteur démarrer tout seul dans la descente. Ce qui leur épargne la corvée de manivelle.

Aujourd'hui, c'est l'épicier en gros qui livre. La manœuvre m'apparaît délicate. En premier lieu j'élimine mon frère qui s'esclaffe déjà à ameuter toute la place. Sa mission sera aux dernières maisons de narguer le conducteur et de nous rendre compte de la réussite de l'opération. Il pourra rire tout son soûl et nous permettra d'agir dans le calme et la sérénité.

Au moment précis où le chauffeur ouvre sa portière, je l'entreprends avec grand sérieux sur la grande estime en laquelle la population rurale tient les personnes dévouées et courageuses qui participent à son ravitaillement. Mon discours semble même l'intéresser.

Derrière lui, par la portière entrouverte Robert pose délicatement les œufs au milieu du siège, là où la moleskine fait un petit creux avec l'usage. Suprême raffinement, ce sont des œufs dits à "couver" que le voisin avait mis de côté dans sa volière, ce qui le privera de poussins.

Le chauffeur bien tenu en haleine par mon discours grimpe enfin dans sa cabine sans me quitter des yeux et accède au siège fesses premières.

La porte à peine fermée je m'enfuis avec Robert. L'homme a-t-il un doute sur nos intentions ? Trop tard, le camion a déjà pris la pente. L'albumine doit diffuser lentement au travers du gros pantalon de travail. Enfin la secousse brutale du démarrage du moteur accélère rapidement le "processus infiltratif".

Nous le suivons de loin en courant. Nous croisons mon frère plié en deux par le rire au bord de la route. Des cris sont perceptibles dans le bruit du moteur et un poing tendu et menaçant s'agite en vain au-dessus du rétroviseur. De toute façon à présent nous voilà tranquilles. Lancé dans la descente, le chauffeur ne peut plus faire demi-tour.

Le compte rendu et les commentaires feront l'objet d'une soirée animée, après le souper, autour du banc de René Gaubert où la bande au complet se réunit tous les soirs pour la "veillée" avec les filles.

2

Au Roi du Guet il y a deux fours où tous les samedi matin on cuit le pain des familles du village : le four communal où officie “Binagre” (qui signifie vin aigre) et le four privé où le vieux Prunier qui est également cordonnier, bourrelier et sabotier, a le privilège de cuire, avec d’autres, le pain du curé.

Mais il y a aussi deux bancs où se réunissent les jeunes. Le banc des Lacarrière, dans la rue principale, adossé à un vieux mur de pierre sèches comme il en existe tant en Quercy et ombragé par un tilleul centenaire d’où émane à la floraison des fragances lénifiantes propres à tempérer notre exubérance. Madame Lacarrière tient une petite épicerie en sous sol qui n’a d’autre objet que de permettre aux “ennemis” de Marthe d’y faire quelques achats sans aller à Saint Projet ou à Gourdon. Une partie de cette grande maison doit être ancienne car une façade présente deux fenêtres aux linteaux couronnés d’arcs en accolade derrière lesquelles vivent en semi retraite, deux religieuses qui s’emploient à rendre de menus services sans inquiéter personne. L’égérie de ce banc est la fille aînée de madame Lacarrière, beaucoup plus âgée que nous tous, dont le corps sculptural qu’elle laisse évoquer l’été par des décolletés affolants et des jupes hélas longues mais heureusement translucides nous maintient dans une excitation permanente.

Le banc de René Gaubert, homme de gauche, comme il aime le proclamer, est bien entendu sur la place du village et face à l’arbre de liberté qui en occupe le centre.

Le soir, les premiers arrivés occupent le banc, les autres grimpent s’asseoir, jambes pendantes, sur le gros cylindre de pierres cerclé d’énormes anneaux de fer qui soutient la partie basse du vieux tronc. René est formel, planté à la révolution, aucuns des impacts de foudre du quinze août, n'a eu raison de lui. Le printemps et l'été son feuillage majestueux couvre d'une ombre bienfaisante une bonne moitié de la place du village.

Les filles arrivent enfin, une après l'autre, se détachant comme les feuilles d'automne du banc des "Lacarrière" où la prudence maternelle les ont installées. Elles viennent comme des papillons attirés par le feu, se mêler à notre joyeuse et bruyante assemblée, se libérant peu à peu des interdits familiaux.

De temps en temps, passent entre le banc et le vieil ormeau, des filles plus âgées par groupes de deux à trois, le regard dédaigneux, nous rappelant qu'elles nous trouvent encore un peu trop jeunes pour leurs ébats.

La farce de la journée, bien relatée, devant un auditoire attentif et connaisseur se modèle en une histoire drôle qui finira en exploit mémorable avant la fin de l'été.

C'est au cours de ces soirées animées et joyeuses que se confirment les affinités entre garçons et filles. Aucune alternative pour le pauvre Raymond solidement accroché par la "Mialette". Robert butine de bouche en bouche sans intention bien arrêtée. Laurent toise ces demoiselles comme un sultan devant son harem mais persiste à les faire attendre. Antoine qui a déjà la main leste ne provoque que des cris effarouchés mais flattés. Maurice le timide espère qu'il y en aura une qui prendra l'initiative. Jean solidement fixé au banc promène un regard amusé mais peu motivé sur toute cette agitation. Mon frère assure le service d'ordre, sans trop d'interventions, sur de petites disputes, rapidement calmées par quelques contractions de biceps que viennent apprécier les audacieuses par une palpation convaincante. Personnellement je ne peux approcher une fille plus de cinq minutes sans que mes sentiments s'enflamment et que je m'identifie à son chevalier servant au romantisme exacerbé. Au final je crois que je les aime bien toutes ce qui est une attitude inconfortable pour ne pas dire délicate. A la fin des grandes vacances je révélerai peut être le prénom de la préférée ce qui rassurera les copains et calmera les incertitudes de la grand mère Marie qui veut impérativement m'éviter de faire une "bêtise". En retour les filles me trouvent "mignon" et cette appréciation m'apparaît bien mièvre. Elle me rappelle trop la communale où les camarades m'appelaient la fille en raison de mon visage fin, perdu dans une immense chevelure qui retombait sur mes épaules en multiples bouclettes. On ne peut pas tout avoir : les biceps de mon frère, les mains lestes d'Antoine, l'assurance seigneuriale de Laurent, la malice de Robert.

Voilà Fernande qui s'approche. Elle a vraiment de beaux yeux.

- "Où vas-tu garder les moutons demain ?"

- "Au pré du bas, tu sais bien, après le cimetière, sous le chemin qui va à Laval."

- "Si tu veux bien je viendrai te faire un brin de causette."

Il se fait tard et la fraîcheur de la nuit tempère peu à peu les rires et les éclats de voix, les paupières clignotent. C'est l'heure d'apparition des mères et des grands-mères qui viennent chacune tenter de récupérer leur bien, non sans mal.

Le lendemain je descends tranquillement le chemin caillouteux qui mène au hameau de Laval que j'aperçois déjà de l'autre côté de la Combe des Dames. D'un côté la murette interrompue par l'entrée d'un champ ou un amoncellement de pierres le Cayrou. De l'autre le flanc abrupt qui plonge vers le fond de la Combe limité au bord du chemin par d'épais buissons ponctués de mûres déjà noirâtres ou de gratte-cul rouges vifs. Quelques grands noyers, accrochés à la pente, projettent au-dessus du chemin et de la murette de fortes branches porteuses de belles noix luisantes d'un vert encore intense. J'en ai déjà cinq ou six au fond d'une poche. Je m'arrête à chaque Cayrou. C'est une vieille habitude qui me permet presque à chaque fois de découvrir sur la blancheur de la pierre calcaire le dessin d'un coquillage ou le piqueté d'un oursin, révélateurs d'un fossile. Comme les poches ont une limite d'extensibilité j'en fais de petits tas signalisés par un croisillon de branchages pour les retrouver à l'occasion. Plus rares sont les bombes volcaniques, blocs de lave solidifiée témoignant de l'ancienne activité des volcans d'Auvergne proches dont nous observons parfaitement en hiver les sommets enneigés, des dernières maisons à l'est du village. Je les couvre de pierres plates et surmonte le tout d'un petit repère. Un jour où ils seront trop agaçants, j'y retournerai avec les "petits", ils veulent toujours venir jouer avec les "grands" et je les transformerai, pour avoir la paix, en chercheurs d'or !

C'est Monsieur Peron, mon professeur d'Histoire naturelle, qui m'avait révélé la composition de ces blocs de lave noirâtre. Cet homme aimable et distingué porteur d'une blouse blanche immaculée pendant son enseignement m'estimait, non pour mes résultats scolaires assez décevants mais pour mon cahier dont les dessins richement coloriés composaient, disait il une véritable œuvre d'art et aussi mon ardeur à alimenter son "laboratoire" en fossiles et pierres taillées. Ces pierres taillées il n'y en avait plus guère autour du Dolmen de Rigou. Tant de générations avaient gratté le sol avant moi. C'est donc après ses révélations que j'ai commencé à casser, avec bien des efforts ces bombes volcaniques, pour découvrir dans la cavité creuse qui en constitue le centre, cette poudre d'un jaune magnifique dans sa pureté, qui est en réalité du soufre. Imaginez la joie délirante des petits, enthousiasmés par la découverte de l'or et rentrant triomphalement à la maison chacun avec sa boite d'allumette remplie de la précieuse poudre.

A l'aboiement de son chien qui devait courir derrière une brebis, je repère bien le pré où m'attend Fernande. L'abrupt qui descend vers la Combe a déjà fait place à une pente plus douce. Face au Nord, l'herbe est toujours verte et l'ombre des noyers tempère la chaleur de cette après midi de juillet.

Le chien m'a senti arriver. Fernande se lève et je l'embrasse sur les deux joues.

Je m'assois près d'elle, mes noix d'un côté, mon carnet de dessin et mon crayon de l'autre. Le chien n'arrête pas de me renifler comme pour avoir l'intime conviction que c'est en ami que je me suis assis à côté de sa maîtresse. Celle ci est déjà partie dans un soliloque détaillé des derniers racontars du village.

- "Surtout ne le répète pas c'est un secret."

Le temps qu'elle en termine avec cette sempiternelle introduction (avec les filles elle semble toujours impérieuse et indispensable) et que nous passions à un entretien plus intime, je commence à dessiner le noyer au-dessus de nous à mi-pente.

- "Tu m'écoutes au moins ?"

- "Oui je t'écoute, en plus je vais faire pour toi un joli dessin."

Le carnet et le crayon ne me quittent jamais. Je vis avec depuis que mon ancien professeur de dessin, Monsieur Mazurier, au visage rubicond et à la longue barbe blanche m'en a inculqué l'intérêt. Il avait un enseignement peu orthodoxe mais combien attachant. Dès le printemps plus de cours dans la salle de dessin, la classe derrière le vieux maître sortait de l'établissement, descendait la rue Wilson, traversait le Pont Valentré et grimpait allègrement vers le Mont d'Angély qui domine la vallée du Lot et culmine sous la Croix-Magne. La vue magnifique sur Cahors, avec, au premier plan la rivière et le chef d'œuvre architectural du pont fortifié attisait (pour certains) l'inspiration artistique, supervisée par le vieux maître qui surgissait derrière chacun d'entre nous, le crayon rageur, pour corriger l'erreur de perspective impardonnable.

Avant cinq heures et après un rassemblement tumultueux et bruyant, la classe rentrait au Lycée pour être présente quand la cloche sonnait l'arrêt des cours.

Puis il y eut l'arrêt au Bistro du Pont au fond de la rue Wilson juste après le passage à niveau précédant la gare, avec le "goûter" pain, saucisson et le verre de vin rouge.

Et un jour la classe ne fut pas présente quand la cloche sonna à cinq heures. Nous rejoignîmes l'établissement beaucoup plus tard en franchissant éméchés et rubiconds la porte monumentale aux accents de la "digue du cul". Le vieux professeur pris une retraite "anticipée". Avant de nous quitter il nous parla encore une fois du carnet et du crayon grâce auxquels en promenade, en vacances, n'importe où, nous pourrions dessiner un arbre, un ruisseau, une maison et acquérir ainsi la maîtrise du dessin.

Il fut remplacé par Monsieur Pujol, homme très distingué, qui arriva la première fois en classe avec une statue de plâtre sous le bras représentant la Vénus de Milo. Un symbole qui inaugurait un enseignement d'un grand académisme. Je lui dois beaucoup et je regrette d'être l'auteur du surnom attaché pour des générations à sa personne :“Pintrou”.

-“Tu m’écoutes ?”

Fernande veut quelques réponses à son monologue. J’arrête de dessiner un moment. Elle est préoccupée par l’avenir.

-“Je veux partir à Paris, postière ça me plairait bien mais il faut passer un concours m’a dit Pierre Roques dont les parents, tu sais bien, ont quitté depuis longtemps le pays. Mais je reviendrai passer mes vacances ici et on pourra se revoir.”

-“On se reverra Fernande, comme on retrouve les frères Roques, les sœurs Gouloumés, les uns en août les autres en septembre et tous avec l’accent “pointu” et derrière les parents pressés de repartir comme s’ils ne se sentaient plus tout à fait chez eux.”

Devant nous les moutons s’égaillent sur la pente descendant vers le fond de la Combe où l’herbe est plus épaisse. Le chien tourne vers les plus éloignés pour les rabattre sur le troupeau. Sur l’autre versant les maisons de Laval coiffent la première crête, émergeant des bois de chêne. Plus loin vers la droite c’est Calès, à l’horizon les viaducs de Souillac. Le soir tombe, la vallée de la Dordogne commence à se dessiner dans le fond du décor par de petites traînées blanches qui en délimitent les contours. Nous les retrouverons demain matin plus denses et plus nettes. Si dans la matinée elles montent et se dissolvent sur les hauteurs c’est du beau temps si elles persistent dans la vallée c’est la pluie comme dit le grand-père Auguste.

Le soir obscurcit lentement la Combe. Nous retrouvons le chemin et la rocaille encore chaude du Causse. C’est l’heure où le soleil commence à disparaître dans l’horizon lointain. La tonalité grise du paysage parsemée des taches colorées clairsemées de la végétation s’illumine de violets éclatants, les genévriers se détachent dans un pourpre évanescent, les murettes sont dorées par le couchant et les cayrous scintillent de mille éclats de lumière d'ambre. Les couleurs semblent sortir de la terre pour enlever un instant la tristesse de la nature aride et consacrer la beauté majestueuse du Causse.

Nous rentrons au village avec la nuit qui estompe peu à peu cet enchantement. Les moutons et le chien sont déjà loin devant. Je prends la main de Fernande.

3

En ce mois de juillet 39, nous sentons confusément que l'inquiétude gagne nos parents et grands-parents. Nous avons le sentiment que nous sommes les seuls à vivre insouciants et joyeux et à profiter des vacances pour embrasser les filles et accrocher quelques farces mémorables à notre tableau de chasse.

Pourtant ce ne sont que des bruits de conversation vivement détournés dès que nous sommes présents comme si les grandes personnes s'étaient liguées pour se réserver un secret lourd d'inquiétude pour l'avenir. Le samedi soir si nous interrompons une partie de manille pour nous faire "payer" un sirop de grenadine que nous servait Roger, un silence succède soudain à des discussions animées de table en table. Mon père attablé avec Léonce Guitard et les deux Gaubert Georges et René était devenu de part les événements, que nous sentions obscurément se préparer, un informateur privilégié de part ses fonctions de commis de préfecture et tous les villageois espéraient le samedi soir des nouvelles de "l'homme de la préfecture" qui doit en savoir plus que ce qui est écrit dans la "Dépêche du Midi ". Je n'ai perçu que quelques bribes de ces informations - Mussolini a déclaré qu'il fera la guerre avec l'Allemagne dans une interview du sept juillet avec un ambassadeur anglais. De toute façon cela n'intéresse pas les copains.

Je garde la mauvaise nouvelle pour moi. Sur les murs de la grande chambre commune, au-dessus du grand lit de bois massif où couchent mes grands-parents, sur le mur grossièrement blanchi à la chaux, quatre cadres sont accrochés, alignés dans une sinistre parade. Ils représentent quatre de mes oncles, en uniformes, que je ne connaîtrai jamais. Sous le verre d'encadrement il y a pour chaque cadre une médaille.

La grand-mère Marie et le grand père Auguste ne nous ont jamais parlé de leurs fils. Ma mère toujours discrètement et sans insister :

- Ce sont vos oncles, ils sont morts à la guerre. Ils étaient cinq mais le dernier a disparu après l'armistice, il avait été gazé."

Depuis ma première enfance je vivais avec ces cadres quand j'étais au village. Le matin ils émergeaient lentement de la pénombre après que l'angélus ait interrompu notre sommeil, le soir le dernier regard était vers eux avec le dernier clignotement dans les paupières annonçant le sommeil tout proche.

Etrange atmosphère qui imprégnait cette grande chambre où tout le monde dormait sans jamais se rencontrer. Je pense que les grands parents attendaient que nous soyons endormis pour occuper leur lit et le matin au réveil nous étions à nouveau seuls mon frère et moi quand Georges et ses cloches nous réveillaient en sursaut.

Aujourd'hui c'est dimanche. La bande sera au complet et l'après midi se prêtera à toutes nos facéties. Par contre ce matin il me faut bien, résigné, aller à la messe épuiser une des six messes de punition que je devais au curé. Entre les heures de "colle" au lycée et les jours de "messe" au village je n'en finissais pas de payer mes dettes à des autorités qui n'appréciaient pas la gaudriole et les bonnes blagues. Il y avait un brin d'hypocrisie dans ces sanctions. Le surveillant qui m'attendait à l'étude :

- "Qu'est ce que tu as encore inventé ?"

Et après mes aveux contrits :

- "Elle est bonne, jamais personne ne l'avait encore faite !"

Et de rire. Et puis :

- "Il ne fallait pas se faire prendre !"

Par contre le curé, lui, n'avait pas ri, mais pas du tout.

Chanter au cours de la cérémonie, derrière l'harmonium ne suscite chez moi qu'un intérêt relatif. Par contre imaginer au travers de leurs longues robes les fesses des filles qui occupent devant nous le premier rang derrière l'instrument avait longtemps suffit à mon bonheur. En grandissant, l'obsession d'en voir plus tournait au fantasme. Mon imagination facétieuse finit par enfanter l'instrument simple et fonctionnel nécessaire à cette investigation périlleuse dans un lieu sacré.

Il s'agissait simplement de cinquante centimètres de fil de couturière à chaque bout duquel je fixais deux épingles doubles ouvertes pointes inversées.

Au milieu d'un "Alléluia" sonore, l'épingle du bas accrochait le revers de la jupe. Ensuite je montais très lentement l'arrière du vêtement jusqu'à la hauteur désirée. Il ne restait plus qu'à le fixer avec l'épingle du haut. Ainsi comme manœuvrant un rideau de théâtre je faisais apparaître à mes regards égrillards et à ceux de mes camarades qui n'en perdaient pas une miette, la culotte de la victime. Restait à baisser le rideau avant la fin de la messe.

Tout à une fin, hélas. Dimanche dernier un courant d'air insidieux dans cette nef déjà fraîche dut déclencher le fameux réflexe mictionnel qui impose un repli rapide vers un lieu d'aisance.

La fille quitta donc précipitamment l'église et le dispositif était resté en place. Elle prit l'allée centrale au moment où le curé terminant son office, bénissait d'un geste auguste l'assistance au milieu de laquelle, sacrilège, une jolie paire de fesses juvéniles au déhanchement provocateur, oscillait vers la sortie en toute innocence.

Le prêtre hésita entre l'excommunication tout à fait légitime et une paire de gifles. Personnellement j'étais en faveur de l'excommunication car ce prêtre, véritable hercule déguisé en ecclésiastique avait à la place des mains deux impressionnants battoirs de laveuse de linge. Chacune d'elles couvrait deux fois et plus la totalité de ma figure.

Finalement il sortit par la porte de la sacristie et pour se détendre il se mit à jongler d'une seule main avec un timon de charrue à atteler les bœufs que Georges laissait toujours traîner derrière l'Eglise.

Spectacle si insolite que quelques ouailles qui sortaient de l'Eglise se rassemblèrent pour admirer l'exploit.

Le timon me sauva. Mais je fus condamné à six messes de service à l'Eglise comme adjoint à l'enfant de chœur en titre ; qui ne me voyait pas arriver à ses côtés d'un bon œil.

Comme il avait raison.

4

Comme tous les jeunes, de tous les animaux de la ferme, notre préféré est de loin le lapin domestique. Nous nous étions souvent posé la question de l'aptitude de ce charmant animal à échapper à sa servitude. De l'avis général une expérimentation sérieuse était indispensable avant toute conclusion sur le sujet.

Cette opération fut tentée à la fin de juillet période favorable entre toutes. Tout le village est aux champs pour les moissons depuis l'aurore et ne restent de garde que quelques anciens impotents somnolant à l'ombre, sous la chaleur crue de ce milieu d'été.

Des le début de l'expérimentation une première conclusion s'impose : le lapin domestique n'est pas coopératif et semble nous considérer comme un élément perturbateur de sa sérénité apparente. La réprobation se remarque immédiatement par l'arrêt du mouvement saccadé et régulier de la lèvre supérieure et la mise en position verticale des deux oreilles.

La porte largement ouverte, le lapin ne sort pas. Il n'y a pas d'autre solution que de l'extraire avec ménagement et de le déposer sur le sol. Ainsi présenté à un espace de liberté il ne bouge pas et semble indifférent à toute invitation à se déplacer même appuyée d'une petite poussette sur l'arrière train.

Devant la lenteur de mise en œuvre de notre expérimentation, il devient indispensable de repartir tout l'effectif opérationnel disponible sur plusieurs lieux d'impacts avec deux opérateurs par ferme.

Au bout de deux heures d'un dur labeur il faut se rendre à l'évidence, le résultat n'est pas à la hauteur de nos ambitions.

Pourtant un nombre à présent très importants de sujets a quitté son lieu d'hébergement habituel.

Le séjour dans la cour des fermes ne semble pas les

satisfaire. Il y a ces poules, éternelles curieuses, qui tournent autour d'eux en piochant du bec quelques gravillons pour se donner une contenance. Et puis ces bruyants canards, toujours en bande, qui changent perpétuellement de direction sans raison apparente. Et puis ces grosses oies dont le ventre frôle le sol et qui n'inspirent pas confiance, elles sont d'humeur versatile et leur méchanceté légendaire ne semble pas usurpée.

Les chats étirés sur la plaque de la citerne ouvrent rarement un œil sournois, témoignant ainsi de leur mépris le plus total pour le spectacle.

Les quelques chiens qui n'ont pas suivi les moissonneurs tournent en rond, persuadés que malgré toute leur bonne volonté, un troupeau de moutons est plus facile à manœuvrer que quatre lapins.

C'est ainsi qu'au bout de trois ou quatre heures les lapins commencent discrètement à quitter ces lieux familiers pour trouver un peu de calme dans la rue principale et sur la place du village où par cette chaude après midi de juillet il ne se passait rien.

Jusqu'au soir où les hommes sont revenus, les chariots débordants de gerbes dorées, se dirigeant vers le lieu où allait être édifiée la gerbière. Magnifique mais instable et éphémère monument qui allait pendant quelques jours devenir le toboggan merveilleux des quelques courageux qui pouvaient grimper jusqu'au sommet.

En attendant l'édification prend quelque retard. Les chariots naviguent à l'estime sur une petite mer de lapins, les salers commencent à agiter les cornes d'un côté à l'autre, mauvais signe chez ces animaux peu enclins à supporter tout événement insolite se développant sous leur mufle.

Les lapins nullement impressionnés et aussi calmes que d'habitude continuent d'exprimer une certaine satisfaction avec le mouvement saccadé et régulier de leur lèvre supérieure, une oreille verticale, l'autre tombant sur le côté.

Comme c'est souvent le cas, c'est par les femmes que les choses prennent mauvaise tournure. Tout le monde sait que seul "Dieu peut reconnaître les siens". Quoique dans le cas précis il n'est pas question d'attenter à la vie de ces gentils animaux. Donc les femmes se mettent en tête de se livrer à une reconnaissance de leurs propres animaux dans un climat général de mauvaise foi qui nous fait peine à voir. Ce triage sombre rapidement dans l'anarchie. Les hommes s'en mêlent pour séparer les femmes dont l'agressivité monte dangereusement. Ce qui n'arrange pas les choses.

Il est vrai qu'ils sont fatigués par une longue journée de travail, ponctuée de petits casse-croûte certes, mais aussi compte tenu de la chaleur, largement arrosée par les deux bonbonnes de vin que chacun avait emporté pour lutter contre la déshydratation.

Pour ce qui nous concerne, lassés par ce désolant spectacle, nous avons jugé prudent d'opérer un repli opportun vers nos domiciles respectifs, dans la plus grande discrétion et avec l'air le plus innocent possible. Précautions superflues compte tenu de l'ambiance qui règne dans le village en cette fin d'après midi.

Le premier coup de fusil, heureusement vers les nuages, incite le maire à faire appel aux gendarmes de Payrac pour rétablir l'ordre.

Si le rétablissement de l'ordre nous laisse plutôt indifférents, la recherche de coupables, par contre, qui ne manquerait pas de suivre suscitait chez nous quelques inquiétudes.

L'évasion déjà très discutable dans son principe même de deux ou trois lapins, peut, à la rigueur, ne pas soulever un intérêt particulier pour les gendarmes. Mais quand plus de deux cent lapins occupent la place et la rue principale d'un village, l'enquête devient inévitable pour les représentants de l'ordre.

Réunion d'urgence de tous les intéressés à la maison pour exposer la situation à la grand mère Marie. Elle est déjà au courant.

C'est elle qui trouve la solution et donne les ordres en conséquence devant une troupe au garde à vous prête à tout, pour éviter des ennuis prévisibles.

Avec la même discrétion et le même air, le plus innocent possible, nous sommes retournés sur les lieux de notre forfait, en bons et gentils criminels que nous étions.

Là devant la population, le Maire et les gendarmes nous avons commencé à soulever de terre un à un et avec les plus grandes précautions, les lapins, et nous les avons déposé dans les cages restées ouvertes.

Devant ce spectacle où la solidarité des jeunes devant le malheur qui frappait la population paysanne, leurs regards plein de compassion pour les travailleurs de la terre lésés dans leur cheptel, leurs mimiques évocatrices témoignant de l'affection profonde qu'ils portent aux lapins, tout rentre miraculeusement dans l'ordre.

Au grand soulagement des gendarmes de Payrac qui certes en ont vu d'autres, mais certainement plus faciles à traiter que cette histoire de lapins.

Les intéressés eux, avaient retrouvé une cage et leur sérénité. Car c'est bien là la conclusion inattendue de cette expérience. Les propriétaires ont bien retrouvé un nombre égal de lapins à ceux qu'ils possédaient mais ce n'est sûrement pas les mêmes.

Par miracle sur deux cent lapins il n'y avait pas un seul albinos.

5

Tous les vendredis, en fin d'après midi, Marie prépare, dans la cave où se trouve son pétrin, la pâte pour la fournée du samedi matin d'où sortira les trois grandes miches de pain qui feront la semaine. Dans presque toutes les familles c'est encore la coutume et l'opération se fait partout dans la plus grande discrétion comme si chacune des femmes perpétuait un secret de fabrication.

La grand mère opère dans la cave, très légèrement en sous-sol, défendue par une énorme porte à deux battants, renforcée de ferrures antiques, parsemée de grosses têtes de clous rouillées et surmontée d'un linteau daté de 1642. A l'intérieur l'accès est constitué par une ancienne meule de moulin qui fait office d'escalier.

La plupart du temps c'est donc arc-boutés sur un des battants pour le maintenir entrouvert que mon frère et moi nous observons Marie. Dans cette cave immense et presque obscure la lumière apportée par l'ouverture de la porte, éclaire le travail ancestral avec la gestuelle qui semble rituelle des mains nues pétrissant lentement la pâte et révèle le mystère de l'équilibre quantitatif parfait du mélange de l'eau et de la farine. Et puis le secret ? Cette boule de levain aigre dissimulée dans une des nombreuses caches offertes par les grosses pierres du mur à peine jointoyées. Enfin la mise au repos de la pâte pour la nuit dans le pétrin enfariné, qu'elle couvre d'un linge immaculé.

La fournée du samedi matin donne au village un air de fête.

Les femmes portent la pâte au four dans des paniers de bois les unes au bras, la plupart sur la tête en assurant l'équilibre avec un petit rond de chiffon semblable à un chignon. Les plus grands enfants portent les paniers plus petits et moins lourds. Les plus petits suivent en une farandole joyeuse jusque sur la place.

C'est là que se trouvent les deux fours. Le communal dont le responsable est “Binagre” surnom patois signifiant vinaigre et qu'il doit tenir de son mauvais caractère disent les vieux. Le privé où officie le vieux Pugnier et où est cuit parmi d'autres le pain de monsieur le Curé. Ni l'un ni l'autre ne reçoit de salaire. Chaque famille utilisant le four doit une part de pâte à l'officiant qui a ainsi sa part de pain pour la semaine. En ce qui concerne le four privé Pugnier a de la même façon son pain personnel et puis les âmes pieuses donnent une petite part pour le Curé. Ce détail ne m'a pas échappé et l'idée du prélèvement avait fait son chemin.

Nous ne manquons jamais les fournées du Samedi. Il est vrai que nous avons été élevés dans le culte du pain tant à communale qu'en famille. Pour nous, jeter un morceau de pain était considéré comme un geste impardonnable.

Le bois pour chauffer le four est fourni par chaque famille à tour de rôle chaque semaine. Il fait l'objet de tous les soins par les intéressés tant sur la qualité que sur le séchage. Les critiques curieusement ne se portent jamais sur la pâte, sur le responsable du four, sur la cuisson elle-même mais toujours sur le bois.

Le four de Binagre chauffe lentement sans trop de fumée ce qui est bon signe. Nous prélevons en “Tapinois icelle” comme aurait dit Rabelais, un peu de pâte sur les paniers en attente. D'une main nous soulevons le linge protecteur et de l'autre nous plongeons dans la pâte pour en soutirer un peu. Puis nous la roulons dans les mains pour faire notre petit pain. Enfin il faut supplier Binagre qui a fait semblant de ne pas nous voir opérer et qui nous fait languir à souhait avant de nous les enfourner. J'ai l'impression que ce larcin collectif nous oblige à beaucoup de précautions pour rien et que tout le monde est au courant.

Ce qui ne nous empêche pas dès la sortie du four, d'essayer de manger le plus vite possible le petit pain brûlant pour “ne pas se faire prendre” au prix d'une langue écarlate et cartonnée pour toute l'après-midi.

Aucun secours à attendre de Marie. La langue brûlée par les petits pains comme aussi les diarrhées incoercibles après le chapardage des prunes, le ballonnement et le ventre distendu et douloureux après la curée sur les cerisiers n'ont aucune influence sur sa détermination. Il est, pour elle, parfaitement naturel de payer une mauvaise action.

Pourtant elle connaît beaucoup de recettes et c'est souvent qu'un voisin vient lui demander conseil. Elle détient il est vrai depuis des générations le secret du traitement des morsures de vipère ce qui lui permet de mettre relativement souvent son savoir en application dans un pays où ce serpent est en abondance. Toute personne mordue vient à la maison absorber la fameuse omelette. Mon frère et moi nous l'avons si souvent vue préparer qu'elle n'a plus aucun secret pour nous. La cervelle d'un lapin qu'elle sacrifie pour l'occasion est mélangée crue à des œufs brouillés qu'elle a préparés un peu avant et doit être avalée par le patient. La peur de mourir domine certainement le dégoût à absorber pareille thérapeutique. La grand mère nous explique chaque fois que le remède est seulement la cervelle crue mais qu'elle avait fini avec le temps par confectionner cette pseudo omelette pour en faciliter l'absorption.

Elle soigne aussi les brûlures avec des feuilles de géranium longtemps macérées dans un bocal contenant un liquide dont la composition est un secret ! On lui confie souvent les enfants qui tombent fréquemment face en avant, attirés par les braises de la cheminée. Je n'ai jamais remarqué aucune cicatrice sur le visage de ceux de mes camarades qui avaient été victimes de cet accident et qu'elle avait soigné.

Pour les affections banales elle est plus expéditive. Une angine à points blancs est éliminée en deux gargarismes irrésistibles. Elle prépare une décoction avec les petites fougères naines qui tapissent les vieilles pierres du puit abandonné du voisin. Un gargarisme de cette plante miraculeuse ratisse la gorge comme une sarclette sur les mauvaises herbes. Comme dit mon frère:

- "N'en fait pas trop sinon les amygdales vont venir avec les points blancs".

Il y a encore plus expéditif. Rentrant à la maison avec une plaie saignante d'un doigt, incident très fréquent quand nous coupons les branches de noisetier pour confectionner les arcs, nous avons toujours droit à ce conseil thérapeutique simple et rapide :

- "Vas derrière l'église et pisses sur ton doigt."

Au lycée je jette toujours un regard suffisant et condescendant sur les infortunés camarades porteurs d'une globuleuse "poupée" sur la dernière phalange de leur index.

Pourtant un jour, la grand mère dut faire appel au vieux docteur Constant de Payrac qui arriva au village sur sa carriole attelée à sa jolie jument baie. Si le vétérinaire, lui, monte au village calme et serein, le moindre éternuement d'une vache entraînant un appel d'urgence et une réception par une assemblée trémulante et angoissée, le médecin, lui, sait bien que si on le déplace c'est très sérieux.

En ce qui nous concerne nous n'en étions pas là. Quoique. Robert, Raymond, Jean, Laurent mon frère et moi nous avions perdu tout espoir d'en réchapper.

Le matin de cette funeste journée, aux aurores, nous

étions allés récolter, dans la Combe de Millières, un demi sac de ces escargots blancs qui, après l'orage, sortent par milliers des cayrous qui sont leurs repères favoris. Pierre un jeune "vacancier bordelais" de nouvelle venue et qui avait participé à l'expédition, nous incita, au retour, à en confier la cuisson à sa grand mère qui, à ses affirmations, était une spécialiste incontournable en gastéropodes. Echappant à la vigilante sagacité de Marie qui nous aurait évité le pire, nous avons tous, comme un seul homme, accepté cette alléchante invitation.

Les escargots passèrent du sac directement dans le four de la cuisinière de la mémé avec une telle quantité de bave que même fermée la porte laissait échapper des fusées de vapeur blanchâtre. Cette préparation culinaire d'une étonnante simplicité me laissait un tantinet perplexe. D'une part je pensais à mon père qui affirmait toujours sur un ton péremptoire, en rentrant de la pêche sur la Dordogne, qu'un poisson devait être consommé dès qu'il était pris, d'autre part une inquiétante réminiscence des propos d'une voisine qui entretenait ma mère de la nécessité d'un jeune prolongé avant de consommer des escargots, provoquait chez moi une méfiance imprévue.

Mais le coup de rouge "pour la poussière", le sourire rassurant et fier de la grand mère ouvrant la porte du four comme le prêtre la boîte à hosties, l'impatience de nos jeunes estomacs et la joyeuse ambiance générale nous fit attaquer sans faiblir une première fournée de gastéropodes.

Après une attente consécutive à sa cuisson, la deuxième fournée fut consommée plus laborieusement. La taille de la coquille était bien en rapport avec la grosseur de l'animal qui se trouvait à l'intérieur.

Malgré l'abondance de la matière première encore prisonnière du sac, la plupart des convives lourds et flatulents opérèrent alors un repli vers leurs domiciles respectifs pour une bonne sieste réparatrice. Personne n'a jamais démontré scientifiquement l'action du sommeil sur la digestion mais tout le monde sait qu'après un bon repas on pique du nez vers l'assiette si on persiste à rester à table.

Arrivés péniblement à la maison mon frère et moi nous traversons la salle le regard fixe et la démarche hésitante devant la grand mère médusée. Après un dernier effort d'escalade nous nous écroulons sur le même lit.

Une dernière pensée pour évoquer la phrase restée célèbre de mon camarade de lycée Panouze que j'avais convié aux dernières vacances pour déguster une toupine de haricots blancs au petit salé et à la tomate, une grande spécialité de Marie.

Il s'était levé de table avec un ventre énorme, avait descendu péniblement l'escalier de pierre et s'était étendu sur le dos les bras en croix sur l'herbe de la place.

- "Adieu les amis. Je digère ou je meurs."

Et bien, moi, cette fois-ci, je sentais réellement ma dernière heure arriver. A la sensation d'avoir un estomac énorme et distendu que les escargots refusaient obstinément de quitter soit vers le haut, soit vers le bas, s'ajoutaient d'affreuses nausées ponctuées de hoquet à la sonorité sinistre entretenant mon angoisse.

Entre temps un petit conseil de guerre réunissait mères et grands mères fort agitées et inquiètes car personne , même pas Marie, ne connaissait les conséquences de l'ingestion imbécile d'escargots frais en grande quantité. Ces dames firent donc appel au Docteur Constant, homme déjà âgé et à la longue expérience qui jouissait auprès de la population d'une confiance absolue.

J'étais dans un tel état que je ne me souviens que du mieux être soudain qui me permettait à nouveau d'envisager l'avenir avec optimisme et sérénité. Avant, comme dans un rêve, j'avais vaguement enregistré une histoire de piqûre, puis une bascule sur le bord du lit, tête à moitié engagée dans le seau d'aisance habituel où les gastéropodes finirent tristement leur destinée.

Au moment où le brave docteur me quittait pour poursuivre chez mes camarades, le traitement salvateur, je le rappelais brusquement.

- "N'oubliez pas la mémé Cofran, vite, elle est peut être morte pour de bon."

Une demi-heure plus tard, avant de regagner Payrac, il revient à la maison pour voir certainement si tout allait bien.

- "Jeune homme je suis allé voir la mémé, elle préparait une fournée d'escargots pour son goûter."

Je retombais sur l'oreiller, sans connaissance. C'est pourquoi j'eus droit à une seconde piqûre, de camphre, cette fois-ci pour que je revienne à moi.

6

Jeune, la demeure de mes grands-parents m'apparaissait obscure et triste aussi je la quittais au petit matin avec célérité et ne la retrouvais que pour les repas et bien entendu pour dormir. C'est il est vrai une bien curieuse maison. La partie la plus ancienne doit, comme l'église, avoir été édifiée pendant l'occupation anglaise et évoque un corps de garde fortifié. Au rez-de-chaussée une cave en sous sol dont les murs de pierre laissent apparaître dans leur épaisseur un grand nombre de niches et d'enfoncements formant réduits. Elle est si vaste qu'on y trouve le cellier où le grand-père dispose de tout le matériel nécessaire à l'élaboration de son vin, le chai avec les barriques alignées sur deux poutres monumentales, le bûcher avec la réserve de bois et le pétrin de la grand-mère. A la suite de la cave mais de plein pied l'écurie ou sommeille la jument mais qui a du autrefois abriter plusieurs chevaux comme en témoigne les vieux anneaux encore fixés au mur. A l'extrémité de l'écurie une ancienne claie de parc à bestiaux isole la carriole de la grand-mère. Au-dessus de cet ensemble l'étage d'habitation où l'on accède par un escalier de pierres meulières, entre deux murs d'échiffre, aboutissant à un modeste perron couvert d'un petit toit qu'on appelle ici “Lou boulet” protégé du soleil par une treille de vigne. On pénètre directement du perron dans la pièce principale très vaste qui est le lieu de vie de la famille. On y trouve l'immense cheminée au milieu de laquelle, en permanence, une grosse toupine de fonte est pendue à la crémaillère engluée de suie, deux grands bahuts de noyer massif, une pendule à balancier et une grande table de noyer avec deux bancs de même longueur de part et d'autre. Cette pièce baigne en permanence dans une semi-obscurité car elle n'est éclairée que par un “fenestrou”, ancienne meurtrière élargie à l'extérieur ou est encastré au bout de l'incroyable épaisseur du mur de pierre, un petit cadre de bois vitré.

Il faut monter sur un escabeau et s'étirer le plus possible pour en manœuvrer le crochet d'ouverture et de fermeture. A côté et sur la même façade la “souillarde” avec l'évier de pierre s'écoulant directement dans le petit jardin jouxtant la maison. Vu de l'extérieur de la demeure cet élément en saillie sur le mur évoque avec certitude un édicule moyenâgeux. Interprétation qui provoque l'ire de la grand-mère qui n'admet pas le rapprochement entre son évier à vaisselle et une pissotière. Pour moi je trouve l'évocation amusante puisque le dispositif permettait à un soldat anglais de tirer avec son arbalète par le “fenestrou” pendant qu'un autre ridiculisait l'ennemi en lui pissant dessus. De la salle commune on accède directement au palier ou s'étale le foin de la jument mais où la grand-mère étale aussi les pommes cueillies à l'automne sur un lit de paille pour les conserver ; l'ail, les oignons sont pendus aux poutres de la charpente.

Une marche d'accès sépare la salle principale de la chambre qui est aussi commune. Cette partie plus récente devait constituer antérieurement un autre logis, tel qu'en témoigne le linteau coiffant la porte d'entrée extérieure gravée en 1821 et son accès par un grand escalier de pierre bordé d'une rampe maçonnée. Un “fenestrou” aussi profond que celui de la salle commune s'ouvre vers le nord, rendant l'hiver la chambre glaciale

Accrochées aux poutres noircies de la salle commune, réunies par un plancher à peine jointoyé laissant apparaître la vieille charpente du toit, deux claies d'osier tressé dont le fond est tapissé de paille accueillent pour l'affinage les fameux Cabecous de chèvre. C'est la spécialité de Marie et la source, en partie, de ses revenus avec les volailles et les œufs qu'elle va vendre chaque semaine au marché de Goudron. Avec en plus, bien entendu à partir de décembre les canards gras et les foies.

Le Cabecou, ce délicieux petit palet rond s'affine donc tranquillement au-dessus de nos têtes. Quelques-uns ne sont jamais affinés car frais sortis des moules, la grand-mère nous prépare avec, pour le goûter, une large tartine ponctuée de quelques cerneaux de noix. Un délice.

Les jours de marché, aux aurores, Marie décroche ses deux claies et les recouvre d'un linge de fil immaculé. Puis elle charge aussi dans la carriole les fameux "pliés" réservés à une clientèle fidèle. Il y avait les cabecous dans la feuille de vigne, ceux dans la feuille de châtaignier et la cuvée spéciale les célèbres pliés dans la feuille de noyer et affinés en jarre de grès calcaire. Pour obtenir cette quintessence du cabecou dans cette dernière présentation la grand-mère avait évidemment un secret qui le rendait inimitable. Un jour nous l'avons surprise mon frère et moi en pleine préparation. Le cabecou déjà bien affiné sur claie était trempé dans l'eau de vie et copieusement poivré au moulin, avant son embaumement dans la feuille de noyer et son dépôt dans la jarre fermée par une petite planche de bois maintenue par une pierre.

Nous avons juré de ne divulguer ce secret à personne sur la tête de la moitié de la famille. Quelle étrange habitude de toujours prêter serment sur la voûte crânienne de quelqu'un de proche.

A l'ouverture de la feuille de noyer le cabecou est réduit à un dé à coudre de crème à l'odeur insupportable mais au goût, paraît-il, unique. Marie m'a toujours assuré que sa spécialité était exclusivement appréciée par des clients très savants ou très instruits : juges, enseignants, médecins, professeurs.

En ce qui me concerne, je ne dois pas être très savant puisque je n'apprécie que ma tartine de fromage frais aux noix ou un petit palet demi-affiné. Avec la soupe de Berthe aussi c'est l'enchantement gustatif et puis les deux font bon ménage. Nos maisons sont séparées par la sacristie et les arcs boutants de l'église et c'est en courant, le soir tombé, que je parcours le demi-cercle de la petite place en passant sous l'ormeau qui est au centre et le tilleul centenaire qui est côté Berthe. Depuis l'enfance j'avais baptisé cette spécialité la “soupe au lit”. Le matin au petit jour, à peine réveillée par un bol de café à la chicorée, elle la “trempe” dans une grande soupière de porcelaine : des couches de pain finement taillées au fond, puis le bouillon, enfin les légumes et les petites tranches de lard. Elle met le couvercle et installe, bien calée, la soupière au milieu de son lit encore chaud de la nuit puis elle couvre le tout des draps, de la couverture et d'une couette en duvet d'oie.

Le soir, à la nuit tombée, quand Georges et Raymond ont rentré les Salers, que Fernande ou Yvette ont mis les brebis à la bergerie, tout le monde entoure la grande table. Berthe alors sort cérémonieusement du lit la fameuse soupière qui le couvercle à peine soulevé exhale une odeur incomparable qui se répand rapidement dans toute la salle. Et chacun de tendre vers la patronne du lieu l'assiette creuse pour en avoir sa part.

Souvent tard dans la nuit, Marie vient récupérer le petit-fils au milieu d'une ambiance joyeuse où discussions animées, rires, bonnes histoires sont relancées par quelques verres de vin à la bonne franquette.

- “Tu te souviens quand nous remplacions Roger pour distribuer le colis de la poste. Il y a quelques années déjà.”

- “Je laisse à Robert la paternité de ce bon coup.”

Le matériel indispensable était un emballage en carton

et surtout celui qui contenant les biscuits à la cuillère Poult car il s'ouvrait des deux côtés haut et bas et se refermait par une languette qui se fixait dans une fente. La boîte était placée sur une feuille de papier kraft languette libre surtout. Elle était ensuite remplie d'une bouse de vache fraîchement émise de préférence, et lestée in finé par une pierre de bonne taille. On refermait la boîte, sans utiliser la languette (j'insiste mais c'est l'essentiel). Le tout était enveloppé dans la belle feuille de papier, puis ficelé. Personnellement je m'appliquais à la calligraphie de l'adresse de la victime et je ponctuais avec l'application d'un timbre usagé mais de bon aspect. Ce paquet était bien entendu adressé à une personne contre laquelle nous avions tous quelque rancœur.

Comme toujours la mise en œuvre de l'opération éliminait d'office mon frère qui commençait à rire une heure avant et ne se tenait plus pendant. Robert était tout désigné il ne riait qu'après et son sang-froid était très apprécié.

Il tapait à la porte avec assurance

- "Roger ne peut faire la tournée ce matin car il doit ferrer une paire de bœufs. C'est lui qui m'a demandé de vous porter ce paquet car c'est urgent. Il a dit que vous lui signeriez le papier demain."

Et la dame rassurée par ce discour lénifiant

- "Tu es gentil et je te remercie."

Elle regarde et soupèse le colis

- "C'est certainement de mon fils, tu sais, celui de Cahors, qui travaille à la conserverie de truffes, ou de ma fille qui est mariée à Brive et qui m'envoie souvent des confitures."

Elle s'éloignait vers l'armoire pour changer son tablier. Puis elle s'installait sur sa chaise, le paquet sur les cuisses. Religieusement elle défaisait la ficelle. Elle la récupérait ensuite avec trois ou quatre enroulements méticuleux et la plaçait délicatement sur le coin de la table.

Elle écartait le papier et remontait un peu le tout pour libérer le dessous. Geste fatal. La bouse convenablement lestée s'épanouissait sur le tablier et baignait la cuisine d'une odeur inoubliable.

La porte restée ouverte, Robert qui ne riait toujours pas, occupait fermement l'embrasure dans la gestuelle de celui qui attend une récompense pour service rendu.

Hélas derrière la porte surgissait mon frère qui avait échappé à notre vigilance, éclatant de son rire monumental et inépuisable.

La grand-mère ivre d'une légitime colère, prenait alors la bouse et son caillou à pleine main et la jetait avec force et hargne dans leur direction. C'était sans compter sur les réflexes de l'ami Robert qui rabattait brusquement la porte sur laquelle le projectile improvisé avait du, nous le supposions, s'écraser. Et c'était ensuite la classique retraite précipitée en remontant la rue du village avec au passage quelques regards inquiets.

- "Qu'est-ce qu'ils ont encore inventé ?"

Tout le monde connaît l'histoire mais on rit toujours autant, même les parents de Raymond, en connaisseurs.

- "Dans deux mois il y aura de nouvelles veillées, le samedi seulement, pour nous car dans quelques jours nous aurions retrouvé le lycée, Robert et sa sœur sont déjà repartis à Gourdon, les derniers "Parisiens" à l'accent déjà moins pointu font leurs bagages."

Dans deux mois commenceront les veillées du dénoisillage, en principe dès que le vin nouveau est prêt. Si ça se passe chez Berthe, le grand-père apporte deux litres de vin pour comparer à celui de Georges et Marie une dizaine de cabecous bien secs (le meilleur affinage pour apprécier la première cuvée de l'année). Chez nous, Georges apporte aussi le fruit de sa récente vinification et Berthe les châtaignes qu'on cuit sous la cendre. Les hommes tapent sur les noix avec tact et observent critiques notre façon de faire pour éviter d'écraser les cerneaux.

Chez les uns comme chez les autres, Auguste ne tape pas. Il s'installe "al Cantou" sur la salinière pour "surveiller" la cuisson des châtaignes sous la cendre, son verre de vin à côté de lui et sa pipe dont la cheminée heureusement pour nous aspire la malodorante fumée. Il oublie les noix mais pas le rouge.

Les hommes et les garçons tapent sur les noix, les femmes et les filles extraient les cerneaux avec délicatesse. Le cerneau entier témoigne de leur adresse, en deux partie c'est permis, en quatre ce sont les quolibets. De temps en temps la pause générale pour reprendre des forces = cabecou, pain, cerneau, la triade magique et son inséparable "cop de bi". Bien avant la fin de la soirée les jeunes sont rassemblés autour du même bout de table, le plus agité. Le travail perd de sa rigueur mais la joie et les rires montent en intensité. C'est parti pour les chansons gaillardes que je ramène périodiquement du lycée.

- "Tu n'as pas honte de leur apprendre ça !" dit la grand-mère qui simule la réprobation.

- "Et de notre temps, tu crois que nous ne chantions que la messe ?" lui rétorque Georges.

C'est en chantant que nous regagnons la maison entre les deux anciens, qui eux marchent droit et sans glorifier "les filles de la Rochelle".

7

La fin de la semaine annonce en principe la fin d'une relative liberté avec l'arrivée au village des parents qui montent de Cahors dans la “C4” Citroën que mon père a acheté d'occasion pour remplacer l'inusable “trèfle” dont le baquet arrière commençait à être un peu juste pour nous contenir mon frère et moi. Si l'après midi du Samedi est consacré à “aider” le Maire dans ses relations avec la Préfecture et le samedi soir à l'inévitable manille avec les hommes du village chez Roger, le dimanche est pour, mon père, la journée de la pêche “au coup” que nous devons partager avec lui.

Mais je suis seul à assumer cette collaboration car mon frère en est définitivement exempté pour incompétence foncière. Dès le début il avait, lui, analysé la situation avec perspicacité et décidé de saborder le dispositif pour se rendre odieux et se faire mettre sur la touche sans retour. Accrochage de fil dans les arbres, refus de décrocher les prises, rejet avec dégoût des poissons dans leur élément naturel, lancé de petits cailloux sur le bouchon, renversement de la boîte à asticots, désintéressement absolu devant les signes évidents de la touche, avaient eu raison de l'infinie patience de mon père.

Le samedi soir les “pêcheurs” préparent le coup par la fabrication des “boulettes”, appât constitué d'un mélange subtil de mie de pain, de farine de maïs et d'un peu d'eau avec le secret maison = trois gouttes d'anis sur chaque petite boule.

Le dimanche matin, ponctuellement, au premières lueurs de l'aube, départ pour la Dordogne par la route habituelle passant par Payrac et Lamothe-Fenelon, avant d'apercevoir la rivière encore couverte d'une petite brume, à Mareuil.

Nous tournons à gauche pour passer à côté de la chapelle Mareuil et sous le pont du chemin de fer où passe la ligne Paris-Toulouse. Peu après la C4 s'engage dans une prairie en cahotant sur une piste à peine tracée et nous arrivons enfin à l'emprunt, retenue d'eau, alimentée par la Dordogne formant un petit lac naturel, calme, profond et herbeux, convenant mieux à la pêche “au coup” que les courants rapides de la Dordogne dont les poissons accessibles à notre technique sont les barbeaux surnommés par le grand-père paternel “fagôt d'arêtes”.

Après une installation laborieuse, organisée et confortable nous jetons les premières boulettes d'appât qui descendent vers le fond avec une petite traînée lactescente signe indubitable de leur bonne tenue. Ensuite c'est le lancé précis de la ligne au plus près possible de l'emplacement de l'appât qui doit se déliter lentement au fond. Enfin il faut attendre dans la plus grande sérénité et le plus grand silence, tout mouvement révélateur de la plume d'oie obturée aux deux extrémités de minuscules bouchons de liège. C'est le temps de la méditation, reconnue depuis l'antiquité par les fervents de l'aspalieutique et favorisée au bord de l'emprunt par un calme lénifiant. La surface de l'eau n'est troublée que par les sautillements des anophéles sur les bulles d'air de l'extrémité de leurs pattes, jouant sur les taches colorées, reflets des feuillages de l'orme au pied duquel nous sommes installés. De temps en temps, à la limite des herbiers, c'est le salut brutal d'une carpe remontant de son habitat des profondeurs pour nous narguer en faisant sautiller nos bouchons dans les ondes excentriques émises par son ébat intempestif. Manifestation inutile car je n'ai aucune chance de capturer un tel poisson, même, si, par malice il s'empare de mon ver qui frétille à toucher le fond, compte tenu de la solidité de mon crin, “la tortue", c'est la carpe qui m'entraînerait à travers l'emprunt cramponné à ma ligne.

Nous sommes donc, dans l'obligation, de prendre deux poissons qui n'ont jamais eu mes faveurs, la petite perche arc en ciel localement appelée "Calicobar" et le silure communément nommé poisson-chat. Si le premier est d'un aspect sympathique de par ses belles couleurs il n'est guère agréable à consommer car sa chair n'est qu'arêtes. Le second avec sa grosse tête et son corps ridicule, son énorme gueule, est franchement antipathique et son enduit gluant ajoute encore à son contact déplaisant. Mais tous deux ont un vice irrémédiable. Ils sont gloutons et la récupération de notre ver et surtout de notre hameçon est une opération de longue haleine, éprouvante pour le pêcheur et sa victime et se terminant souvent par une éviscération lamentable.

Je n'aime pas beaucoup l'emprunt mais c'est un coin favori de mon père et il convient parfaitement à sa manière de pêcher. Comme les toulousains qui préfèrent le canal du midi à la Garonne. Et puis Mareuil est son village natal, plus exactement la Chapelle. Mareuil hameau qui offre la particularité d'être partagé en deux par la frontière séparant le Lot de la Dordogne. Cette ligne de démarcation passe avec une méprisante obstination au milieu de certaines maisons et même du cimetière. C'est le cas pour la demeure qui l'a vu naître si bien qu'il n'a jamais su s'il était géographiquement Lotois ou Dordognais. Bien plus si son père comme tous mes ancêtres paternel sont nés et enterrés au Roc, un village à peine plus en amont vers Souillac, il en est cependant un, isolé, enterré à Mareuil si bien que sous sa croix la tête repose peut être dans un département et ses pieds dans un autre. Petit détail qui n'a plus, évidemment, d'importance pour lui.

De temps en temps nous allons pêcher sur l'Ouysse ce petit affluent de la Dordogne aux eaux fraîches et limpides naissant de deux gouffres résurgences, alimentés par les eaux fluviales recueillies et infiltrées sur les calcaires du Causse de gramat. Cette rivière héberge de magnifiques et redoutables brochets et des petits poissons appelés "Vairons" qui constituent leur nourriture habituelle. Comme mon père m'assure que le brochet en consomme son propre poids journellement, je me pose toujours la question de savoir s'il va nous en rester quelques uns pour assouvir notre passion.

Comme d'habitude, c'est au petit jour que nous descendons au pont de la Peyre qui enjambe la rivière sur la route de Rocamadour.

Il faut alors dévider avec précaution notre arme secrète contre ce minuscule poisson, un crin porteur de quatre à six hameçons montés. C'était la sagesse même car le vairon ne pèse que quelques grammes et pris un par un il nous aurait bien fallu quarante huit heures pour constituer une friture présentable. Mais quelle patience pour amorcer les petits hameçons de minuscules morceaux de ver destinés à un orifice buccal plus qu'exigu. Comble de raffinement les victimes à peine capturées sont plongées dans un seau à demi rempli de lait. Le vairon y prend rapidement, avec un gros ventre, une taille plus présentable et puis il est ainsi tout prêt, sans autre préparation, à plonger dans l'huile de friture. Ayant perdu l'amertume de ses viscères, tamponnée par la douceur du lait, il se croque avec délice de la tête à la queue.

L'Alzou, ce ruisseau qui serpente au fond des gorges sur le flanc desquelles s'accroche Rocamadour avant de se jeter plus loin dans l'Ouysse est riche en écrevisses surtout avant son confluent.

Et famille c'est la pêche aux balances réglementaires et en période de pêche autorisée. Mon père ne parle des règlements en général que sur un ton sentencieux. La balance est un petit filet rond dans lequel on accroche un morceau de tête de mouton. Il est déposé sur le lit du ruisseau à quelques mètres d'intervalle, rattaché à la rive par sa corde porteuse. La dernière posée (une douzaine pour bien pêcher) on remonte à la première et là à l'aide d'une branche fourchue on tire sur la corde en la faisant glisser dans l'angle du bois, bien verticalement. Hors de l'eau, dans un demi tour étudié, on bascule le tout sur l'herbe du pré, en se précipitant sur les écrevisses noires et agressives. Nous en remplissons facilement un demi sac à farine à chaque partie de pêche.

Plus jeune, je suivais mon père pour lui faire plaisir et pour tempérer les effets de la désertion de mon frère. A présent c'est aussi pour moi un véritable plaisir. J'ai même le pressentiment que je vais devenir un bon pêcheur reconnu et flatté. Mon grand-père paternel a déjà jeté sur moi, du haut de ses un mètre quatre vingt dix sept, un regard empreint d'une certaine mais encore modeste considération. Et lui c'est un pêcheur célèbre.

8

Au Roi du guet la fête votive a lieu sur la place du village, le 15 Août, depuis des lustres, comme dirait Colette. C'est aussi à cette date que le ciel a la fâcheuse habitude de s'y produire dans l'orage de l'année. Sur notre haut lieu du Causse les éléments ne font pas dans la demi mesure. Pourtant il y a longtemps que je ne crains plus la foudre sans toutefois en méconnaître le danger

Je devais avoir six ans quand elle me figea sur place frappé par son immatérielle beauté. Elle était, comme d'habitude, descendue du clocher de l'église et avait surgie de la cheminée, boule d'un bleu intense suivie de son interminable traînée plus claire, entre moi et la grand-mère Marie qui d'un regard m'implorait de ne surtout pas bouger. L'éclair zigzagua au milieu de la salle puis plongea dans le trou de la souillarde non sans avoir traversé la pile d'assiettes du déjeuner avant de disparaître dans le jardin. Perforée en leur centre aucune d'elles ne fut ni ébréchée, ni cassée. Pour ma part l'incroyable et stupéfiante beauté de cet éclair à la couleur magique et inoubliable avait sublimé ma peur.

En cet été 1939 ce n'est déjà plus les fêtes d'antan. Il n'y a pas si longtemps j'avais connu le manège, les étals de friandises et de cotillons, la loterie. A présent, seul l'orchestre, le bal et l'interminable repas de famille perpétuent les festivités.

Pendant qu'avec Roger le facteur maréchal-ferrant, nous préparons le plancher et l'estrade pour les musiciens, les anciens nous racontent leurs exploits de l'ancien temps et les explications musclées qui opposaient les villages. Les “Roi du guet” contre les “Saint-projet” sur le champ clos de Rigou, haut lieu tout proche d'ou le regard plonge sur la

Bourianne et sur Gourdon. La force d'un garçon du Mas de Cauze qui imposait un respect craintif à toute la jeunesse d'alors. Je le connais bien, il a épousé une lointaine cousine à moi et il viendra certainement au bal, mais nous ne risquons plus rien. Il ne se met plus en colère - dit-on - que sur le foirail de Gourdon au marché à bestiaux.

Je laisse l'édifice du plancher pour le bal aux camarades plus forts. Je suis préposé aux guirlandes et à la décoration. Depuis une semaine et avec les filles, ce qui me convient parfaitement, nous découpons les petits oriflammes multicolores qui enfilés sur la ficelle éclateront en rayons colorés du grand ormeau au centre de la place jusqu'aux maisons alentours. Les filles sont enthousiastes et plus énervées que nous et elles prennent les choses en main comme si le bal était leur affaire. Il est vrai que ce sont elles qui nous ont appris à danser.

J'ai même pris des leçons "particulières" avec Fernande et Yvette pour répéter sans faiblir, en comptant, les pas à haute voix, le Paso doble, la Java, la Valse et sans orchestre bien entendu. Pour moi la fête c'est l'examen de passage et je sais bien que le bon danseur a toujours du succès et que le meilleur est la vedette du bal. Alors je n'ai pas lésiné sur l'entraînement.

L'an passé j'avais déjà eu un petit succès à la fête du Vigan si bien que j'avais hérité d'une fille qui ne m'a plus lâché de la soirée et avec qui je me suis retrouvé dans un fossé sur la route de Gourdon. Elle était si pressée, si passionnée et poussait de tels cris que cette rencontre prestement menée m'a procuré plus un soulagement qu'un réel plaisir. Et après, il a encore fallu retrouver sa culotte dans l'obscurité et dans les hautes herbes parsemées d'orties qui entouraient le lieu de nos ébats. Ce ne fut pas facile mais elle tenait absolument à ne pas laisser ce souvenir dans la nature.

Depuis la veille toutes les femmes sont en cuisine. La grand-mère a déjà porté au four communal de Binagre la grosse tourtière de poulet aux salsifis et celle plus petite de la tarte aux prunes. Si la pâtisserie ne m'a jamais enthousiasmé, les salsifis ne me plaisent pas du tout car ils condamnent l'infortuné convive à une inconfortable après-midi où il faut supporter un ventre énorme, météorisé et pesant avant que les vents libérateurs mais tardifs ne se décident à évacuer en fanfare les résidus gazeux de ces détestables racines. Par contre j'attends toujours avec plaisir et impatience, les fameuses miques. En Quercy nous sommes pour la mique levée alors que nos voisins périgourdins et surtout sarladais préfèrent la mique non levée. C'est une sorte de brioche salée, poivrée et légèrement aillée que l'on fait pocher dans le bouillon d'un grand faitout où pendant deux heures a cuit d'abord une assiette à soupe bien pleine de morceaux de petit salé et ensuite les légumes = petit chou, carottes, pommes de terre, navet, et poireau. La mique cuit ensuite à petits bouillons pendant une heure en ayant soin de la retourner à la demi-heure. Un bon morceau de mique détaillée à l'aide de deux fourchettes et jamais avec un couteau, dégustée simplement avec le petit salé est pour moi une petite merveille gastronomique. Aussi je reste perplexe quand une voisine ajoute une vieille poule au bouillon ou même qu'un célèbre restaurant de Rocamadour les sert accompagnées d'un curieux pot au feu quercynois avec viande de bœuf, de porc, langue de bœuf et une poule.

Il n'est pas possible de goûter à tout mais il faut bien manger de tout pour respecter la tradition et faire plaisir et honneur à la grand-mère qui s'est donnée tant de mal. Le grand-père Auguste persiste à nous verser du vin malgré les cris de ma mère et les reproches de la grand-mère. Tout le monde parvient enfin au dessert pour fournir un dernier effort destiné à achever la réplétion totale par une portion de tarte dont l'épaisseur de la pâte brisée rend toute déglutition interminable.

J'évite heureusement le café et la gnole (eau de vie de prune) réservée aux hommes ou l'eau de noix pour les dames, liqueur destinée à faciliter leur digestion ce qui m'apparaît tout à fait justifié.

Par contre je suis condamné à l'animation postprandiale, obligation que j'accomplis toujours avec zèle malgré l'inconfort d'une digestion laborieuse.

Depuis deux ans j'avais supprimé de mon répertoire "O Solé Mio" qui avait fait ma "gloire" à la fin des repas de famille et des communions, pour aborder avec non moins de succès les poésies en patois quercynois. A mon programme trois fables de la Fontaine "imitado et aloungado" (imitées et adaptées) par le félibre Cadurcien Rouquet = La cigale et la fourmi, La grenouille qui se veut faire aussi grosse que le bœuf et ma préférée Le renard et le corbeau parce que le poète la met en scène dans notre coin de Quercy.

En voici le texte savoureux [1] :
"lou roynal et lou gor"
"Une tjour sus un piboul pincat
Porèt qu'un gor de Lobastido
Tenio'n froumatse de Gromat
Nou sabi pas s'ero plegat,
Un roynal n'otset la sentido.
S'oprotso'n li diguén: "l'oïnat
Per cas, n'as pas bis uno ogasso ?

(1) Fable tirée de l'ouvrage "Poésies et prose" de J.B Rouquet félibre cigalier et maître en gai savoir (Introduction de frédéric Mistral et Préface du Comte de Toulouse Lautrec) 1907.

Dempei un més li fau lo casso
Car m'o ponat un froumatsou
Que benio de Roucamadou ;
T'en pregui s'as bis lo gouludo

Parlo"lou gor fèt lengo mudo
Mès croco-poulo es degourdit
Troubét leù une autro birado :
"Jess! Qu'es finot, luzént, poulit,
Ound'es noscut to plo bestit ?
Li fét, d'oïssis o Loburgado
Cap d'oùzel te forio lou piol ;
E bé, te tjuri qu'ès colhiol
Car pel plumatse fas lo bolo
Et tjogui que lou roussignol
Prèt de tu, canto pas, tsingolo
Tjutjas quond'oquél flot de bés
Mai d'un lunét se serio près
Lo bontordjo n'èro trop grosso
Lou gor n'en perdèt lo cobosso
T'olando l'bet coumo'n bournat
Tord lo maulhio, se débigosso ;
Et per lina soun couat, couat, couat
Tombo soun endetju cremat.

"Quond on n'o pas de coumponatse
Li fèt lou Roynal, bél moussu
On rollo'n bodaud, s'és de tju
Estuflo, ... engulsi toun froumatse
Et fili'n me truféu de tu"
"Goulèn, foras plus tos ribottos
O mous despens, es un goulut !
Li cridèt lou gor. Que mormotos,

Fèt l'autre, en se lequen los potas
Chapès trop tard, car t'ai toundut."

La traduction qui va suivre est personnelle et très libre. Certaines expressions du patois local perdront inévitablement leur saveur, leur pittoresque et leur verdeur, aussi je ne la déclamerai jamais en français. Ceux de mes amis qui ont perdu la langue de leurs grands-parents pourront malgré tout apprécier ce qu'est devenue une fable de la Fontaine "aloungado" par le félibre Rouquet =

Un jour sur un pin perché
Il paraît qu'un corbeau de Labastide
Tenait un fromage de Gramat.
Je ne sais pas s'il était plié.
Un renard en perçu l'odeur
Il s'approche lui disant, "l'aîné,
Par hasard tu n'as pas vu une pie ?
Depuis un mois je lui fais la chasse
Car elle m'a volé un petit fromage
Qui venait de Rocamadour.
Je t'en prie, si tu as vu la gourmande
Parle. "Le corbeau fit bouche cousue
Mais croque-poule est dégourdi
Il trouve vite un autre langage
"Eh ! Comme tu es fin, luisant, beau
Où es-tu né si bien vêtu ?
Lui dit-il. D'ici à Labourgade
Aucun oiseau ne te fait la pige
Et je te jure que tu es magnifique
Car pour le plumage tu es superbe
Et je trouves que le rossignol
A côté de toi, ne chante pas, il sifflote.
Jugez qu'avec ce flot de paroles

Plus d'un benêt se serait fait attrapé.
Le corbeau en perdit la tête
Il ouvre le bec comme un perdu
Secoue la tête, se tortille
Et pour pousser son couat, couat, couat
Laisse tomber son délice crémeux.

"Quand on n'a pas de cervelle
Lui dit le renard, beau monsieur
On reste prudent, si j'étais toi
Je sifflerais… j'avale ton fromage
Et je me tire en me gaussant de toi."

"Avales-tu ne feras plus tes ripailles
A mes dépens, tu es un glouton !
Lui cria le corbeau. Que marmottes-tu
Répondit l'autre en se léchant les babines
Tu rouspètes trop tard car je t'ai bien roulé."

Par avance je demande indulgence et pardon au professeur Seguy pour cette traduction qui doit être "truffée" de fautes. Pour "faciliter" mon absolution je vais lui faire porter à Toulouse six cabecous pliés dans la feuille de noyer et affinés en jarre. Comme il est très savant, dirait la grand-mère, il va apprécier. Il n'est pas question d'utiliser la voie postale sous peine d'incommoder jusqu'à l'intoxication olfactive le personnel des P-T-T, par contre le train sera une excellente solution pour le porteur du colis car il bénéficiera d'un compartiment pour lui tout seul.

Le soir tombe. Les uns après les autres, lourdement, tout le monde sort "prendre l'air" pour tenter de digérer. La place devient le lieu de rassemblement obligé. Les uns se congratulent joyeusement, les autres s'évitent, d'autres qui ont trop “poussé” sur la gnole s'apostrophent ou s'invectivent. Le “clan” du maire se satellise autour de l'élu. Il paraît mal à l'aise. Son fils qu'il a imprudemment lâché dans la fête va encore lui créer quelque ennui. Nous l'avons croisé il y a un moment. S'il ne porte pas en bandoulière son arme fatale à décimer les poulets, il semble avoir les poches pleines de pétards et brandit avec fierté et assurance une petite fusée de sa fabrication.

Les anciens s'installent sur les bancs autour de la place pour commenter la soirée dans un concert de sous entendus, d'insinuations plus ou moins alertes, de supputations sur l'avenir, de changements de camp aux prochaines élections. Les anciennes sont la proie de tortueuses élucubrations destinées à imaginer toutes les possibilités d'union possibles entre les jeunes présents. Sous ces regards convergents et inquisiteurs nous occupons déjà le plancher de danse, impatients, vigilants et fébriles en ce qui concerne les filles, près de l'orchestre qui s'installe sous l'ormeau.

Je suis bien décidé à n'en pas descendre de toute la nuit même pour aller boire une limonade chez Marthe. Les filles nous ont bien promis toutes les danses à notre seul profit mais il vaut mieux être attentif. J'ai déjà repéré un St-Projet, le neveu du marchand de vin Lasserre qui paraît-il danse très bien. Quelques parents se joignent à nous à l'ouverture du bal pour retrouver leur jeunesse et oublier un instant les soucis sur l'avenir menacé par les bruits de guerre.

Je débute une java avec Fernande qui semble satisfaite des progrès de son élève. Puis une valse avec Gilberte qui est légère comme une plume d'oie ensuite un paso doble avec Rolande, la sœur de René, un peu lourde et qui me serre de près.

Je me suis juré d'inviter à danser toutes les filles du

village, tout un programme et surtout de bien me tenir. L'incident de la fête du Vigan ne m'a pas laissé un souvenir impérissable.

Vers une heure du matin la place est pratiquement vide. Il y a longtemps que les bancs sont désertés et que les anciens ont battu en retraite. Nous sommes encore quelques passionnés poussant aux extrêmes limites de leur bonne volonté les musiciens épuisés, à vouloir encore continuer. Enfin le dernier, l'accordéoniste, baisse les bras.

La dernière garde se disperse enfin à regret. Marthe et Roger ont fermé le café. La nuit est tiède, un discret vent d'ouest rassemble déjà les nuages pour l'orage de demain.

Chacun raccompagne son amoureuse du bal, main dans la main. Les derniers baisers, les dernières caresses, tendres et intimes. Espoirs éphémères mais instants de bonheur vrai et profond.

La fille m'a quitté. Le grincement de la porte d'entrée de sa maison a du détendre sa mère, à peine assoupie, et qui est à présent rassurée.

Le premier coup de tonnerre, encore lointain, annonce l'orage. Il sera bien au rendez-vous.

9

Si la grand-mère Marie nous semble une personne hors du commun et nous impressionne par ses connaissances, son inaltérable dynamisme que l'âge ne semble pas altérer, ses jugements, ses bons conseils et son aptitude à faire face à toutes les situations, le grand-père Auguste nous apparaît comme insignifiant.

Pour nous depuis la première enfance il n'est remarquable que par les deux crocs majestueux de sa superbe moustache et sa façon toute particulière de s'exprimer par aphorismes, adages ou dictons. Il ne sait ni lire, ni écrire et signe d'une croix quand Marie lui présente un imprimé qu'elle a rempli elle-même. Il parle peu et même l'affirmation et la négation ne font l'objet que d'un signe de tête.

C'est depuis la guerre m'avait dit Georges, le père de Raymond.

- “Si tu l'avais connu avant.”

Après le départ et la mort de ses cinq fils, ma mère était le seul enfant qui restait à la maison. Mais elle n'aimait pas le travail de la terre et quoique très attachée à son village natal elle était partie à Gourdon s'initier comme apprentie au métier de couturière. C'est là qu'elle avait connu mon père. Puis ils étaient partis à Cahors quand il avait été nommé à la préfecture.

Auguste n'a plus personne à qui transmettre tout ce qu'il sait du travail de la terre. Il entretient ses champs pour ne pas les voir en friches, ne récolte que les noix. Sa seule passion est sa vigne de Millieres dans laquelle il passe la plupart de ses journées. Le matin il ne quitte cependant jamais la maison sans s'occuper du cheval et même de l'atteler à la carriole quand Marie va au marché à Gourdon.

Depuis longtemps, nous savons que c'est Marie qui mène la maison. Elle s'est réservée les deux jardins potagers proches pour ses légumes. L'été, cependant, le soir après le souper Auguste va recueillir quelques arrosoirs d'eau à la fontaine communale sur la place, pour lui arroser les salades, sans qu'elle lui demande.

On ne sait jamais où est Auguste, mais il a ses habitudes, la vigne surtout. Pour le reste il faut s'en tenir aux voisins qui l'ont vu passer avec son habituelle musette de toile à l'épaule. A l'intérieur son quignon de pain, son oignon, sa pincée de sel et son litre de vin.

- "Marie je l'ai croisé ce matin, il descendait à la Combe des Dames."

Il ne rentre jamais à midi. Le soir il rejoint la maison, quand la nuit tombe, aussi discrètement qu'il l'a quitté le matin. Il s'installe sur le banc devant la table et attends la soupe avec son éternel air d'être ailleurs. Il l'avale bruyamment puis laisse au fond de l'assiette creuse un peu de bouillon sur lequel il verse un bon quart de litre de vin. Il déguste alors lentement son "Chabrot" avec une satisfaction visible, ponctuée au final par deux glapements sonores.

Puis il se prépare un cabecou sur le coin de la table avec un cérémonial que, malgré le temps, la grand-mère n'a jamais pu supporter. Il écrase le malheureux fromage avec la pointe de son laguiole avant de l'aplatir sur sa tranche de pain. Voyant ainsi massacrer le produit de la ferme dont elle est si fière, Marie se lève de table pour, dit-elle, commencer à faire la vaisselle.

Ma mère nous avait dit qu'il tenait cette habitude de son père au temps pas si lointain où on plaçait les aliments dans une alvéole creusée dans le bois de la table.

Après le souper Auguste, se lève de table avec son verre de vin qu'il place à côté de lui sur la salinière "al contou" (dans la cheminée) où il s'assied. C'est bien la seule attitude significative de son état de chef de la communauté. Ce siège appelé aussi "Archibanc" se transmettait en effet comme bien propre de chef de famille en chef de famille.

Je ne pense pas qu'il ait jamais eu conscience de cette prérogative. Il bourre sa pipe de son gris à l'odeur épouvantable dont les volutes, heureusement, remontent dans la cheminée. Il aspire quelques bouffées puis s'administre une gorgée de vin avec un petit glapement signalant sa présence à toute l'assistance.

Son regard, deviné dans la pénombre, est tantôt fixé sur les braises rougeâtres qui achèvent d'étouffer sous les cendres tantôt vers un univers lointain et mystérieux qui est peut-être son jardin secret. Jamais un cri, jamais un reproche, jamais une observation, jamais une intervention, jamais une manifestation bruyante de sa présence.

Le dimanche après midi est le seul repos qu'il s'accorde de toute la semaine. Il le passe au fond de sa vigne de Millières devant la hutte de branchages qu'il a édifié pour se protéger de la pluie. Assis, fumant lentement sa pipe, son litre de vin à côté de lui, il contemple sa vigne. Cet après midi de repos se passe immuablement dans cette attitude contemplative avec sur son visage une expression de bonheur profond et de grande sérénité.

- "Ecoute-t-il pousser sa vigne ?"

La veille de la fête du village, le 15 août, on lave le grand-père. On installe sur la petite place devant la maison une barrique, remontée péniblement de la cave que ma mère et Marie remplissent d'eau tiède avec des seaux. On laisse ensuite tremper l'ancien, vêtu d'un caleçon long, pendant une bonne heure. De la barrique ne dépasse qu'une moitié de tête et une paire de moustaches qui ne font pas partie de l'ablution. Puis ces dames frottent le grand-père sans ménagement avec chacune une poignée de crin de cheval.

Il remonte ensuite très digne, une serviette autour du cou et le caleçon collé aux fesses dans la salle où il revêt son "habit de fête" qu'il portera pendant les trois jours que durent les festivités. La fête terminée on range la barrique et les habits jusqu'au 15 août suivant.

Auguste, lui, reprend le cours régulier de son existence.

En cette fin de mois d'août 39 le grand-père est bien le seul à demeurer indifférent aux rumeurs guerrières qui troublent l'ambiance des vacances. A voir l'empressement avec lequel les hommes du village attendent le samedi soir l'arrivée de mon père pour la manille chez Roger. "L'émissaire" de la préfecture n'en savait souvent pas plus que les nouvelles données par la Dépêche du Midi mais c'était une voix "officielle". Les anciens commencent à laisser filtrer les informations mais seulement aux "grands". Le 22 août le pacte Germano-Soviétique qui a déchaîné les passions politiques. Le 25 août l'appel pour la paix adressé à Hitler par le président américain Roosevelt, le Pape, Léopold III de Belgique, la reine de Hollande et notre président Daladier.

C'est un va et vient constant de beaucoup d'entre nous entre le banc et les filles et la terrasse du café à l'intérieur duquel les paisibles manilles cèdent la place à des discussions animées et souvent passionnées.

Il y a ceux qui croient qu'on va l'éviter avec de rassurantes paroles de paix toujours possible comme les frères Gaubert et Caudareille. Il y a les pessimistes chroniques qui profitent de l'occasion pour évoquer l'apocalypse. Il y a les "va-t'en guerre" viscéraux qui ne parlent que d'en découdre à nouveau et d'argumenter sur la meilleure artillerie du monde, la ligne Maginot "infranchissable", les avions Dewoitine qui avaient pulvérisé les avions allemands et italiens pendant la guerre d'Espagne, les généraux les plus célèbres et j'en passe. Personne ne parle de chars d'assaut. Un seul m'apparaît lucide Léonce le père de Laurent. En bon paysan de Causse il ne fait confiance à personne, lui excepté. Un des rares qui pressent un désastre avec la même précision que le grand-père Auguste dans ses prévisions du temps. Il doit sentir sous ses pieds de paysan accrochés à la terre cet imperceptible frémissement annonciateur de malheur à venir comme un animal sauvage pressent le tremblement de terre.

10

Un malheur n'arrive jamais seul et aux menaces de plus en plus précises de guerre, s'ajoute, à présent, une sécheresse sans précédent. Les orages du quinze août avaient été insignifiants et n'avaient même pas rafraîchi l'atmosphère. Au contraire et comme c'est presque toujours le cas leur défaillance avait provoqué un regain de chaleur. Il n'y a plus d'herbe sur la Causse. Dès l'aube les pierres à peine refroidies par la nuit diffusent une chaleur au sol éprouvante. Les genévriers ont pris une teinte grise cendrée et les rares chênes ont déjà leur feuillage d'automne ocre rougeâtre. La verdure ne persiste qu'au fond des combes qui entourent le village grâce aux eaux souterraines du sous sol.

Le Roi du Guet occupe la crête d'une colline qui domine de ses 344 mètres cette région du haut Quercy et le problème de l'eau, l'été demeure toujours présent et sensible.

Se laver ou ne pas se laver ne constitue pas un souci majeur mais boire ou ne pas boire si. Il faut en priorité abreuver les animaux et s'il en reste un peu les humains. Une bonne part de ces derniers, du reste, à depuis longtemps substitué à ce liquide plus ou moins potable, le vin dont les vertus salutaires ne sont plus à démontrer ou à la rigueur la “piquette” faite à partir du mou de raisin, d'eau et de sucre.

Au centre du village, à côté de l'arbre de la liberté, on trouve l'unique puit communal surmonté d'une pompe actionnée par un volant à main. Mis à part quelques très rares anciens immunisés avec le temps, personne ne boit cette eau déclarée non potable. Seuls quelques pèlerins se rendant à Rocamadour en consomment par mégarde, ignorant des risques que l'on ne peut deviner avec beaucoup de persévérance sur la plaque rouillée où la mention salvatrice est à peine visible. Il ne reste plus à espérer pour eux que la vierge noire du célèbre pèlerinage les protège des suites de l'absorption intempestive de l'eau communale de notre village.

Tant qu'elle coule la pompe de la place alimente le bétail et fait le bonheur de quelques anciens qui, le soir, "à la fraîche" y remplissent l'arrosoir pour les salades de leurs jardinets.

En tant normal la seule ressource en eau est la citerne dont dispose chaque maison. Elle est alimentée par les eaux pluviales ruisselant sur la toiture. Un chêneau placé à l'égout du toit draine ces eaux jusqu'à un tuyau de descente qui rejoint la citerne. L'eau est utilisée pour la cuisine et les animaux mais l'été elle est rapidement épuisée.

Pour la boisson familiale il faut descendre au Roc. C'est une source résurgence comme il en existe dans les reliefs calcaires. Elle est située presque au fond d'une combe aux accès abrupts côté village. Elle alimente un bassin à l'intérieur d'une petite grotte naturelle fermée par une grille qui interdit l'accès aux animaux. L'eau est toujours limpide et fraîche et de mémoire d'ancien elle n'a jamais tari. Son déversoir rempli le lavoir communal situé en contrebas à côté du sentier qui continue vers le fond de la combe.

Descendre au Roc n'est pas une partie de plaisir et pourtant j'ai déjà du faire le trajet des milliers de fois. La piste étroite dévale à pic sur un sol de pierraille roulant sous les pieds. L'accès est périlleux et la remontée épuisante avec un broc à chaque main qui arrive à la maison à moitié plein du précieux breuvage. C'est pourtant le seul ustensile existant susceptible de ravitailler la famille en eau potable. En été il faut faire une expédition aux aurores et le soir après le coucher du soleil.

Comme toutes les femmes du village Marie descend au Roc pour la lessive des draps. Mon frère et moi nous lui descendons la grande bassine de zinc remplie de linge. Les femmes jeunes descendent avec la bassine sur la tête maintenue en bon équilibre par le traditionnel petit anneau de tissus.

Je suis toujours en admiration devant l'adresse et le courage que nécessite ce parcours sur un sol aussi instable et avec une telle déclivité. A midi la lessive terminée, les draps essorés à la main sont étendus, pour le séchage, sur l'herbe du pré de Guitard qui tapisse le fond de la pente au dessus de la source. Puis chaque femme étale le contenu de son panier pour le repas frugal dans la joie, les babillages, les cancans. En fin d'après midi ce sont des discutions plus sérieuses avec les commentaires sur la blancheur respective des draps exposés, quand ces dames récupèrent leur bien. Il doit bien y avoir quelque secret pour obtenir ce blanc parfait.

Pour l'heure l'extrême sécheresse oblige, comme c'est souvent le cas à cette époque de l'année, à se ravitailler à l'Ouysse pour alimenter les bêtes. Toutes les citernes du village sont vides, le puit communal est tari, l'accès à la source du Roc empêche tout recours en quantité suffisante, à cet unique et dernier point d'eau. L'Ouysse à l'eau si claire et si fraîche est en permanence alimentée par ses deux gouffres résurgences et après une dizaine de kilomètres de cours se jette dans la Dordogne au pied de la falaise que surmonte le château de Belcastel.

Le matin, l'expédition quitte le village avec la nuit, derrière un chariot tiré par une paire de salers, sur lequel sont attachés deux barriques. Il faut d'abord descendre dans la Combe des Dames sauvage et profonde puis remonter une longue côte sinueuse vers Calès. Avant ce village on tourne à droite vers Bonnecoste puis on suit la route de Rocamadour vers la gauche. Malgré l'incomparable beauté du paysage, la descente est longue jusqu'à la vallée de l'Ouysse et le pont de la Peyre ultime étape de l'aller. Après un solide casse-croûte, on remplit les barriques, seau après seau, en faisant la chaîne du bord de la rivière jusqu'à l'homme sur le chariot. Après le plein on recouvre la surface de l'eau avec du feuillage pour limiter au maximum les pertes de liquide dans le lent et difficile voyage de retour vers le village.

Le soleil est couché depuis longtemps quand l'expédition épuisée arrive aux premières maisons du Roi du Guet. La nuit tombe.

Il faut encore donner à boire aux bêtes.

Rolande et Nicole s'embrassent sans arrêt et paraissent y prendre un réel plaisir, pendant que je me gave de gâteaux secs et de limonade.

Elles m'ont invité à goûter et jusqu'à présent rien n'a altéré ma confiance et ma sérénité. Quoique.

Curieux que je sois le seul invité mâle de toute la bande. Agaçant qu'elles insistent à me trouver très mignon. Etrange que les filles s'embrassent et se caressent avec la même fougue que je croyais jusqu'à présent être réservée aux ébats entre garçons et filles.

De toute façon, elles sont mes aînées. Rolande est la sœur de mon grand copain René. Nicole est une parisienne distinguée et élégante dont le regard distant n'a pas daigné jusqu'à présent se poser sur mon juvénile visage. Elle passe ses vacances allongée sur une chaise longue en lisant des revues et ne lève même pas les yeux quand quelqu'un passe. Les grands-mères disent que c'est une pimbêche. Mais elle est quand même très belle. Et puis par la fenêtre de la chambre largement ouverte, je peux apercevoir le fenestrou de notre salle commune où la grand-mère Marie doit filer un peu de laine avec sa quenouille pour me faire de grosses chaussettes pour l'hiver. L'étroit jardin de notre maison et son prunier nous sépare en effet de la chambre où se déroule à présent d'étranges ébats.

Mon assurance tranquille, confortée par une bonne ration de gâteaux, s'évapore instantanément, à la vision des deux filles à moitié dévêtues. Face aux seins lourds et majestueux ponctués d'auréoles brunes de Rolande, Nicole présente d'admirables petits seins aux pointes discrètes, rosées, évoquant à la perfection ceux de la Vénus de Milo de mon professeur de dessin “Pintrou”. Leurs baisers de plus en plus prolongés sont à présent accompagnés de petits gémissements attendrissants.

Le trouble qui m'envahit peu à peu, insidieusement, est brutalement interrompu par Rolande qui m'ôte prestement chemise, pantalon, caleçon et me pousse sur le lit en riant.

Je tente de cacher des deux mains une virilité qui, depuis un petit moment, déjà, se manifeste avec raideur. En vain. Elle m'embrasse longuement sur la bouche et remplace mes mains inutiles par des caresses précises et éclairées. Puis elle m'abandonne, s'étend contre moi et s'étire avec langueur en se caressant les deux seins. Enfin elle pousse un long et profond soupir.

Nicole est étendue à ma gauche et me fixe d'un regard si langoureux qu'il me plonge dans un état lascif et voluptueux. Je me tourne un peu pour tenter de poser mes lèvres sur le sein qui est à ma portée et je vois une de ses mains entre ses cuisses. Ma tentative tourne court et je me retrouve sur le dos abandonné à ses caresses. Elle détaille lentement mon corps par petits coups de langue. Puis sa bouche devient plus précise.

Des ondes de plus en plus vives de plaisir me submergent régulières d'abord puis de plus en plus rapides jusqu'à l'acmé brutal et libérateur qui me projette inconscient dans une autre dimension où mon corps n'existe plus sublimé par le paroxysme de l'extase.

Les lèvres de Nicole sont revenues vers les miennes dans un inépuisable baiser.

Je flotte dans une douceur infinie, chacune de mes mains abandonnée sur le corps d'une fille, anéanti dans un abandon total et voluptueux.

Et puis Rolande reprend ses caresses - à nouveau ses mains effleurent ma poitrine, mon ventre comme si elle veut me sortir d'un rêve avec tendresse, pour me préparer à d'autres voluptés.- un nouveau désir naît insensiblement. Je ferme les yeux.

La chaleur et le poids d'un corps sur mon ventre et mes cuisses dissipent ma lénifiante torpeur.

Devant mes yeux il n'y a plus que le dos et les larges épaules de Rolande et des fesses qui m'apparaissent d'une largeur démesurée.

Elle semble s'éloigner, puis retombe lentement sur moi. Un plaisir nouveau, plus aigu naît en harmonie parfaite avec le mouvement de son corps. Confusément je réalise que chaque fois je pénètre dans la chaleur de son intimité. Je devine la présence de Nicole à genoux elle aussi, devant Rolande, lui caressant les seins et je perçois des gémissements langoureux mêlés aux nôtres et entrecoupés de petits cris. Les mouvements se font plus rapides et plus appuyés.

- "Qu'est-ce-que vous faîtes à mon petit !"

Je réalise brusquement que Marie, alertée par les bruits confus mais évocateurs de nos ébats, doit être à plat ventre dans le fenestrou, une main menaçante écartant les premières branches du prunier, tentant d'en apercevoir un peu plus.

Le chœur des filles :

- "On goûte, mémé, on goûte. Ne vous inquiétez pas."

Et moi en demi-teinte :

- "Nous goûtons, mémé, nous goûtons."

Je commence à perdre un peu de ma belle assurance devant cet impromptu pourtant prévisible.

Rolande reprend calmement ses mouvements. Quand elle s'éloigne, je lève les fesses pour prolonger ma présence en elle. Puis tout s'accélère et je ne sais trop où j'en suis. Elle gémit profondément puis rapidement de petits cris saccadés. Un soupir intense et profond comme un abandon et elle retombe lourdement sur mes jambes pendant que l'acmé de ma jouissance me projette à nouveau sur un nuage évanescent, langoureux et irréel.

Mes bras autour du cou de Rolande et de Nicole je sombre, épuisé, dans un merveilleux sommeil.

- "C'est du propre! Tu n'as pas honte ! Même depuis la place on devait vous entendre. Regardes-toi dans la glace. Une tête de carême." La mémé Marie ne décolère pas.

Par acquis de conscience, je regarde dans la petite glace ronde pendue près de la porte d'entrée, à quoi correspond une tête de carême. Sans résultat probant.

- "Samedi je le dirai à ta mère."

Mais je sais bien qu'elle n'en fera rien.

- "Je ne te ferai pas à souper."

Mais cela me laisse indifférent, tant j'ai absorbé de gâteaux secs dont la digestion ne paraît pas avoir été influencée par nos ébats libidineux.

De toute façon, je n'aspire qu'à retrouver le grand lit et replonger dans ma béatitude entretenue par les fragances lénifiantes et évocatrices que Rolande a laissé sur mon ventre.

Curieux et étrange, Marie ne m'a pas réveillé. Je n'ai même pas entendu les cloches de l'église sonner l'angélus. Je suis dans une forme conquérante et tout à mon bonheur profond d'être enfin un homme.

Marie m'apprend, que Roger en faisant sa tournée, lui avait annoncé, comme à toutes les maisons du village, que les allemands ont envahi la Pologne.

Nous sommes le 1er septembre 1939.

Je viens juste de passer mes quatorze ans et demi.

II

L'EMBUSCADE

10 AOÛT 1944 ▸ 7H30

Depuis six heures nous progressons de crête en crête, sur les collines verdoyantes de la Basse Bourianne, déjà baignées par les brouillards matinaux montant des vallées encore obscures. Un bon signe, annonçant une chaude et agréable journée malgré l'approche du quinze août et de ses traditionnels orages en Quercy.

Pierre est devant moi. Ses larges épaules supportent allègrement son fusil mitrailleur, ses chargeurs pendent à sa ceinture et la musette du casse-croûte oscille à chaque accrochage avec les basses branches des futées de châtaigniers. Je sens Fred derrière moi, non sans appréhension. J'espère qu'il ne gesticule pas trop avec sa Sten et qu'il n'a pas engagé de balle dans le canon de cette diabolique mitraillette. Je complète le trio de lycéens de la section avec mon vieux Remington à l'épaule et mon revolver 73 à la ceinture. Il a appartenu à mon grand-père paternel et je l'ai reçu de mon père avant mon départ au maquis, avec six balles en plomb aussi grosses que des prunes d'Agen.

Pensez donc, c'est avec ce revolver que le grand-père avait décoiffé de son gibus le Maire de Souillac, au cours d'une mémorable campagne électorale. Ce qui lui avait valu son exclusion de l'enseignement et la fin de sa carrière d'instituteur.

Arrêt de la progression - la deuxième section reste sur place. Composée pour la majorité "d'anciens", elle constitue la réserve et doit nous protéger si un repli était nécessaire, en tenant solidement la crête et en surveillant les alentours.

La troisième section, la nôtre, descend à mi-hauteur de la colline, avec précaution, car la pente est raide et nous sommes chargés. Nous y voilà. Mosquito, à présent nous place un par un, le plus souvent protégé par le tronc d'un châtaignier et avec un camouflage naturel de feuillage certainement efficace. Nous écoutons religieusement ses consignes. Cet ancien de la guerre d'Espagne - capitaine artilleur dans l'armée républicaine - est notre instructeur depuis notre arrivée à la compagnie. Sa dextérité à démonter et à remonter pièce par pièce les armes automatiques devant nos regards ébahis, son explication simple et précise de l'utilisation du plastic, ses conseils sur les techniques de Guerilla et l'art du camouflage font naître chez nous, les jeunes, des sentiments d'admiration, de respect et une impression intime de sécurité

Mon champ de tir se limite à une petite fenêtre dans le feuillage, encadrant un carré de route bitumée que je distingue encore à peine dans le brouillard qui monte lentement vers nous. Je ne dois utiliser le Rémington que pour tirer dans ce créneau et jamais plus bas. Attendre son ordre pour appuyer sur la détente et pour arrêter de tirer aussi. Mais ma mince expérience m'a appris que le plus difficile est justement de s'arrêter. Les anciens disaient que l'odeur de la poudre finissait, surtout chez les plus jeunes, par déterminer une sorte d'ivresse, presque un état second.

La première section descend plus bas, au-dessus de la route, là où les derniers châtaigniers laissent place à une futée plus aérée et à une étroite prairie qui longe le fossé de la chaussée. Nous les avons surnommés les "saboteurs".

Ils ont descendu avec eux la mitrailleuse et les Gamons, armes favorites des "espagnols". C'est la seule arme à opposer à un blindé léger, s'il y en a un qui ouvre la route devant le convoi, mais il faut une bonne dose de courage et d'abnégation et aussi une certaine technicité sans faille pour utiliser cette grenade antichar.

Je jette un coup d'œil complice à Pierre, à ma gauche,

couché derrière son vieux F.M anglais ; une fois sur deux, il s'enraye et il le sait, aussi il porte en permanence à la ceinture le vieux Parabellum, canon long, allemand que sa famille avait conservé depuis 1918 ! Fred est plus loin, pâle, le regard lointain. Il a enfin posé sa Sten à terre, à côté de lui, et cela vaut mieux pour la sécurité générale du dispositif.

Fred est ma préoccupation majeure, avec celle bien entendu de sauver ma peau, si les choses tournent mal. De nos classes terminales, il était le seul des cinq jeunes juifs à avoir choisi la lutte armée. Son père, il est vrai, était le lien discret mais actif et courageux entre le mien qui lui transmettait les renseignements les plus utiles que lui fournissait le chef de cabinet du Préfet, Larrive, membre actif du N.A.P [1], et la communauté juive du département. Ses membres étaient ainsi informés des décisions les concernant en provenance du Gouvernement de Vichy. Après le départ de Larrive, Larrieu, un ancien du Lycée et camarade de promotion de Bardou assura cette mission délicate et périlleuse avec l'aide d'un petit noyau de fonctionnaires "obscurs" et discrets.

Fred est le seul camarade juif encore présent. David et Dominique avaient quitté le Lycée avant l'occupation de la zone libre et, avec leur famille avaient réussi le passage en Espagne.

René, le fils du médecin du Sanatorium de Montenac avait été déporté en Allemagne avec son père. Il paraissait insensible à nos conseils de prudence et opposait à nos arguments un entêtement inébranlable.

(1) NAP : Organisation chargée du renseignement et de la transmission des informations à l'échelon préfectoral en contact direct avec Londres.
SUPER-NAP : partie de la même organisation implantée à l'échelon ministériel et gouvernemental.

- "Mon père soigne des soldats allemands malades dans son service, jamais ils ne l'arrêteront."

Il oubliait, pauvre camarade, que son père soignait aussi les blessés et les malades du maquis.

Jacques a lui aussi été déporté avec toute sa famille. C'était le dernier arrivé dans la classe en provenance de Paris, bien après l'occupation de la zone libre. Son père était un propriétaire d'une très célèbre galerie d'Art parisienne et possédait aussi une succursale à New-York et une à Genève.

Jacques était courageux, mais sa scolarité n'était pas facile. Il était l'objet des sarcasmes méprisants des U.P.J.F. comme si la réussite de son père exaspérait encore plus le racisme latent de ses camarades de classe gorgés de propagande antisémite. Avec nous il restait tout de même confiant et comme René, il gardait une ferme assurance.

- "Mon père est très connu en Europe comme en Amérique et même en Allemagne où il a organisé plusieurs expositions célèbres. Notre arrestation aurait un retentissement tel qu'ils n'oseront jamais."

Ils ont osé. Nous n'avons jamais posé la question qui nous étonnait : "Pourquoi Cahors" ? Cette petite ville de province pouvait-elle constituer un refuge sûr ? Après leur arrestation et leur déportation en Allemagne nous en avions parlé avec Fred. C'était peut-être trop tard pour envisager un départ pour l'Amérique, mais la Suisse était peut-être encore accessible.

- "A quoi penses-tu Fred ?

- Avant même que la Gestapo allemande arrête toute la famille, les autorités suisses avaient déjà placé sous séquestre les œuvres de leur galerie de Genève parmi lesquelles des tableaux impressionnistes représentant une valeur inestimable."

Mon regard incrédule et stupéfait l'avait laissé un

moment sans voix. Il repris comme avec un dernier espoir :

- "Peut-être les reverrons-nous un jour ?"

Je n'osais lui répondre. Les rumeurs les plus alarmantes se faisaient chaque jour plus précises sur le sort réservé aux déportés dans les camps nazis.

Je regarde Fred en repensant à tous ces événements tragiques. Il somnole à présent, la tête légèrement penchée contre le châtaignier auquel il est adossé, le bras à demi fléchi, la main posée sur la Sten à terre contre sa cuisse.

J'avais tout fait pour qu'il soit avec nous. Je me souviens de notre dernier entretien décisif avant son départ.

Tu es le dernier Fred. Tous les autres ont été arrêtés et déportés. Malgré tes faux papiers les U.P.J.F. du Lycée dont deux sont déjà Francs-gardes t'ont certainement déjà repéré. La Gestapo est peut-être déjà informée et joue avec toi comme le chat avec la souris... pour faire durer le plaisir. Pour ma part, je sais bien que je ne terminerais pas l'année scolaire et que je ne pourrais pas attendre le débarquement pour rejoindre mon affectation au maquis. Finissons en avec cette angoisse et permanente insécurité qui nous piège. Allons rejoindre les prairies, les arbres, les petits ruisseaux, les vieux hameaux et les fermes abandonnées. Nous serons entourés de camarades, nous serons armés. Si les allemands nous retrouvent alors nous aurons une vraie chance de nous en sortir.

Finalement Fred a rejoint la compagnie F.T.P.F. où l'attendaient les frères Pradal quelques jours avant mon arrivée précipitée, après la descente de la Gestapo au Lycée.

Je vise imperturbablement mon carré de bitume. Je le distingue bien à présent. Le brouillard remonte vers nous en se dissipant, mais l'ennemi tarde à se manifester et le Remington est trop lourd. Je le place délicatement contre le tronc de mon arbre protecteur. Et puis, finalement, je m'installe moi aussi, le dos bien calé contre le châtaignier en évitant les quelques bogues verdâtres déjà tombées des hautes branches. Le brouillard monte toujours un peu de la vallée, l'atmosphère est moite, intime, protectrice.

Le commandant nous l'avait appris avant le départ :

"Les enfants", c'était pour les trois lycéens et "camarades", pour le reste de la troupe.

Cette opération est certainement la dernière occasion de se battre contre les allemands. Les derniers éléments de la division "Das Reich" ont quitté le département et doivent arriver actuellement vers Limoges. La garnison de Cahors se terre dans la ville sans intention, semble-t-il, d'en sortir pour des opérations agressives ou répressives. Par contre des détachements isolés remontent encore du Midi en empruntant de préférence les axes secondaires où ils sont moins repérables. Nous sommes sur un de ces axes, l'autre passant par Figeac, St Céré et Tulle. Notre mission est d'anéantir si possible ces éléments ou bien s'ils sont trop importants de les freiner dans leur progression en leur infligeant le maximum de pertes.

Nous n'en sommes pas encore là. Je respire profondément cet air déjà tiède et humide qui s'attarde langoureusement dans la châtaigneraie. Je me pose bien le problème de ma survie éventuelle, si les choses devaient se gâter, par exemple, avec la présence d'un blindé en protection de convoi ou avec la mise en batterie par l'ennemi d'un mortier de 88, arme redoutable et efficace entre leurs mains. Mais cette pensée chemine dans un contexte curieux de pronostic statistique et de superstition.

Les deux grenadiers de la garde de l'Empereur, mes ancêtres, avaient survécu à la retraite de Russie et à Waterloo. Nous avions conservé au grenier deux uniformes délavés et deux Schako emplumés qu'achevaient de se partager allègrement les dernières mites qui avaient survécu à ce festin historique. Nous possédions toujours leurs deux fusils et leurs baïonnettes.

Dans la chambre commune de la maison du Roi du Guet, les quatre poilus en uniformes bleu horizon montent depuis 1918 une garde éternelle, avec leur médaille militaire, dans l'ordre chronologique de leur mort, les trois premiers dans la seule bataille de Charleroi ; manque, le cinquième oncle, décédé en 1919, les poumons brûlés par l'ypérite. Il n'y a pas de cadre ni de médaille militaire, peut-être parce qu'il est mort après l'armistice, c'est à dire, pas pour la France. La grand-mère avait aussi un jour de 1916, porté à la perception de Gourdon deux écus d'or, toutes ses économies cachées dans un trou secret de la grande cheminée, pour la France aussi.

Il n'y a pas de monument aux morts au Roi du Guet. Une simple plaque derrière la porte de la vieille église du XIIIème siècle construite par les anglais, dont on voit le clocher triangulaire de tous les coins de l'horizon porte les mêmes noms, seuls les prénoms sont différents. La grand-mère ne va jamais à l'église.

Cette guerre-ci, passé la défaite, avait bien commencée. Le plus âgé des oncles, mort à Charleroi en 1914, avait laissé deux fils. L'aîné, mobilisé dans les aérostiers avait tranquillement flotté entre ciel et terre et n'avait rencontré dans la drôle de guerre aucun aviateur qui ait daigné s'intéresse à sa “saucisse”, attachée au sol par son câble. Devant ce mépris total de l'ennemi il était redescendu, avait plié avec soin son engin, l'avait bien talqué pour la conservation et était rentré chez lui en attendant les ordres de chefs qui ne se sont jamais manifestés.

Il commandait un maquis dans le Lot et Garonne et avait déjà joué de bon tours à l'ennemi.

Le plus jeune, lui, avait joué un véritable "tour de con" aux allemands. Il avait volé un avion d'observation sur un terrain d'aviation de Normandie et réussi à le poser dans un champs de betteraves en Angleterre, criblé comme une passoire par la D.C.A de sa gracieuse Majesté. C'est par une liaison radio avec Londres que l'aîné avait reçu confirmation de la bonne arrivée du frangin sur le sol anglais.

Evidemment, au regard de cet exploit national, mes tours de cons personnels avaient été jusqu'à présent, plus modestes et d'un retentissement beaucoup plus local - quoique - le coup des chiottes de Pastourneau, le chef des collaborateurs de Saint-Saury ne puisse laisser personne indifférent tant sur le plan auditif que sur le plan olfactif. Nous avions subit des invectives de ce collaborateur, décoré de la francisque, la plus haute des décorations de l'Etat Français, arrogant, suffisant : Les deux Pierre, nous étions de la graine de communiste, des ennemis du Maréchal Pétain, des terroristes en herbe. Plusieurs choses aggravaient notre cas : Pierre l'ancien tenait sa chance avec sa fille, ma fois assez jolie, avec mille ruses ; nous passions devant chez lui plusieurs fois par jour, notre tente étant sous le pont de Mérillac au bord de la Dordogne, la route vers Saint-Saury étant l'itinéraire obligatoire ; enfin nous fréquentions le café restaurant du village, repère de réfractaires au S.T.O et de résistants.

Malgré les hésitations de mon camarade qui aurait volontiers sacrifié la vengeance pour la fille, j'avais pris la décision de faire sauter, "les cabinets d'aisance" situés au fond du jardin de sa superbe villa. Finalement, Pierre m'avait suivi dans ce projet qui n'avait rien d'une plaisanterie scatologique. A l'époque je n'avais pas appris de Mosquito l'art de manier les explosifs. Mais j'étais des deux le seul compétent, si l'on peut dire, car ma première expérience de la pose des mines fut lamentable. Avec mes camarades de classe nous avions décidé d'en finir avec Ticou, garde-chasse du Mont St Cyr, une des deux collines qui dominent Cahors au dessus de la vallée du Lot. L'odieux personnage avait criblé de gros sel les fesses de mon ami "Pinpin l'assassin" - tout un programme - ce surnom lui avait été donné avec un cérémonial chevaleresque sur le kiosque à musique des allées Fénelon qui séparaient le lycée du collège des jésuites. Depuis la sixième, ce kiosque était l'épicentre du champs de bataille qui opposait tous les soirs après la sortie de cinq heure les laïques et les frères. Les premiers qui occupaient le kiosque s'emparaient d'une position stratégique dont il était difficile de les déloger. Bien plus encore, à la saison où les marronniers laissaient tomber leurs fruits, les livres et les cahiers pouvaient y être stockés en sécurité et les cartables de cuir étaient remplis de marrons, armes redoutables entre les mains de Pinpin, d'où son surnom.

Il fallait venger notre ami dont le père, heureusement médecin, avait extrait un à un les grains de sel qui n'avaient pas encore fondu dans des cuissons intolérables. Il m'avait fallu potasser le gros dictionnaire familial, puis aller consulter à la bibliothèque municipale une grosse encyclopédie pour arriver à faire le plan schématique d'une mine moyenâgeuse. Le grenier familial nous avait fourni l'explosif par extraction de la poudre noire des cartouches à broches du grand-père et la mèche fit l'objet de tous mes soins avec deux bougies et trois mètres de ficelle. Sur le chemin de crête qui suit le haut du Mont St Cyr, j'avais creusé un petit cratère, j'avais placé délicatement ma poudre dans un petit sac de toile confectionné par ma mère (rassurée de ma part sur sa destination : poche à billes) j'avais bien tassé au dessus avec des pierres, recouvert le tout de terre poussiéreuse et dans un dernier geste perfectionniste laissé tomber une branche de genévrier en ultime camouflage. La mèche courait à partir du cratère, bien cachée par la terre et émergeait derrière un buisson où je m'étais posté. Après, allumage, Pinpin et notre bande poussèrent des cris hostiles pour faire sortir Ticou de sa cabane et pour le faire sauter noblement avec la mine, disparaissant ainsi dans l'exercice de ses fonctions "mort en service commandé". Mais il sortit si vite, la mèche brûlait si lentement que la retraite précipitée s'imposait devant la menace du gros sel. Nous descendîmes du Mont sans reprendre notre souffle et nous n'entendîmes même pas un bruit d'explosion qui nous eut consolé par une réussite technique de notre échec tactique. Cette ancienne expérience ratée se devait d'être suivie, pour ma réputation, d'un explosif succès. J'en parlais à Taric, mon professeur de mathématiques. Ce fut un rejet catégorique du projet et je devais en comprendre plus tard la raison. Pour lui, c'était déjà trop les pétards et les cris hostiles, à l'Eden, le cinéma cadurcien le plus fréquenté pendant les actualités montrant les armées allemandes sur le front de l'Est.

Finalement, la persévérance dans l'organisation des "tours de con" étant une de mes qualités majeures, j'avais trouvé au café restaurant de St Saury l'équipe réfracto-communo-résisto-locale qui me présenta à l'homme de l'art. C'était un brave cultivateur du coin. Il me procura la cartouche de dynamite (agricole me dit-il) et la panoplie du petit saboteur avec tous les conseils pour la bonne utilisation, sans sauter avec, autant que faire ce peut.

C'était une belle et solide tinette en bois, agréablement peinte, solidement fixée sur une cuve septique cimentée (ce que n'avait pas prévu mon cultivateur - professeur en explosifs) ne nécessitant pas de grandes précautions d'accès, le mur d'enceinte de la villa étant très facile à franchir.

Cette fois, mon esprit facétieux était en symbiose parfaite avec la technicité de l'opération. Rien ne m'avait échappé des explications fournies et des détails d'utilisation. Bien sûr j'aurais pu placer la cartouche sous la planche en bois percée du large orifice traditionnel. Ce n'était pas prévu, mais malgré l'odeur, je descendis l'explosif dans la fosse septique. La petite touche personnelle dans un dispositif planifié, qui change un résultat banal en apothéose.

L'explosion fut mémorable. Les vitres de St Saury en tremblèrent brutalement, les habitants de Mérillac se réveillèrent en sursaut dans la crainte d'un bombardement allemand, on dit même qu'elle s'entendit à Lacave. Je pensais même que mes ancêtres paternels, gabariers de la Dordogne, avaient du se trémousser dans les petits cimetières du Roc et de Mareuil.

Le lendemain, le spectacle que vinrent en grand nombre admirer les voisins de St Saury et même de Mérillac et que les gendarmes de Souillac étaient occupés à expertiser, un mouchoir sous le nez, était impressionnant.

Là où un pétard de foire aurait peut-être suffit, la cartouche de dynamite avait fait miracle. En place du coquet édicule, une marre à moitié remplie de fange exhalait une odeur pestilentielle. La façade arrière de la villa était crépie d'un enduit moiré, strié de traînées noirâtres, ponctuée de débris d'hebdomadaires, retenus en stalactites à l'appui des fenêtres.

Pierre qui avait abandonné son FM un instant, me touche l'épaule :

- “Tu ris tout seul l'ami ?

- Je repensais au coup des chiottes du père la Francisque

à St Saury.

- Et moi je repense à Rolande, qui après ton exploit n'a plus voulu me voir. "

Un pétard, elle aurait peut-être pardonné mais la cartouche de dynamite...

Finalement cette fin d'été 41, avec son explosif bouquet final, avait été mes dernières vraies vacances au bord de la Dordogne.

Il y a tout de même quelque chose que je ne comprendrais jamais : avec de tels antécédents, c'est curieux qu'on ne me confie jamais un pain de plastic pour saboter les voies ferrées. C'est toujours Mosquito et ses copains espagnols qui s'en occupent et moi je suis toujours en protection.

La rentrée de l'année scolaire 41-42 avait commencé avec l'arrivée d'un nouveau proviseur et la lecture, dans toutes les classes, d'un message du Maréchal aux écoliers de France.

En octobre, Bardou nous quittait, révoqué de l'éducation nationale. Je l'avais eu comme professeur de latin - grec et surtout comme entraîneur de notre équipe de rugby la “Quercynoise". Nous l'aimions bien et nous ne pouvions admettre que cette fameuse réforme de l'enseignement, qui faisait l'objet de toutes les conversations de nos professeurs soit marquée par l'élimination d'un homme aussi sympathique.

Venant de la salle des professeurs nous entendions, de nos cours de récréation, les éclats de voix témoignant de discussions animées et même de disputes. Parfois l’un d'eux sortait violemment et venait tourner autour des platanes de la cour. Visage fermé et congestionné.

Bardou nous avait fait ses adieux sur la pelouse du stade après le dernier entraînement. Après son départ, une période troublée marqua l'hiver 41-42. Deux bulletins de "Jeunesse-France" avaient été distribués aux professeurs, par le proviseur, avec ce titre : "le Maréchal refait la France". Ils étaient consacrés à la réforme de l'éducation nationale et comportaient des têtes de chapitre inquiétantes : Travail préparatoire à la réforme, suspensions, révocations, serviteurs nouveaux, nominations par arrêtés, qualités morales indispensables, unité d'inspiration.

Les commentaires sur ce programme se limitèrent aux discussions entre enseignants. Aux rares questions que nous avions pu discrètement leur poser, ils ont toujours répondu avec réticence, hésitation, gène ou même plus simplement en s'abstenant. Seul Lamouse lâcha un jour que cette réforme attentait à l'école de la république, puis il en resta prudemment et définitivement là.

Nous percevions déjà, que comme Bardou, il n'était pas du tout d'accord avec le Maréchal et sa révolution nationale. Personnellement je n'avais pas une bonne opinion de tous ces grands chefs de l'armée française.

L'appel du 18 juin du général de Gaulle qui se trouvait à Londres, ne m'avait pas beaucoup touché, comme tous les jeunes en général. Taric entre deux cours de mathématiques nous en avait cependant parlé. Mais il était bien loin en Angleterre et nous, nous étions au lycée Gambette de Cahors. Et puis je ne le voyais pas en Jeanne d'Arc, venant sauver les français. Du reste cette pensée me faisait rire car en bon caricaturiste, le profil du chef ne collait pas avec le visage ingénu de la pucelle rapporté par nos livres d'histoire.

Pour ce qui est du sauveur, en titre celui-là, de la patrie, j'étais fort indisposé par la rengaine à la mode chantée par tous ces mouvements de scouts, compagnons de France et autres "Maréchal nous voilà".

Tiens à propos de scouts, j'avais vu dans une revue innocemment oubliée sur un banc par quelques U.P.J.F. une photo du général Noguès remettant un fanion aux scouts de France. Décidément il y en avait des généraux en France. Pour tout dire, je les avais tous pris en grippe. Il avaient perdu la guerre, abandonné leurs soldats. Je les avais vus revenir ces soldats perdus, ceux qui n'étaient pas prisonniers. Quatre camions et une centaine d'hommes qui avaient abouti au Roi du Guet, village isolé sur les causses du Quercy, mon village.

Ils passaient le temps à se dorer torse nu au soleil ou à faire des siestes interminables, entre deux boîtes de ration, dans les champs de trèfles. Souvent ils courraient dans les près à la recherche d'une fille gardant les moutons. "Nos filles". Et puis, j'ai commencé à les détester quand pour tuer l'ennui ils sont descendus à l'Ouysse exterminer nos brochets et disperser les herbiers reproducteurs avec les grenades qu'ils n'avaient pas utilisé contre les allemands. Et puis ils ont découvert l'Alzou, le petit ruisseau qui serpente dans la vallée au pied du rocher de Rocamadour et le massacre a continué par la destruction des écrevisses avec la coque du levant.

Jusqu'à leur départ je n'étais plus monté au Roi du Guet. Il est vrai que, de toute façon, je n'en avais guère le loisir car je devais épuiser toutes mes heures de retenues en retard et cela faisait pas mal de jeudi à passer au lycée.

Le répétiteur m'y attendait avec une impatience sadique :

- "Par ici mon petit ami. Un petit problème de mathématiques pour passer le temps ?

- Instructif, amusant."

Avec Pierre, l'ancien de la classe, nous étions les chouchous de Pintrou le professeur de dessin qui voyait en nous de futurs élèves des beaux-arts et des successeurs tout désignés.

Nous étions surtout de bons caricaturistes et nos cibles favorites étaient, bien entendu, les professeurs, les répétiteurs et le surveillant général. Mon favori était Cicéron, professeur de latin bien sur. Il s'exprimait comme un tribun sur l'Agora, pointant son index vengeur sur mon humble personne :

- “Monsieur, les hommes sont méchants. Vous en êtes un bien bel exemple, allez au fond de la classe comme un mauvais garçon.

Et quand j'avais atteint les dernières tables, ce qui lui permettait de reprendre son souffle :

- Mon jugement certes est sévère, mais il est juste.”

Et il ponctuait d'un coup de poing sur la table.

Mais je dessinais aussi avec délice Martinal, Rigadouille, et bien d'autres.

C'est au début de l'année 42, que j'ai produit l'œuvre majeure de ma période lycéenne.

Fortement influencé par les dessins de Dubout pour lequel j'avais la plus grande admiration, je transformais une feuille de Canson grand format en une fresque historique intitulée :

“Les estudiants cadurciens défendent leur cité contre les Huguenots d'Henri de Navarre.”

Une bonne centaine de farouches guerriers parmi lesquels figuraient tous les professeurs du lycée, le proviseur et les répétiteurs, s'étripaient allègrement sur le pont Valentré. Le monument célèbre étant dans ce dessin une grosse entorse à l'histoire mais la postérité me l'a certainement pardonnée.

Fainéant comme les Béarnais, Henri de Navarre n'a pas attaqué Cahors par cette véritable forteresse sur le Lot, mais plus facilement par la plaine de Cabessut à l'est de la ville.

C'est en effet le Samedi 28 mai 1580, dans la nuit, que ses troupes après avoir fait sauter les portes du pont neuf, pénétrèrent dans la place. Ce fut une mêlée terrible où les étudiants du collège Pellegri furent les premiers à résister à l'assaut qui dura tout de même trois jours et trois nuits.

Cette œuvre et les félicitations chaleureuses de Pintrou relevèrent un peu un prestige quelque peu émoussé par mes activités facétieuses et mes chiffres record d'heures de retenues. Quand j'ai quitté le lycée je devais à l'établissement cent vingt six heures de colle soigneusement comptabilisées par la belette dit aussi la Fine, surveillant général redouté qui m'avait cependant consenti un petit pourcentage en moins en raison de mon ancienneté dans la maison.

10 AOÛT 1944 ▸ 8H30

Le secteur est calme. Toujours rien sur la route et pas de bruit lointain de moteur. Le brouillard est dissipé. Entre les branches de châtaigniers se détache un ciel clair, d'un bleu un peu laiteux. Un ciel d'août. Je replonge dans mes pensées.

12 Novembre 1942, les allemands envahissaient la zone libre. La ville guettait l'apparition des soldats du Reich. Une tension sourde et oppressante gagnait progressivement Cahors au fil d'une journée qui apparaît interminable. Ils devaient entrer par le nord de la ville, le quartier de la Barre et descendre ensuite le boulevard Gambetta qui sur le trajet de la route nationale 20 partage la cité dans sa partie médiane. A l'est, l'emplacement de la ville du Moyen âge, le vieux Cahors, le plus pittoresque avec au sud les Badernes (2) et au nord les soubirous (3), séparés par la cathédrale et la place du marché. Le boulevard était désert, les magasins fermés, et les volets des fenêtres ne s'ouvraient que spasmodiquement, en révélant un visage au regard plus inquiet qu'interrogateur.

J'étais seul sur le trottoir dominé par l'immeuble où habitait ma famille avant le pont Louis Philippe où se termine le boulevard et d'où part sur l'autre rive l'avenue de Toulouse, sortie sud de la ville. A vrai dire je ne pouvais pas donner une explication logique à cet acte de bravoure spontané, interdit par une famille inquiète, fortement déconseillé par les professeurs du lycée qui avec l'assentiment du proviseur nous avaient renvoyés chacun chez soi à l'exception des internes, dissuadé par tous mes amis.

(2) Baderne : en Roman "Dernos" qui signifie bas quartier.

(3) Soubirous : du languedocien "soubeiran" qui caractérise la partie la plus élevée d'une ville.

Je faisais donc les “cent pas” entre le carrefour de la rue Wilson et le pont en attendant l'événement, seul. Par curiosité ou pour “faire le malin” ? pour braver l'interdit général ou en pure inconscience ?

Je repensais à cette fameuse affiche toujours présente dans mon esprit, même si elle avait depuis longtemps disparue sur les murs de la ville :

“Nous vaincrons parce que nous sommes les plus forts”

C'est peut-être à cause de cette image que nous, les jeunes, avions si mal accepté la déroute.

Finalement, je crois que j'étais simplement sur le trottoir du boulevard ce jour-là pour voir dans la réalité et non sur un écran de cinéma, à l'heure des actualités, ces soldats qui avaient si facilement réduit la France à l'état de pays vaincu et occupé.

En fin d'après-midi un fond sonore d'abord tenu puis de plus en plus perceptible troubla le grand silence de l'attente. Il devaient franchir la Barbacane qui, au nord, protégeait l'entrée de la ville. Puis les sons devinrent plus précis, avec des bruits de moteur surtout, sinistres et angoissants. Ils devaient déjà être à la Barre et commençaient à descendre le boulevard.

J'aperçus d'abord deux formes grises, sur deux motos grises, sans visages perceptibles entre le casque et les énormes lunettes.

Après le passage fantomatique de cette avant-garde ce fut un défilé de camions gris identiques. Au niveau des ridelles on voyait les occupants : une série de dos gris surmontés d'un casque. Pas de visages.

Pas de peur en moi, peut-être un peu d'angoisse tant ce défilé semblait irréel dans la monotonie de sa nuisance grise et son absence d'expression. Seul le bruit des moteurs ramenait un peu à la réalité. Le dernier camion s'engagea sur le pont. A nouveau le boulevard désert et silencieux, quelques fenêtres s'ouvraient lentement.

Je restais un long moment immobile et l'esprit vide, puis j'allais vers le pont en sifflotant pour me donner une contenance.

Un curieux spectacle m'attendait. Les camions vides étaient alignés sur la route de Cabessut au pied du Mont St Cyr. Au dessous, sur les berges du Lot et surtout dans ses eaux troubles, une bonne centaine d'hommes nus au crâne rasé s'ébattaient ou barbotaient avec des cris, des rires et des altercations.

Les fantômes grisâtres que j'avais vu défiler une demi-heure auparavant étaient devenus une cohorte de lutins expressifs, d'apparence inoffensive, insensible à l'eau déjà froide et trouble de novembre.

Une sentinelle vert de gris, d'aspect assez inquiétant, que je n'avais pas vu arriver tant le spectacle m'intéressait, me fit avec son fusil un geste qui m'invitait à déguerpir dans les meilleurs délais, ce que je fis en pressant le pas. Je rentrais à la maison perplexe. Finalement nous, les français de la zone libre, avions somnolé pendant deux ans, à l'abri illusoire de la ligne de démarcation, bercés, pour ne pas dire anesthésiés par une propagande insidieuse mais très efficace.

Déjà dans nos classes, des camarades distribuaient des numéros de "jeunesse France" consacrés à la vie dans les écoles. Bien sûr nous étions bien quelques irréductibles sous semblant d'indifférence à rester imperméables. Pendant les heures de retenues nous allions louer pour une heure, au prix de 50 Cts, la revue "Sélection", journal un peu érotique qu'un camarade rentrait au lycée toutes les semaines. C'était une bonne affaire car l'exemplaire coûtait deux francs. D'une part, il n'était pas désagréable de regarder de jolies filles et d'autre part, c'était en contradiction avec le fameux slogan dont usaient les propagandistes de la révolution nationale sans l'avoir inventé :"Mens sana in corpore sano."

La cassure était devenue effective dans nos classes. Certains avaient pris parti et s'étaient inscrits à l'U.P.J.F. (Union Populaire de la Jeunesse de France) inspirée et soutenue par Doriot. Ils distribuaient avec suffisance "l'émancipation nationale" consacré à ce mouvement avec en titre "La France a retrouvé sa Jeunesse". La presse locale n'était pas en reste. Le journal du Lot avait publié le message du Maréchal aux écoliers de France.

L'hiver 41-42 nous avait laissé tristes et désemparés. Aux actualités du cinéma, à la radio on ne voyait ou on n'entendait que la défaite anglaise en Lybie et le triomphe de Rommel, les victoires allemandes en Russie, Pearl Harbour. Nos camarades U.P.J.F. devenaient de plus en plus arrogants et méprisants. L'espoir devait revenir avec certains professeurs.

Bardou, malheureusement révoqué au début de cette année scolaire avait été le premier initiateur à la résistance parmi les lycéens.

Lamouse était une vieille connaissance et un sérieux contentieux demeurait entre nous. Il est vrai que j'étais depuis des années un élève insupportable et provocateur à l'origine de toutes les facéties imaginables. Et j'étais aussi un des trois plus anciens de l'établissement puisque je fus admis à l'âge de 2 ans et demi (avec dérogation) dans la maternelle de madame Pavy.

Dartou, le professeur d'allemand, quittait la classe quand je devenais inacceptable. Il le reconnaissait devant le proviseur.

-"Je sors ou je fais un malheur."

Comme il est toujours sorti, je suis toujours en vie.

Lamouse, lui, me bottait allègrement les fesses. Mais un jour ou je lui faisais remarquer que la géographie avec lui était un jeu facile, puisque pour nous montrer Calcutta sur la carte, il couvrait toute l'Inde avec sa main, il m'avait gratifié pour la première fois d'une gifle mémorable. Mortifié devant la classe entière, mon génie du mal avait provoqué le déclic. Je m'écroulais au pied de mon professeur, inerte. Pendant une demi-heure je fis le mort. Lamouse était effondré :

- "Il ne bouge plus, je l'ai peut-être tué."

Les camarades me connaissant, étaient plutôt perplexes mais ne faisaient rien pour rassurer le maître.

Arrivée du surveillant général, pas de réaction de ma part.

Arrivée du proviseur, je demeurais toujours inerte.

Arrivée du médecin de l'établissement, le vieux docteur Gallet. Après étude succincte de quelques réflexes élémentaires, je compris que l'homme de l'art commençait à avoir des doutes, alors j'ouvris un œil et Lamouse se mit à pleurer

Malgré son pardon quelques jours plus tard, cette histoire m'avait profondément marqué. C'était le plus triste "tour de con" de ma carrière. A partir de ce moment l'idée du rachat c'était imposée à moi impérativement, tenace. Ce contrat avec moi-même je devais le remplir deux ans plus tard dans de tragiques circonstances.

Taric était mon professeur de mathématiques. D'emblée une complicité s'était installée entre nous. J'étais avec Louis le dernier de la classe. Mais il s'obstinait à mettre 0 à louis et 1/2 sur ma copie. Il est vrai que je rendais à la fin des compositions la plus belle de toute la classe, même si elle était la plus nulle. La recopie simple de l'énoncé du problème, véritable œuvre d'art, richement coloriée, devenait l'égale d'une enluminure du XIIème siècle et témoignait de la considération que je portais à mon maître. L'absence de toute solution témoignait aussi de mon mépris total pour les mathématiques. J'ai donc toujours refusé ce 1/2 point dû à mes dons artistiques que Pintrou, notre professeur de dessin avait depuis longtemps dépisté en moi.

Peu de camarades connaissaient ce qui liait le professeur et son plus mauvais élève. C'était la pêche au brochet. Bref mes exploits aspalieutiques qu'il m'entendait souvent raconter dans la cour, au milieu d'un cercle d'admirateurs (mes prises s'allongeant de dix centimètres toutes les semaines) fascinés par les monstres que je sortais des rivières, lui avaient mis l'eau à la bouche. Pour rester en terme de pêche, je l'avais appâté.

Un jeudi, nous partîmes tous les deux dans sa B14G Citroën, pour l'Ouysse, la petite rivière, théâtre habituel et familier de nos parties de pêche depuis l'enfance. Les eaux étaient limpides, froides même en été, des herbiers affleuraient à la surface et des brochets gavés de vairons somnolaient tranquillement entre deux eaux. J'avais été initié par Lasserre, marchand de vin à St Projet, village tout proche de celui de ma famille maternelle, au Roi du Guet. Il m'avait appris la manœuvre du long bateau à fond plat, pointu aux deux extrémités, en usage sur la Dordogne et basé chez son ami Pagès, au moulin de la Peyre. Mon habilité à manœuvrer la grande barque avec la gaffe ou avec la rame et le flair de Lasserre pour sentir la présence du carnassier au milieu des herbiers faisait la renommée de notre équipe reconnue même jusqu'à Gourdon. Je faisais décrire à la barque un demi-cercle autour du massif des plantes aquatiques pendant que Lasserre glissait son tramail pour encercler le poisson. Manœuvre simple dans les anses larges de la rivière, là où la vallée s'élargissait un peu et où le courant était lent, mais plus difficile au pied des falaises calcaires ou le lit rétréci, le courant rapide et quelque fois un grand remous signalait une perte au fond, phénomène assez fréquent sur l'Ouysse. Nos plus grosses pièces alimentaient les réceptions familiales mais le plus souvent Lasserre les portait au Pont de l'Ouysse, célèbre auberge près de Lacave, au pied de la falaise surmontée par le magnifique château de Belcastel. La spécialité de la maison : le brochet farci connu bien au-delà des frontières du Quercy.

La renommée devint vite légendaire. Une nuit deux gendarmes de Payrac nous avaient repérés malgré nos précautions. Après le coucher du soleil la pêche devient un délit.

- “Au nom de la loi, regagnez la rive !”

Je plongeais la lampe à acétylène dans l'eau. Je pris la rame pour me maintenir au milieu de l'Ouysse et commençais un va et vient discret et silencieux, 200 mètres en amont, 200 mètres en aval. Sur la rive on devinait les représentants de la loi qui suivaient fidèlement notre manœuvre. La nuit s'éternisait. La fatigue et le sommeil nous imposaient une répartition de nos efforts. L'un ramait, l'autre dormait ou essayait puis on changeait de pilote.

Le jour finit par se lever et le brouillard monta lentement de l'eau. Les gendarmes avaient abandonné, épuisés. Je ramenais le bateau au moulin de la Peyre, sans brochet pour une fois. La légende populaire était née.

Taric était assis à la pointe de la barque. Je venais de lui raconter l'affaire de la célèbre nuit. Il avait découvert émerveillé cette rivière peu connue. Je l'avais présenté à Pagès le meunier. Il avait pris deux brochets au lancer, après une belle lutte pour les sortir des herbiers. Nous sommes remontés sur le Causse.

Au Roi du Guet, la grand-mère nous avait préparé un casse-croûte réparateur : omelette à l'oseille, jambon salé, avec un verre de vin du grand-père. Nous repartîmes pour Cahors avec deux poulets et une miche de cet excellent pain qu'elle faisait elle-même comme dans toutes les familles du village. Nous étions revenus souvent sur l'Ouysse. Taric commençait avec sa canne à lancer et ses cuillères multicolores. Si les brochets n'étaient pas réceptifs à ses leurres scientifiques, je mettais en œuvre mes techniques personnelles en fidèle disciple de Lasserre. Je repérais un herbier, l'encerclais avec un petit tramail ; je tapais sur les herbes avec la rame et le poisson plongeait dans le filet.

Sur l'eau nous en venions progressivement à parler de la situation. Au début, je l'informais des efforts de propagande de certains de nos camarades qui distribuaient des bulletins de "Jeunesse France", de notre résistance à être enrôlés dans les U.P.J.F.. Et puis vinrent ses conseils et ses encouragements. La résistance s'organisant peu à peu, nous aurions, nous les jeunes, notre rôle à jouer dans la bataille qu'il faudrait livrer un jour pour délivrer le pays. Il insistait. Ce n'est pas encore l'heure. Il faut apprendre à ne pas trop parler en famille, au lycée, avec les camarades de classe. Le jour où il m'avait confié que le moment venu il me donnerait ses instructions, j'étais déjà, grâce à lui, entré un peu dans la résistance et j'en tirais un indicible sentiment de fierté. Déjà je connaissais bien des secrets. Les professeurs en qui je devais avoir confiance : Gaffard, Lamouse, Larrivière, Ramis. Les professeurs avec qui il fallait être discret en apprenant à éluder les questions.

A la fin du mois de septembre 42, Taric m'avait confié qu'un mouvement de résistance "Libération" avait été crée dans le Lot par notre ancien professeur Bardou qui en avait pris le commandement. Lamouse avait participé à la première réunion du directoire départemental de ce mouvement à la villa des Capucines à Cabessut, demeure de la mère de Bardou. Puis il m'avait annoncé solennellement que je devais dès à présent être disponible pour certaines missions : transport et distribution de tracts ou de journaux, collage d'affiches sur les murs. J'allais faire partie de ceux qu'on appelait déjà "agents de liaison" et cette promotion avait fait de moi un "héros" en puissance.

Mais le plus difficile était de rester tranquille, ce qui s'avérait difficile avec mon esprit facétieux. Même après l'arrivée des allemands à Cahors, je commettais des imprudences induites par mon jeune enthousiasme. Malgré les mises en garde de Taric, j'avais continué avec René, Guy et Vincent à organiser des manifestations bruyantes et hostiles à l'Eden pendant les actualités : cris, pétards, fumée accompagnaient les exploits des troupes allemandes sur le front de l'est. Deux fois la salle dut être évacuée en raison de la fumée. Puis les G.M.R. nous attendirent à la sortie de la salle. Enfin ils repérèrent notre fuite par les sorties de secours. Nous terminions alors la soirée au commissariat de police où les parents angoissés venaient nous récupérer.

Le 11 novembre 42, les résistants d'Albas et de Cajarc déposèrent au monument aux morts des gerbes en croix de Lorraine.

Nous ne pouvions rester indifférents devant cette première manifestation de résistance qui avait fait grand bruit.

Le 20 novembre 42, la même équipe de l'Eden, organisa avec les classes des "grands" du Lycée, un monôme en ville. Parodiant l'arrivée des allemands huit jours auparavant, nous défilâmes dans une joyeuse et bruyante pagaille de la Barre en haut de la ville jusqu'à la place Gambetta : cris, pétards, slogans anti-révolution nationale. En tête du monôme les organisateurs ceints de cerceaux de bois autour de la taille symbolisant notre captivité. Beaucoup de cadurciens sur les trottoirs ou aux fenêtres applaudissaient. Quelques soldats allemands regardaient le spectacle, perplexes.

Devant la statue de Gambetta les cerceaux furent brisés en signe de libération à venir. La dislocation de la manifestation se fit rapidement car la police et les G.M.R. encadraient notre groupe de meneurs.

Ce même groupe se retrouva le lendemain matin dans le bureau du proviseur Bassac, en possession d'une liste complète pour faire l'appel. Cette liste avait été fournie à la direction du lycée et peut-être aussi à la police par les U.P.J.F. de la classe, inaugurant ainsi une activité de collaboration qui aurait plus tard de tragiques conséquences. Le proviseur devait insister sur le caractère irresponsable d'une action où nous avions entraîné des classes de jeunes camarades. Il nous demanda une réflexion profonde sur ce qu'il espérait être, pour l'avenir de l'établissement, la dernière manifestation de lycéens en ville. Il n'y eut pas de sanctions à l'échelon scolaire.

Par contre les choses évoluaient beaucoup plus sérieusement par ailleurs. J'appris par mon père, qui en avait été informé par le chef de cabinet de la préfecture, qu'une entrevue avait réuni le préfet et l'officier allemand commandant la garnison concernant notre manifestation.

Le préfet, ancien officier supérieur de la marine appartenait à la vieille noblesse bretonne et portait un nom à triple rallonge. Le commandant de la Kommandantur locale était un ancien émigré de la noblesse française et portait un nom à double rallonge, qui ne laissait planer aucun doute sur ses origines.

Cette curieuse coïncidence permit donc de régler un problème qui avait pris d'inquiétantes proportions. Et puis au moment des faits il n'y avait pas encore la milice et surtout la Gestapo n'était en action qu'à Toulouse.

Taric me passa un savon mémorable pour être passé à l'action de façon stupide sans l'avoir informé, pour prendre des risques avant l'heure, pour me signaler aux yeux de tout le monde en compromettant mes activités à venir, pour mettre en danger ceux qui dans l'ombre préparaient une résistance moins fantaisiste et spectaculaire mais plus sérieuse. Il était furieux et surtout très déçu par un garçon sur qui il comptait pour plus tard.

Je me fis donc oublier jusqu'à la fin de l'année 42. Je restais même tranquille... ou presque au cinéma et je sortais souvent à l'entracte car à la sortie depuis peu, étaient en poste deux inquiétants feldgendarmes. Le monôme avait eu quelques suites et le commandant allemand avait été remplacé par un "autrichien".

Je consacrais donc mon excédent d'énergie à notre équipe de rugby : la "Quercynoise". Bardou avait été notre entraîneur jusqu'à son départ après sa révocation de l'éducation nationale. Il avait été un brillant demi d'ouverture de cette équipe et il jouait au même poste le dimanche à l'équipe phare du stade cadurcien. C'était notre rêve à tous, les jeunes, "opérer dans les deux équipes". Le jeudi tout se passait bien mais le dimanche, avec les anciens, il y avait la troisième mi-temps et le retour dans la famille "en fanfare".

Depuis mes débuts à la Quercynoise, je jouais trois quart aile, poste justifié par ma vélocité et mes talents de feinteur. Je m'y sentais serein et confiant car je pouvais facilement éviter l'adversaire agressif et rentrer intact au vestiaire. Après le départ de Bardou, c'est un ancien talonneur du

Racing club de France, Barsac, qui nous entraînait. C'était plus technique, mais moins chaleureux.

Esprit d'équipe ? Hasard ? Les quinze garçons de cette équipe avaient d'emblée, fait le bon choix. Influence et charisme de Bardou, certainement. Rassemblement d'esprits contestataires et facétieux aussi. Comme mes camarades, j'appréciais les liens profonds qui nous unissaient et pas seulement pour marquer des buts.

La fin de l'année 42 vit le départ de Pierre l'ancien aux chantiers de jeunesse - classe 42 - le vétéran de la classe nous quittait. Pintrou, le professeur de dessin perdait un de ses meilleurs élèves et moi un ami. J'étais toute fois intérieurement rassuré : les aventures n'étaient pas terminées.

Je ne me trompais pas.

En bas, sur la route, toujours rien. Il faut que je bouge un peu. Je reprends mon Remington, j'engage une balle dans le canon et je vise mon carré de bitume en contrebas, au travers du cadre de feuillage.

La petite répétition tourne court. Décidément ce fusil est trop lourd. Fred a bien de la chance avec sa Sten. Finalement j'opte pour l'attente décontractée. Je reprends mon poste, le dos bien calé par mon châtaignier et reviens à mes souvenirs sur les événements de l'année 43.

Taric, non sans hésitation, car je l'avais fort déçu dans l'histoire du monôme, m'avait confirmé qu'il me considérait toujours comme un jeune agent de liaison "occasionnel". Ce qualificatif, pour le moins restrictif, m'était bien resté au travers de la gorge mais je comprenais qu'il voulait marquer le coup. De toute façon il me présenta quelques jours après au chef départemental, le colonel Privat. Je n'ai plus revu cet officier supérieur qui fut dès le 1er mars 43 remplacé par le commandant Matignon, homme jovial et sympathique, toujours coiffé de son béret basque étalé comme une galette sur sa voûte crânienne. Comme écrivait Gide, "il tachait de donner un air mâle à son visage débonnaire et poupin".

Ce militaire m'inspirait confiance. René qui le connaissait déjà me confirma que c'était bien vrai, c'est à dire un officier de carrière. Pourtant avec mes camarades lycéens il était difficile de se laisser impressionner par les galons. Nous avions, devant leur prolifération continue, procédé à un classement. Il y avait les purs et sincères qui en portaient trois, les arrivistes qui s'en plaçaient quatre sur l'épaule, les orateurs méprisants qui arrivaient d'on ne sait où et qui se présentaient d'emblée avec cinq. Le panachage devait être considéré comme péjoratif puisqu'il n'existait pas de sous lieutenant ou de lieutenant-colonel. L'avancement devait en être effectivement accéléré.

Une rumeur courrait dans les rangs. Il y aurait dans la région bordelaise un grand chef de la résistance qui portait une étoile. Il n'avait pas osé s'en attribuer deux à cause du Général de Gaulle. Plus, cela aurait fait penser à un petit maréchal et ce n'était plus l'heure de faire référence au sauveur de la patrie.

Ce fut l'époque des missions en vélo dans la campagne. Je contribuais, avec René et Paul à la diffusion du journal "Libération" qui de Toulouse arrivait à Cahors par agents de liaison plus aguerris comme Farge ou Lepontoux, le beau-frère de Bardou.

Nous étions d'autant plus motivés et enthousiastes que les U.P.J.F. du lycée distribuaient depuis plusieurs mois les publications vichyssoises. A notre tour et pour la première fois nous allions contribuer à diffuser un journal de la résistance. Une autre vérité que celle affirmée dans l'hebdomadaire "l'Emancipation Nationale" de Jacques Doriot dont les exemplaires traînaient ostensiblement sur les bancs du lycée ou dans la presse locale étouffée par la censure.

Que de surprises et d'étonnements aux livraisons dans les "boîtes à lettres" sur lesquelles nous devions garder le secret absolu. Etonné, le brave docteur Rivaille de trouver un jour dans sa salle d'attente le petit lycéen, son voisin sur le boulevard, porteur d'un document de Lamouse. Et moi d'apprendre que j'étais chez le chef départemental du mouvement Combat qu'il avait créé en novembre 42 après l'entrée des allemands à Cahors. A chaque mission et les kilomètres de vélo que cela représentait, je découvrais avec stupéfaction le réseau déjà très dense des groupes de la résistance. J'échappais peu à peu à l'espace clos du lycée où la propagande sournoise distillée par les U.P.J.F. vichyssois, la résistance verbale des "petits" de Bardou, Lamouse, Taric, Gaffard, mais aussi les rumeurs, les menaces, les mises à l'écart, les dénonciations calomnieuses, les insultes entretenaient une atmosphère angoissante.

Encore étions-nous des privilégiés, les joueurs de rugby de la Quercynoise qui pouvions nous défouler extra muros, cultiver l'esprit d'équipe qui nous animait et transcender nos ardeurs résistantes.

Mon secteur était limité à Cahors et aux environs mais Taric y avait ajouté au nord une partie de la région de Gourdon en raison de ma connaissance parfaite du terrain et de nombreux lotois du coin.

Peu à peu je découvrais des gens admirables qui en quelques phrases ou quelques mots vous insufflaient calme, courage, assurance et confiance en soi. Doucet, de Libération à Puy Levêque qui ne me laissait jamais repartir sans un bon casse-croûte et un verre de vin. Romieu de Gourdon qui me faisait marcher avec malice :

- "Ces journaux, c'est pour Romieu de Franc tireur ou pour Romieu de Combat ?"

Et de m'apprendre qu'il appartenait aux deux groupes. A Gourdon toujours, Amade de l'A.R. et son second, le garagiste Parra que je connaissais depuis bien longtemps. Comme je connaissais déjà le fils aîné du médecin de Payrac, notre praticien de famille au Roi du Guet.

J'étais impressionné par le nombre de groupes ou de groupuscules déjà existants mais je me posais aussi la question de leur dispersion, de la multiplicité des commandements. Nous en parlions souvent entre camarades engagés au lycée et nous rêvions tous d'une armée unique de la résistance où seraient rassemblés toutes les formations existantes avec un commandement unique.

En attendant, mes "sorties", pour ma sécurité devaient avoir une justification pour ma famille, les camarades lycéens, le voisinage. J'avais obligation de devenir de plus en plus méfiant, prudent et discret surtout. Sauf urgence, les missions sur Cahors étaient effectuées après 17 heures, à la sortie des cours, sur ordre et directive de Taric ou de Lamouse.

Les missions extra muros étaient pour la famille des opérations de "ravitaillement". Au retour de Puy Levêque, je faisais une petite pause à Labastide du Vert, village, natif du peintre Henri Martin où un cousin très éloigné tenait une petite épicerie de village. Je rentrais à Cahors avec une ou deux boites de sardines ou quelques tranches de jambon fort appréciables en ces temps de tickets d'alimentation. Au retour de Gourdon, le détour par le Roi du Guet où la grand-mère maternelle m'accueillait avec joie et me permettait de retrouver ma famille avec un ravitaillement apprécié de tous.

Pour les copains, toute sortie était motivée par une aventure : une fille dans chaque village et comptes rendus croustillants dans la cour du lycée avec une débauche imaginative intarissable. Et le réconfort d'une appréciation flatteuse :

-"Quelle santé, tous ces kilomètres pour une fille !"

Quelque fois aussi, le prétexte d'une mémorable partie de pêche avec prise historique, confirmait en même temps une réputation qui n'impressionnait plus personne. Mais les filles !

Tout avait démarré avec Pépette, jeune et superbe professeur de français dont c'était le premier poste. Elle était détachée du lycée de filles, en sureffectif, pour notre établissement qui en manquait. Elle était l'objet de tous nos fantasmes et à 17 ans l'imagination est explosive. Tout se serait bien passé si un professeur adjoint nommé Servant, en uniforme de sergent, n'était venu en remplacement d'un vieux maître d'allemand épuisé. D'emblée, l'hostilité fut patente. Très suspect, ce soi disant professeur portant uniforme et par ailleurs très lié avec les U.P.J.F., Taric m'avait prévenu. Méfiance et discrétion. Et puis voilà qu'il tournait autour de notre Pépette. Provocation inacceptable. En réaction, slogans d'un goût douteux sur les tableaux : "le sergent servant la Pépette". Affolement de l'intéressée. Devant la classe médusée, elle m'avait convoqué non chez le proviseur, mais chez elle et m'avait donné son adresse à l'hôtel de la gare.

Après une nuit d'insomnies où me harcelaient fantasmes érotiques, malaises, espoirs, craintes, curiosité, lascivité béate, j'avais réussi à me forger le lendemain matin un mental de séducteur irrésistible.

J'étais escorté de la moitié de l'équipe de rugby qui devait rester à la porte de l'hôtel en renfort au cas où. Je montais au premier étage accompagné du regard sournois du portier et frappais avec assurance à la porte du n°33.

Pépette ouvrit et me fit signe d'entrer, sans parler. Elle était magnifique avec ses longs cheveux noirs retombant sur ses épaules. Elle parlait. J'entendais un monologue lointain, fasciné par ses yeux et sa bouche. Elle parla longuement. De temps en temps je suivais : mon premier poste, des garçons déjà grands, notre tirage au sort pour gagner les premières tables et les regards indiscrets ou lubriques des heureux gagnants sur ses jambes, les slogans au tableau et elle fondit en larmes. Je fondis en larmes. Elle vint vers moi. Je la serrais contre moi. Nous sommes restés longtemps enlacés en pleurant. Quand je l'ai quittée, rassurée et détendue par mes paroles témoignant de ma part d'une protection inconditionnelle, j'étais devenu le "chevalier servant de Pépette" sans m'en rendre compte.

A preuve qu'à la sortie de l'hôtel sous les regards admiratifs des camarades, il n'y eut de ma part aucun compte rendu, croustillant ou non. Par la suite il n'y en eut jamais. Un jour peut-être un camarade vous racontera cette histoire d'une autre façon. Avec le temps toute histoire évolue soit vers l'oubli, soit vers la légende.

Le début de l'année 43 avait été marqué par la mise en œuvre d'une nouvelle institution émanant de l'état français : la relève. Elle consistait à remplacer les soldats prisonniers par de jeunes français choisis à partir de certaines classes d'âge. Cette relève était organisée et décrétée par le gouvernement de Vichy mais il ne faisait aucun doute pour personne qu'elle était faite à la demande des allemands. Provisoirement protégés par la limitation aux classes d'âge nous avions cependant réagi et participé activement à la vaste campagne menée dans tout le pays contre ces départs en Allemagne pour le S.T.O (service du travail obligatoire) et pour aider matériellement les réfractaires.

Avec René, Paul, Vincent et Guy qui opérait avec nous pour la première fois nous avions organisé dans le lycée une collecte destinée à recueillir des dons auprès de nos camarades.

Lamouse qui supervisait l'opération qu'il avait lui-même conçue, s'occupa personnellement de ses collègues. Cette collecte était risquée. Il y avait dans l'établissement des professeurs (rares) partisans du gouvernement de Vichy et dans nos rangs des membres des U.P.J.F. qui étaient déjà très agressifs. La cassure s'élargit encore une fois chez les lycéens. Des discussions houleuses et menaçantes assombrissaient les cours de récréation. Aux invectives des collabos répondaient les refrains classiques : communistes, saboteurs. Peu après la relève apparue la milice, sinistre institution qui émanait, en lui succédant, du S.O.L. (service d'ordre légionnaire) de Vichy. Elle s'installa à Cahors en mai 43 discrètement. Puis la milice fut intronisée en grande pompe dans notre département par une cérémonie publique, présidée par le préfet, qui fut organisée au théâtre municipal. Trois professeurs y assistaient en tant qu'observateurs intéressés, Gaffard, Ramis et bien entendu Lamouse qui nous en fit un compte rendu précis.

Un fiasco. Quelques curieux, quelques miliciens déjà en tenue. Les objectifs du nouveau mouvement par un chef milicien, le discours de clôture par le préfet ne déridèrent pas un public clairsemé. Il est intéressant de noter que dès son apparition la milice inspira la méfiance pour certains, la peur pour d'autres. Même nos camarades U.P.J.F. l'avaient accueillie avec une tiédeur visible.

Devant cette attitude générale négative la milice fit appel au chantre de la collaboration et du régime de Vichy. Le 6 juin, une grande manifestation fut organisée avec le concours du célèbre Philippe Henriot, tribun prestigieux (disait-on) qui avait mis son talent oratoire au service du maréchal Pétain et des allemands.

Cette organisation théâtrale avait été précédée la veille, 5 juin, de l'arrestation de Bardou et d'un de ses amis résistants et le lendemain d'un troisième résistant que je connaissais pour l'avoir rencontré en liaison, Fages. Quant à nous, consignés au lycée pendant le meeting, avec les gendarmes à toutes les issues, prêts à intervenir au moindre incident, nous n'avions aucune possibilité pour aller perturber l'orateur. Dommage.

Mais quelle fierté dans nos rangs devant les moyens dissuasifs mis en œuvre : emprisonnement préventif des résistants les plus notoires et occupation du lycée par la gendarmerie pour mettre de force la jeunesse estudiantine dans l'impossibilité de manifester.

Finalement le mois de juin 43 se terminait avec des symptômes encourageants. La propagande du gouvernement collaborateur de Vichy dispensée au lycée par les U.P.J.F., la mise en place d'une milice au service de ce gouvernement et des allemands, la forte réaction populaire contre le S.T.O. et le grand nombre déjà de réfractaires et même l'éloquence de Philippe Henriot n'avaient eu pour résultat que d'augmenter le nombre de sympathisants à la résistance, de multiplier les effectifs de ses mouvements et aussi de jeter le trouble dans les rangs des collaborateurs.

Le 9 juillet, Lamouse nous avait annoncé solennellement que Bardou avait pris le nom de guerre de Philippe et avait formé avec quatre camarades le premier maquis armé auquel il avait donné le nom de France. Comme il était plus précis en détails dans ses comptes rendus d'activité de la résistance que dans ses cours de géographie, il nous en détailla même l'armement : un revolver 92 avec six cartouches, un fusil 36 avec trois cartouches.

Notre ancien professeur de latin et entraîneur de l'équipe de rugby commençait une épopée héroïque dont les exploits soulevèrent notre enthousiasme et transcendèrent nos énergies.

Août 43, Taric avait pris le commandement départemental de l'A.S. Que d'événements nous avaient séparés et rapprochés depuis nos parties de pêche sur l'Ouysse. L'histoire du monôme devant l'armée d'occupation et huit jours après leur arrivée en zone libre l'avait très irrité contre moi. Puis il m'avait refait confiance. J'ai même un moment pensé que c'était peut-être parce que je lui étais plus utile facétieux, mais avec les renseignements précieux que je lui apportais de la préfecture, que mis sur la touche. Mon père, commis de préfecture, homme discret et effacé mais patriote actif, obtenait régulièrement du chef de cabinet Larrive, les comptes rendus des mesures du gouvernement de Vichy à mettre en œuvre à l'échelon préfectoral. Les renseignements obtenus avant la mise en application étaient d'une utilité majeure et Taric en avait communication immédiate.

Mais je crois plutôt qu'il y avait entre nous un lien affectif solide. Je repensais souvent à nos longues discutions sur l'Ouysse, assis sur l'unique banquette de la barque dérivant lentement dans le courant en attendant de relever le tramail qui pêchait tranquillement autour des herbiers. Il m'avait patiemment façonné pour me préparer aux épreuves qu'il savait, à terme, inévitables. J'avais avec lui perdu beaucoup de mon insouciance naturelle pour évoluer vers un début de maturité et de prises de contact avec les réalités. De contestataire j'étais devenu résistant. Mais surtout j'étais prêt à le suivre avec enthousiasme. Je pense qu'il en était intimement convaincu.

J'avais accès de part mes fonctions d'agent de liaison aux journaux de la résistance que je distribuais aux “boîtes à lettres” de mon secteur. Je n'oubliais pas mes camarades de classe et les sympathisants à la résistance. Nous commentions souvent certains articles dans un coin de la cour en petit comité. Je me souviens encore de ce numéro de libération du 1er août 43 qui publiait une mise au point du Général de Gaulle en date du 20 avril 43 : “C'est dans la résistance et c'est dans le combat qu'en ce moment se révèlent les hommes que notre peuple jugera dignes et capables de diriger ses activités. De ces jeunes hommes vaillants, trempés par le danger et élevés au dessus d'eux même par la confiance des autres, la patrie peut attendre demain le dévouement, l'initiative, le caractère qu'ils prodiguent héroïquement pour la servir dans la guerre."

Des informations intéressantes nous parvenaient par le bulletin intérieur de l'A.S. de la région de Toulouse. Dans son n°5 du 20 août 43, il était précisé les classes d'appel pour le S.T.O. en Allemagne, amorce d'un plan de mobilisation totale des français au service de l'Allemagne.

C'est dans le journal mensuel "la France", du 1er septembre 43, que nous avons découvert la liste des membres du groupe "collaboration" né à Paris au lendemain de la victoire allemande.

Pour les lettres : Alphonse de Chateaubriand, Jacques Boulanger, Drieu la Rochelle, Ramon Fernandez, Alain Loubreaux, Lucien Rebattet, Camille Monclair, Jean Cocteau, Jean Giono

Pour la musique : Alfred Cortot, Marcel Delannoy

Pour le théâtre : Sacha Guitry, René Rocher, Pierre Fresnay, Aimé Clarion

Pour le cinéma : Henri Décoin, Georges Clouzot, Lechanois, André Cayatte et les acteurs le Vigan, et Albert Préjean.

Pour les beaux-arts : le sculpteur Bouchard, le peintre Maurice Denis de l'institut.

Pour la danse : Serge Lifar.

Nous étions atterrés que le "dessus du panier" de la trahison soit constitué d'hommes aussi connus et célèbres de la vie intellectuelle et artistique.

L'automne 43 avait été marqué par une réorganisation profonde des mouvements de résistance avec la naissance du M.U.R. (Mouvement Unis de la Résistance). A la veille des premières actions opérationnelles et devant la multiplication des formations, mouvements, maquis, il devenait indispensable de tenter une unification, autant que faire se peut. Tout au moins il était urgent de donner au plus grand nombre de formations de la résistance un commandement ou une direction unique.

Bardou, Lamouse, Taric, Ramis et Gaffard, nos professeurs œuvrèrent dans ce sens, non sans mal. Certains de ces mouvements avaient une composante syndicale, cégétiste surtout, d'autres une composante idéologique et même franchement politique, d'autres formés presque exclusivement d'anciens combattants de la république espagnole. Le M.U.R., première tentative d'unification comprenait : résistance PTT, résistance fer, Libération, Combat, Francs-tireurs et partisans, libérer et fédérer, et l'A.S. Le chef départemental étais Ramis et le chef opérationnel Bardou.

Je ne dépendais donc plus directement de Taric qui avait en Octobre 43 laissé le commandement A.S à Ricard. Désormais, après chaque réunion du M.U.R, nous recevions les missions dévolues aux jeunes agents de liaisons : renseignements en ce qui me concernait mais aussi distribution de journaux et souvent collage de tracts sur les murs. Je me souviens d'une petite affichette qui avait eu un grand succès. Elle représentait un milicien pendu à une potence avec cette légende :"milicien assassin". Au lycée même, c'était de Ramis à présent que je recevais les ordres, mais aussi de notre voisin le docteur Rivailles de Combat ou de Larrivière professeur appartenant au mouvement Franc-tireur mais qui sera aussi à partir de décembre 43 le commandant départemental de l'A.S.

Pour nous, tout ceci nous apparaissait un peu confus et difficile à comprendre mais nous l'acceptions non sans quelques réflexions ironiques. Mis à part quelques camarades de classe ayant choisi les idées de l'extrême droite inspirées par Jacques Doriot et déjà intégrés dans la collaboration, la plupart d'entre nous n'avions pas d'idéologie politique bien définie. Nous nous considérions comme républicains, enfants de l'école laïque, un point c'est tout.

En dehors du lycée, les résistants, professeurs ou élèves se réunissaient chez "Gustave", patron du café Bireau. Cet établissement proche du lycée était depuis toujours une annexe de la traditionnelle salle des professeurs, très ennuyeuse disait Lamouse. Entre deux cours nos maîtres allaient y prendre un petit café, dans une ambiance chaude et animée. Depuis 42 elle était devenue le lieu de réunion obligé des enseignants résistants ou sympathisants. Avec fierté et plaisir nous allions souvent y retrouver Taric, Lamouse Gaffard. "Gustave", lui, était à la fois maître des lieux et professeur de musique au lycée où son éternel violon et son triste solfège n'avait jamais provoqué le moindre enthousiasme dans nos rangs. Mais c'était un très brave homme, non sans courage pour avoir fait de son café un établissement pour les opposants à Vichy.

Le vrai PC des résistants depuis 42 était le café du midi, dans le quartier de la Barre et le lieu était heureusement beaucoup plus discret. Il était tenu par Mme Fages, une femme remarquable appartenant au mouvement Libération. C'était le PC de Bardou et des chefs départementaux de la résistance.

C'est après la formation du M.U.R que je fis sa connaissance en allant au café du midi prendre en charge le paquet de journaux ou de tracts que j'allais livrer ensuite aux "boîtes à lettres" de mon secteur. Après le vichy grenadine, j'avais toujours droit au : "soit prudent, petit, fait bien attention."

La formation du M.U.R fut ensuite suivie par l'organisation des F.U.J.P (forces unies de la jeunesse patriotique). Pour Bardou, Taric, Larrivière, Gaffard et Ramis il devenait indispensable de rassembler dans un mouvement les moins de vingt ans. Certes il ne se précisait aucune menace liée à leur classe d'âge en rapport avec le S.T.O, mais ils voulaient se manifester et agir dans une formation de la résistance.

Déjà une partie des jeunes des classes 40-41-42 étaient engagés dans les chantiers de la jeunesse prêts à partir pour le S.T.O Ceux qui avaient refusé et ils étaient nombreux, devenaient des réfractaires qui pour la plupart étaient recueillis par le maquis.

En ce qui nous concernait au lycée, nous avions hâte d'opposer aux U.P.J.F bien implantés dans certaines classes avec l'assentiment de professeurs bienveillants (en petit nombre heureusement), un mouvement solide groupant les résistants et les sympathisants.

Les U.P.J.F avaient été crées au IIIème congrès de ce mouvement à Montpellier en juin 41. Ce congrès avait fait la une du journal l'Emancipation Nationale du 7 juin 41, hebdomadaire dirigé par Jacques Doriot. Ce numéro avait été distribué dans les classes de terminales du lycée.

C'est donc avec enthousiasme que nous avons constitué les premiers groupes des F.U.J.P (forces unies de la jeunesse patriote) au début de novembre 43. A la fin de l'année, nous étions environ 90 pour Cahors et ses environs dont 24 étaient comme moi élèves au lycée. Le responsable était Rombles, un de nos anciens. Beaucoup de jeunes s'engagèrent dans les F.U.J.P. Ceux comme moi qui étions déjà engagés dans la formation du M.U.R y furent naturellement intégrés.

Au départ, le mouvement avait deux missions de base : renseignement et propagande au profit du maquis. Mais rapidement deux options furent âprement discutées :

Taric et Larrivière étaient partisans comme c'était le cas

dans l'A.S de l'utilisation des F.U.J.P en agent de liaison jusqu'au débarquement où ils seraient armés et intégrés aux maquis opérationnels.

Bardou était partisan de les armer sans attendre et de les former pour être intégrer aux unités déjà combattantes et opérationnelles.

Finalement le débat avait perduré. Les lycéens devaient rester en réserve, en continuant, à la demande, à être utilisés pour des missions ponctuelles. Les plus exposés ou menacés avaient ordre de rejoindre sans délai une formation de maquisards. Tous devaient être dirigés, après le débarquement allié, vers les unités opérationnelles, à l'exception de ceux morts ou déportés en Allemagne qui manqueraient à l'appel.

La fin de l'année 43 avait été marquée par les premiers exploits de Bardou dont Taric ou Lamouse nous tenaient régulièrement informés = pour équiper les maquis déjà organisés, le 17 octobre, il avait même "prélevé" deux camions de conserves et de couvertures dans un baraquement situé sur les berges du Lot à l'entrée de la ville et à 200 mètres du poste de garde allemand qui défendait le pont de Cabessut.

Mais elle allait se terminer par un drame qui marqua profondément les résistants et la population de la ville. La mort de Robert qui, au service du B.C.R.A (bureau central de renseignements et d'action) et fut abattu par un soldat allemand en tentant de fuir après son arrestation le 30 novembre 43.

Le 2 décembre 43, son enterrement se transforma en une manifestation patriotique à laquelle participèrent des milliers de Cadurciens, deux classes du lycée dont la mienne derrière Taric et Lamouse. Tous les magasins étaient fermés. Toutes les gerbes déposées sur le corbillard étaient ornées de rubans tricolores.

Les autorités allemandes avaient consigné leurs troupes pendant l'après midi de la cérémonie. Je le savais depuis la veille par mon père, qui m'avait informé qu'une réunion avait réuni le commandant de la place, “l'autrichien” et le préfet, avec mission d'en rendre compte, immédiatement, à Taric. C'est rassuré par ce renseignement que Taric avait pris la décision de faire participer les deux classes terminales du lycée aux obsèques de Robert avec l'accord du proviseur.

Nous savions par Lamouse que Bardou avait installé les trois sections de son maquis, qui comptait alors une centaine d'hommes, dans les fermes abandonnées du camp de Caylus.

Cette fin d'année ressemblait à une veillée d'armes, mais empreinte d'une grande tristesse.

10 AOÛT 1944 ▸ 10H30

Toujours rien. Le calme du secteur se confond avec la chaleur déjà moite et lénifiante qui monte de la vallée. Pourtant l'impatience se manifeste déjà. Les uns n'y croient plus, s'éloignant de leur poste de combat au mépris du camouflage du dispositif. D'autres ouvrent la musette et attaquent le casse-croûte avec la sempiternelle réflexion qui ne fait plus rire personne “encore un qu'Hitler n'aura pas”. Et puis il y a ceux, rares, qui ont la faculté de plonger à volonté dans un sommeil relaxant et “réparateur”. Pierre l'ancien attend les événements à venir, en dormant allongé sur le dos, à côté de son F.M.

Avec les heures qui passent l'attente se fait doute. Mosquito est venu faire un semblant d'inspection puis il est descendu, en haussant les épaules, vers son équipe de choc, en bordure de la route.

1944, c'était l'année de mon bac de philo. Comme beaucoup de mes camarades je n'étais pas assuré de passer l'examen.

En ce début d'année un frémissement général annonçait l'imminence d'un débarquement allié, alimenté par les communiqués diffusés de Londres par le porte-parole du commandement interallié mais aussi par la propagande allemande qui faisait courir des bruits d'imminence de cette opération dans l'espoir de pousser certains éléments de la résistance à se découvrir prématurément.

Bardou qui tenait toujours à ses “petits” de l'équipe de rugby nous prodiguait ses consignes par son porte-parole Gaffard. Nous devions le rejoindre en cas de menace ou de danger immédiat : filature, menace directe de Francs-gardes (il y en avait deux dans la classe), arrestation de responsables locaux. Au début nous devions rejoindre une des trois sections installées dans des fermes abandonnées du camp de Caylus.

Mais nous avions vite compris que ce point de chute serait provisoire en raison des changements d'implantation presque permanents des maquis. Effectivement cette procédure fut rapidement abandonnée car jugée dangereuse et difficilement réalisable. Deux événements importants marquèrent ce mois de janvier 1944.

Le premier devait assurer définitivement et de façon magistrale la crédibilité sur les possibilités d'actions de la résistance et avoir un grand retentissement.

Le second fut ma rencontre avec Delmas, le "préfet des bois" qui allait influencer mon action dans la résistance.

Le sabotage des usines Ratier de Figeac fut effectué le 19 janvier 1944. L'unique usine Lotoise travaillant pour l'armée allemande, fabriquait les hélices d'avions équipant les avions Heinkel de la Luftwaffe.

En novembre 43, déjà, Bardou avait reçu de Londres l'ordre de préparer le sabotage de l'usine implantée dans le quartier du pont de Gua afin d'éviter un bombardement aérien qui aurait été inévitablement préjudiciable à la ville et à sa population. La participation des délégués ouvriers avec qui il avait de bons rapports étant lui même à l'origine de la constitution de la CGT clandestine du Lot, lui avait permis d'envisager une opération sélective par la destruction de la partie essentielle des machines outils. Dans l'attente de l'ordre de passer à l'action, il avait obtenu une diminution sensible de la productivité. De 300 hélices par semaine la livraison était progressivement passée à 250 à la fin décembre.

En décembre 43, Larrieu, son camarade de lycée avait pris le relais de l'organisation du sabotage car il avait reçu l'ordre du 2ème bureau d'Alger d'agir d'urgence sous peine d'un bombardement aérien ce que tous voulaient éviter. L'action fut confiée à un groupe Franc A.S. de St Céré sous les ordres des deux responsables du secteur de St Céré, Latour et Baille. Trois machines à reproduire les pales d'hélice, d'origine américaine, irremplaçables car très rares et deux fours à cémenter furent mis hors d'usage.

Ce sabotage sélectif, remarquablement organisé, mené par un petit commando déterminé parfaitement renseigné et bien équipé, révélait à la population du Lot l'efficacité, la technicité des hommes de la résistance et jetait le trouble et le doute dans l'esprit des collaborateurs.

Au lycée, l'arrogance et l'assurance des U.P.J.F avaient baissé d'un ton car l'impact de l'événement avait été très marqué et nos plaisanteries insidieuses du genre "un bombardier Heinkel sans hélices ça plane ?" savamment distillées.

C'est à la fin janvier qu'un souper réuni dans notre appartement du boulevard Gambetta, Delmas, Aspart et mon père après lequel ces "messieurs" s'étaient discrètement enfermés dans le salon.

Plus tard, mon père vint me chercher et me présenta aux "conspirateurs". C'est ainsi que je fis connaissance avec le "préfet du bois", Paul dans la résistance, le futur préfet du Lot à la libération et avec Aspart qui allait faire la liaison entre le petit groupe qui opérait sous les ordres de Larrieu à la préfecture et les mouvements de la résistance. C'était le début de la préparation tranquille et discrète d'un mouvement de relève de la haute administration préfectorale du département, bien éloigné des classiques décrets officiels.

Mis à part une impression insolite et fugace d'une petite conspiration d'un autre âge, on sentait qu'une amitié ancienne et complice liait les trois hommes.

De cette rencontre j'allais accepter de nouvelles missions qui allaient inévitablement me rapprocher d'Aspart et surtout de Delmas. Il n'était pas question de rompre avec l'équipe du lycée et du reste j'avais rendu compte à Gaffard pour qu'il informe Bardou, et à Lamouse. Je voyais moins Taric. A la rentrée de septembre 43 il avait cédé le commandement de l'A.S. à Sicard qui l'occupait depuis le mois d'octobre. Il m'avait présenté à lui et j'avais été frappé par ce géant à l'air débonnaire qui posa sa main sur mon épaule en pliant à peine l'avant bras sur son coude. Il semblait convaincu de sa difficulté à passer "inaperçu" mais s'exprimait parallèlement avec une assurance sereine et tranquille. Un homme très sympathique et qui inspirait immédiatement confiance.

Moins de journaux et de tracts dans les sacoches de mon vélo, mais beaucoup de documents administratifs qui transitaient entre la préfecture, la maison, la mairie d'Aspart à Montech et la mairie de Delmas à Cadelac. Mais la nouveauté, c'est que la charge était presque aussi lourde à l'aller qu'au retour. Je ne rentrais jamais à vide. La paperasserie administrative entrait, elle aussi, en résistance.

Pendant ce temps les F.U.J.P cadurciens enthousiasmés par la réussite du sabotage des usines Ratier rêvaient d'en découdre par une action spectaculaire. Bardou avait eu l'idée d'attaquer les bureaux du S.T.O. et en avait confié l'organisation et l'exécution à Rombles le chef des F.U.J.P cadurciens.

Elle eut lieu dans la nuit du 3 au 4 février 1944. Tandis qu'une partie de l'effectif faisait le guet autour de l'immeuble situé dans une ruelle parallèle au boulevard Gambetta mais à proximité de la mairie et du poste de police, Panis un ancien du lycée et Vingreau pénétrèrent dans l'immeuble et s'emparèrent des dossiers, des listes, des tampons et des machines à écrire, tous éléments indispensables pour l'établissement de faux papiers aux réfractaires du S.T.O.

Cet "exploit" eut un retentissement très favorable chez les jeunes car le S.T.O était l'organisme qui établissait les listes des mobilisables suivant les classes d'âge et décidait de leur départ en Allemagne.

J'étais très heureux de cette réussite pour Panis qui avait été pendant deux saisons le barreur de notre Outrigger à l'aviron cadurcien et que j'avais retrouvé aux F.U.J.P.

Hélas à la fin du mois de février la Gestapo arrêta 11 de nos camarades dont Rombles, Panis, Vingreau qui furent déportés dans les camps de concentration allemands.

Dénonciation, comme peut le faire supposer l'arrestation du chef des F.U.J.P et des deux exécutants de l'opération. Bavardages et vantardises de jeunes transcendés par leur exploit. Je reconnais qu'après l'opération nous n'avons pas arrêté d'en causer, de commenter, de nous vanter sans trop faire attention à l'entourage dans les cours du lycée surtout. Chez "Gustave" au café Bireau, notre professeur de musique, c'était plus sûr, du moins le pensions-nous. Peut-être dénonciation, peut-être bavardage révélateur de jeunes qui n'ont pas su maîtriser les événements dans une ville étroitement surveillée par les Francs-gardes, la milice de Vichy, la Gestapo allemande et au niveau du lycée les U.P.J.F collaborateurs actifs ou en puissance. Privé de ces chefs et touché par l'arrestation et la déportation de onze de nos camarades, le mouvement cessa toute action collective. Nous restions au service actif de la résistance et des maquis sous les ordres des chefs du M.U.R dans l'attente du débarquement et pour ma part je continuais à transporter les documents administratifs à partir de la préfecture. Mais les exploits de Bardou nous redonnaient confiance et espoir. Le 7 mars avec les hommes de son maquis France, il avait saboté le tunnel de Cieurac sur la ligne Paris-Toulouse et lancé à l'intérieur successivement deux trains de marchandises rendant cette voie stratégiquement inutilisable pendant une semaine.

C'est quelques jours après qu'une nouvelle jeta le trouble dans les rangs des F.U.J.P de notre classe. Bardou notre ancien professeur, chef départemental des maquis du M.U.R, avait rejoint les Francs-tireurs et partisans, avec la plus grande partie (volontaires) des mouvements constituant le M.U.R. Encore touchés par le coup dur subit avec les F.U.J.P cette nouvelle fut accueillie avec étonnement et incompréhension.

Le problème de l'appartenance politique des divers mouvements de la résistance n'avait jamais attiré notre attention et était la dernière de nos préoccupations. Pour nous il y avait d'un côté le gouvernement de Vichy étroitement lié à l'extrême droite fasciste et collaborant avec les allemands, de l'autre la résistance. Bien sûr nous avions entendu certains de nos chefs associer l'A.S. au parti socialiste, affirmer qu'il y avait de nombreux communistes dans les maquis ce qui était pour n'étonner personne puisqu'ils étaient persécutés par les allemands. Les jeunes n'avaient qu'un désir le rassemblement de toutes les forces de la résistance dans un seul mouvement pour une seule mission libérer le Pays. C'est pourquoi la formation du M.U.R nous avait satisfait puisqu'il représentait l'ébauche de ce rassemblement.

Chez “Gustave”, c'était tribune ouverte en permanence. Taric, Lamouse, Gaffard Ramis, Larrivière avaient déserté pour un temps la salle des professeurs. Pour nous, dès 5 heures de l'après-midi c'était la ruée. Tout le monde donnait son avis. Bardou était devenu une référence, c'était le grand chef, l'inspirateur, déjà pour nous un héros de la résistance.

A notre connaissance il avait toujours montré une indépendance totale vis-à-vis de la politique. C'était surtout un syndicaliste. Affilié à la CGT, il avait été avec Fages à l'origine de la constitution de la CGT Lotoise clandestine, le 20 mars 1942 sous l'égide de Jouhaux secrétaire général placé en résidence surveillée à Cahors par le gouvernement de Vichy. Celui-ci habitait une petite maison indépendante à côté du passage à niveau face à l'entrée du pont Valentré que mon père syndicaliste lui aussi avait absolument tenu à me montrer. Léon Jouhaux resta à Cahors jusqu'au 12 novembre 1942, date de l'occupation de la zone libre. La police de Vichy le livra alors aux allemands. On ne le vit plus soit au café Barreau soit au café du midi où il avait pris l'habitude de se rendre tous les jours entre 11 heures et midi.

Nous avions aussi appris par Panis et Lamouse que Bardou avait été révoqué de ses fonctions de professeur parce qu'il était franc-maçon, ce qui ne nous avançait guère, car nous ignorions tous de quoi il s'agissait.

Taric, lui avait une explication. Pour lui Bardou avait été frappé au cours d'un voyage en Corrèze par l'organisation des maquis F.T.P très implantés dans ce département et très opérationnels. Finalement cette histoire révélait ce que nous savions déjà. Deux positions logistiques s'opposaient dans la résistance.

La temporisation jusqu'au jour "J" : le débarquement allié, avec des formations dites statiques non armées, devenant armées et opérationnelles après le jour "J" et des formations opérationnelles chargées des parachutages, du stockage des armes et des munitions et des opérations nécessaires : harcèlements, sabotages...

L'action immédiate avec le maximum de maquis

opérationnels, pour un harcèlement permanent des occupants et de leurs collaborateurs / milice G.M.R.

Bardou, homme d'action, enthousiaste et agressif voulait en découdre immédiatement et avec le maximum de moyens. Son choix ne pouvait certainement pas dépendre d'une idéologie politique seule. Par contre la remarquable organisation élaborée par le parti communiste clandestin pour former les maquis et F.T.P. de Corrèze ne pouvait que convaincre et enthousiasmer notre ancien professeur.

Toujours chez “Gustave”, Gaffard, qui était depuis longtemps très lié à Bardou, nous avait fait en petit comité pour les F.U.J.P un exposé sur cette organisation telle que la lui avait décrite Bardou après sa semaine passée en Corrèze.

Ce n'était qu'une copie conforme de ce que les Russes avaient déjà élaboré pour leurs partisans. A la base un groupe de huit hommes formant un petit maquis facile à camoufler et manœuvrer avec une grande facilité. Trois groupes formaient un détachement avec à sa tête une triple direction composée d'un commissaire politique gérant les effectifs, d'un commissaire militaire chargé des opérations, d'un commissaire technique responsable de l'armement et du ravitaillement. Trois détachements constituaient une compagnie et trois compagnies, un bataillon, schéma classique à toutes les armées. A la différence près que chaque formation était commandée par les trois commissaires.

Fin mars 44, Bardou avait réalisé sur ce principe le bataillon F.T.P du Lot.

La première compagnie était le maquis “France”, formation historique car la première de la résistance Lotoise.

La seconde était le maquis “Jean Bart”, formation constituée par des élèves de l'école des pupilles de la marine, crée par Bardou le 27 janvier 1944. Cette école avait été évacuée de Toulon sur la caserne Bessières de Cahors, après les événements de novembre 42, sur intervention du préfet du Lot, officier de marine lui-même.

La troisième compagnie constituait le maquis "République" et était composée presque entièrement d'espagnols, et pour la plupart d'anciens combattants de l'armée républicaine.

Le commandement du bataillon F.T.P du Lot était assuré par une triple direction avec Bardou responsable opérationnel, Pardot responsable des effectifs, Boiron responsable technique c'est à dire de l'armement de et du ravitaillement.

Ce bataillon était rattaché à la région F.T.P. de Corrèze, dépendant elle-même d'une direction inter-région comprenant la Corrèze, le Lot et la Dordogne.

Très rapidement le Lot devait, de par l'importance de ses effectifs, devenir une région F.T.P divisé en trois zones :

A / Comprenant les secteurs de Souillac et de Gourdon.

B / Les secteurs de Figeac, Latronquière et Lacapelle-Marival.

C / Les secteurs de Cahors, Castelnau, Montcuq et Lauzerte.

C'est avec cette nouvelle organisation que Bardou avait repris ses activités opérationnelles.

Le 6 avril 44 le sabotage du tunnel de Coudoulous sur la ligne Capdenac-Cahors, après le pont sur le Lot, entre les gares de St Cirq-Lapopie et de Conduché interrompit tout trafic ferroviaire pendant plusieurs semaines.

Ce sabotage avait pour but essentiel de couper "la route du charbon" et devait être complétée par une intervention sur la ligne Capdenac-Toulouse et une autre sur la ligne Capdenac-Rodez isolant complètement le bassin minier de

Decazeville. Ce charbon, en effet était destiné au dépôt de la SNCF de la vallée du Rhône.

Le 10 avril 1944 Bardou à la tête de plus de 200 F.T.P occupa la plus petite ville de Cajarc après avoir placé sur les différentes routes d'accès, à 4 ou 5 Km autour, des embuscades du maquis. Il avait avec lui Durieux ancien élève de notre lycée et qui était une vieille connaissance. Contre quelques caramels je lui organisais un rendez-vous avec ma cousine interne au lycée des filles et dont ma famille était le correspondant. C'était une très jolie fille et de nombreux garçons la courtisaient. Mais je préférais favoriser Durieux non que les autres ne me proposaient pas quelques friandises, mais quand on est dans la cour des 5èmes à la récréation, la considération d'un ancien, me donnait une assurance à la limite de la condescendance devant mes camarades. Bardou installa son PC1 à la mairie. C'était lui qui, après s'être fait relier par téléphone à la Kommandantur de Cahors, annonça l'occupation de Cajarc par les maquisards.

Les premières troupes allemandes venant de Cahors par la route de la vallée du Lot se heurtèrent à l'embuscade du maquis “France” dissimulé dans les rochers de la falaise. Un seul véhicule parvint à se replier sous le feu des armes automatiques. Trois autres seront détruits. Les allemands perdirent un officier et quatre hommes.

La Gestapo prit ensuite les choses en main. Les forces du maintien de l'ordre GMR, milice et à nouveau soldats allemands convergèrent par toutes les routes d'accès à Cajarc. Ils attaquèrent à nouveau l'embuscade de Larnagol mais à partir des hauteurs alentours. Deux maquisards furent tués dans l'engagement, quatre, faits prisonniers, devaient être fusillés à Toulouse.

L'embuscade de la route de Marcilhac à l'ouest de Cajarc

était tenue par le maquis "République". Les camarades repoussèrent le premier assaut des GMF puis se replièrent devant la supériorité numérique en laissant un maquisard sur le terrain.

L'embuscade sur la route de Villefranche à l'est était tenue par le maquis "Jean Bart". Elle fut attaquée par une autre unité de GMR fortement armée et dût se replier en abandonnant une traction avant. Celle-ci immédiatement récupérée, fut occupée par un officier et trois hommes des troupes de Vichy. Suivie à distance par un camion de policiers, elle se présenta devant un barrage installé près du pont sur le Lot en deuxième protection de Cajarc. Le piège n'abusa pas les maquisards qui repoussèrent les assaillants sous un feu nourri. Ils laissèrent sur la route plusieurs de leurs tués, des véhicules et même des armes.

L'embuscade de la route de Toulouse qui défendait le pont de Gaillac fut elle aussi attaquée par les GMR. Après un long échange de coups de feu, Bardou qui avait rejoint, au cours du combat, cette position stratégique ordonna le repli, en assurant lui-même la couverture.

En fin de journée il prit la décision du repli général, estimant la mission accomplie. Tous les maquis firent mouvement vers les secteurs prévus. Pour la plupart dans les causses de Marcilhac, d'autres dans la région plus sûre de Latronquière, certains les plus aguerris et entraînés rejoignirent le Haut-Ségala. Ce qui devint rapidement la "bataille de Cajarc" affirma la reconnaissance d'une véritable armée de la résistance. Les exploits de Bardou furent vivement commentés au lycée et chez "Gustave". Notre ancien professeur devenait un héros. Je l'ai revu une dernière fois, en coup de vent, chez Delmas à la mairie de Cadelac où je venais livrer deux sacoches de documents administratifs en provenance de la préfecture. Son regard vif et plein de malice était toujours le même. Mais sa tenue militaire avec ses trois galons sur les épaules, son béret, ses jumelles et son revolver m'impressionnaient.

- "Alors la Quercynoise, toujours aussi rapide ?

- Oui Monsieur.

Tout ce que je trouvais à répondre. Entre l'émotion de le revoir et le saisissement de me trouver brutalement devant ce militaire, grand chef de la résistance, ma logorrhée habituelle s'était évanouie.

- Paul, dès qu'il est disponible tu m'envoies ce garçon."

Il nous quitta avec Aspart l'instituteur de Montech pour reconnaître le terrain de parachutage de Peyrilles et installer le maquis "Jean Bart" dans le secteur.

Le lendemain matin je pénétrais au lycée, porteur d'une information unique et sensationnelle : j'avais revu Bardou, j'avais vu le grand chef des maquisards. Chez "Gustave" ce fut encore plus animé et joyeux.

Le 7 mai, à notre grand étonnement, Lamouse, nous avait appris que Bardou quittait le département pour prendre le commandement militaire des FTP de Corrèze. Il était remplacé par Pardot qui devenait chef militaire du Lot. Cette nouvelle nous avait laissé tristes et un peu désemparés. Nous avions même remarqué que les anciens étaient pris de court par l'événement à l'expression de Gaffard qui parlait d'une promotion exceptionnelle avec le commandement opérationnel de 18 000 FTP bien armés. Lamouse était plus pessimiste. On privait le département du chef le plus estimé et qui connaissait le mieux ses hommes et le terrain à la veille du débarquement allié et avec de mauvaises nouvelles de la radio anglaise qui annonçait une grande action répressive sur le Lot imminente et menée par les allemands. Les prévisions de Lamouse se confirmèrent rapidement. C'est bien sur le maquis du Lot que les SS allemands lancèrent les 11 et 12 mai 44 une vaste opération de représailles. Elle était principalement dirigée sur la région de Figeac et le nord-est du département.

Partout où ils le pouvaient les maquis tentèrent de freiner la progression des colonnes ennemies avant de se replier. A Livernon le maquis "Gabriel Peri" détruisit même un char léger et deux engins chenillés avec ses "gamons". Les allemands perdirent une quinzaine de leurs blessés ou tués. Cette résistance exaspérait les SS qui s'acharnaient alors sur la population. Pour la seule journée du 11 mai :

80 hommes sont arrêtés à Lacapelle Marival.

40 hommes dont le maire, le juge de paix, le percepteur, l'instituteur, les facteurs et même les gendarmes seront arrêtés à Latronquière où plusieurs maisons furent incendiées.

15 habitants seront arrêtés à Sousceyrac et deux fusillés ainsi qu'un agent de liaison du maquis.

A quelques kilomètres de St Céré, Pardot le chef militaire des FTP du Lot après le départ de Bardou, tomba sur un barrage allemand. Il s'échappa miraculeusement mais son chauffeur blessé qui protégeait sa fuite sera abattu.

Le 12 mai, les allemands occupèrent Figeac.

800 habitants seront arrêtés pour être déportés en Allemagne dont huit femmes.

Les environs de Figeac ne furent pas épargnés :

7 habitants seront arrêtés à St Perdoux.

Au Rastel, ils tueront deux cultivateurs, la femme et les trois enfants de l'un d'eux.

A Niel, ils abattront un couple d'agriculteurs dans leurs champs.

A Bagnac, 42 habitants seront emmenés.

C'est à Lauzès, un ancien point de chute de Bardou qu'ils abattront trois personnes dont deux femmes et arrêteront 4 personnes dont notre camarade de classe Filliol.

Le 19 mai 44, nous devions vivre le drame au lycée même. Jusqu'à cette date en effet l'établissement paraissait bénéficier d'un indulgent statu quo. La Wermach en occupait une petite partie donnant sur le boulevard Wilson en face de la Kommandantur qui occupait l'hôtel de l'Europe, de l'autre côté de la rue, vis-à-vis de l'entrée principale du lycée. Cette présence continuelle avait fini, non par nous sécuriser bien sûr, mais par la considérer comme un isolant, évitant à la Gestapo d'y mettre son nez. Ce sentiment ne reposait sur rien de concret mais cette fausse sécurité s'était installée peu à peu.

Une alerte avait précédé l'événement. Une rumeur s'était infiltrée dans l'établissement. Un de nos anciens camarades Ducuing, U.P.J.F ayant quitté notre classe pour intégrer les francs-gardes aurait été liquidé par les maquisards et son corps lesté aurait été immergé dans le Lot entre la Fontaine des Chartreux et le pont de chemin de Fer. La rumeur devint rapidement réalité et plus inquiétant le Franc-garde au moment de son arrestation, en ville même, était en possession d'un porte documents contenant des rapports sur les activités de Lamouse, de Taric, et de Larrivière, nos professeurs et aussi sur Fages le bras droit de Bardou depuis le début de la résistance. Quand le responsable de l'action contre Ducuing réalisa que ce rapport avait peut-être été déjà adressé à la Gestapo, c'était trop tard.

Ses agents avaient déjà envahi le lycée en grand nombre, pistolet au poing. Taric à bout de souffle rentra dans la classe et me fixa avec une intensité dramatique.

Pierre Lamouse vient juste de partir.

Il sortit et s'éloigna en courant. Dans la cour il fut immédiatement arrêté par deux policiers allemands.

J'avais compris le message et la mission. Courant au

milieu des policiers, des camarades qui quittaient les classes dans un affolement général, je fonçais vers la cour des 6èmes, bondis sur les tuiles de la toiture des chiottes, et sautais du mur d'enceinte sur les allées fénelon. La vitesse d'exécution avait laissé tout le monde sans réaction y compris et heureusement pour moi les agents de la Gestapo.

Il fallait que je trouve Lamouse à tout prix et lui permettre de fuir en l'informant du danger. Je courais de plus en plus vite aiguillonné par ce fameux contrat que je m'étais vissé dans la cervelle, après le "tour de con" que je lui avais fait subir en faisant le mort pendant des heures. Si je retrouvais Lamouse avant les allemands je n'aurais plus, malgré qu'il m'ait pardonné depuis longtemps, ce poids sur la conscience.

Jamais même sur un terrain de rugby pour marquer un essai, je n'avais couru aussi vite. Les gens devaient se retourner à mon passage mais je n'en avais pas conscience car j'allais si vite que quand ils tournaient la tête j'étais déjà passé.

A son domicile personne. Je fis rapidement demi-tour. Cap sur le café Barreau. Le sort était avec moi. Il était assis, seul, à un coin de table devant un petit café. Je lui expliquais rapidement la situation. Il m'embrassa longuement et je me suis mis à pleurer.

- "Bonne chance petit."

Il partit rapidement.

Dans la foulée, mais moins vite, serein et déterminé, je rentrais à la maison. Mon sac était prêt depuis longtemps et le vieux revolver d'ordonnance modèle 73 avec ses six énormes balles à tête de plomb dans le barillet m'attendait pour prendre le relais du grand-père.

La classe était terminée et il n'était plus question du Bac. Je devais quitter la maison au plus vite car la Gestapo allait vite me retrouver et surtout elle risquait d'arrêter mon père avec moi. Le préfet des Bois avait trop besoin de lui pour la prise en charge de la préfecture à la libération.

A l'aube du 20 mai je quittais donc Cahors en vélo, comme toujours, chargé comme un âne, car mon père avait encore ajouté deux sacoches pleines de documents administratifs, pour le préfet Paul, à mon paquetage. Chez le maire de Cadelac, je lui rappelais l'ordre de Bardou :

- "Paul, dès qu'il est disponible tu m'envoies ce garçon."

Mais je savais bien que je ne serais jamais sous les ordres de Bardou. C'est quand même dans la voiture personnelle du préfet des Bois que je fis une entrée remarquée à la 3ème compagnie du 5ème bataillon FTP. La compagnie était commandée sur le plan opérationnel par le commandant Maillol, homme jovial et coloré quand tout allait bien, coléreux, emporté et un brin cyanosé quand les choses allaient de travers. Mais comme il était de Vignal et moi du Roi du Guet, entre voisin du gourdonnais on finissait par s'entendre.

Il avait ainsi accepté sans faire d'histoire ma demande d'affectation dans la section où opéraient déjà les jumeaux Pradal dont l'un, Pierre l'ancien, était mon meilleur ami. Il avait été plus réticent pour accepter en renfort dans la même section Fred qui m'avait précédé de quelques jours.

- "Nous sommes ici pour nous battre et non pour organiser une réunion de copains.

Mon commandant, au rugby, c'est avec une équipe de copains qu'on gagne les matchs.

A son expression je compris, qu'au contraire de Bardou, Maillol n'avait pas l'air très porté sur le sport. Finalement mon entrée dans cette section m'avait redonné confiance et le moral revenait au beau fixe.

La compagnie était pour l'heure en couverture du

terrain de parachutage de Peyrilles. Notre section était cantonnée dans une ferme abandonnée non loin des Cabrairies. Mosquito qui était chargé de notre entraînement ayant trouvé mon armement ridiculement insuffisant, m'avait fait affecter un fusil américain Remington US 17 et deux grenades OF à fixer au ceinturon mais surtout pas par la goupille. Je commençais à imposer le respect. Mais ce fusil était lourd et l'unique fois où je l'avais utilisé à l'entraînement j'avais gardé l'épaule endormie pendant une soirée.

Le commandant Maillol m'avait fait le point de la situation et des forces réparties dans le département. Nous n'avions plus aucun contact avec Bardou depuis son départ en Corrèze. Taric avait été arrêté mais aussi Larrivière, Rombles et Panis étaient entre les mains des allemands.

Il m'avait expliqué qu'en ce mois de mai 44 deux mouvements principaux occupaient le terrain :

Les FTP qui avaient remplacé les M.U.R en presque totalité, étaient implantés sur les trois secteurs déjà définis en mars à la création des F.T.P par Bardou : A pour Gourdonnais, B pour le Figeacois, C pour Cahors et le sud-ouest du département.

Le deuxième mouvement de part son importance était constitué par les groupes Veny. Ils bénéficiaient d'un contact direct avec l'état major interallié car depuis le 7 janvier 44 leur commandement disposait de deux officiers anglais Hiller et Watney qui étaient en liaison permanente avec le capitaine Henry de l'intelligence service. Ceci leur conférait un gros avantage pour les fournitures en armes, fonds et matériel livrés par parachutage. Les groupes Veny avaient englobé les effectifs de l'A.S. et pouvaient avec cet apport atteindre le chiffre approximatif de deux mille hommes ; parmi leurs chefs quelques noms m'étaient familiers. Ricard qui avait remplacé Taric à la tête de l'A.S. mais aussi Matignon, ancien de l'A.S. aussi.

C'est le 21 mai, peu après mon arrivée au maquis, que nous avions appris la mort de Parès fusillé avec son père et dix autres habitants de Frayssinet le Gélat. Parès le rouquin de la classe, demi d'ouverture de notre équipe de rugby, le boute en train de la troisième mi-temps. Un de ceux que Bardou appelait avec fierté ses "petits" et d'autres fois ses "poussins".

L'idée de vengeance s'était substituée rapidement à mes sentiments de révolte. J'aimais la résistance mais je voulais la guerre.

A cette profonde tristesse s'ajoutaient des nouvelles alarmantes de Cahors. Le camarade qui, après mon départ me remplaçait à la liaison administration, Aspart, préfet des Bois m'avait appris que le lendemain de ma fuite, le chef milicien Watrin, tristement célèbre, avait pénétré dans les bureaux de la préfecture, pistolet au poing, dans un état d'agitation extrême, hurlant qu'il venait "descendre" mon père.

Le concierge avait heureusement donné l'alerte et quand il le découvrit, il était déjà fortement entouré de courageux camarades de bureau. Malgré tout il avait placé le canon de son arme sur sa poitrine vociférant :

- "Ton fils a rejoint le maquis. Je le sais. Dis moi où il est ou c'est toi que je descends."

Des bureaux voisins, d'autres employés ne cessaient d'arriver. Le secrétaire général était alors intervenu et avait sommé le milicien de quitter les lieux. Il repartit alors en maugréant toujours des menaces. L'alerte avait été sérieuse et peut-être lourde de conséquence pour l'avenir.

Seul élément rassurant, l'attitude du secrétaire général. Pour la deuxième fois il montrait un soutien actif en faveur d'un employé dont les liens avec la résistance étaient évident. Antérieurement, en effet, il avait tenu à accompagner, sans y être “invité”, mon père à la Kommandantur, convoqué pour s'expliquer sur des détournements de véhicules réquisitionnés par les services préfectoraux et destinés à l'armée allemande.

Un miracle que l'idée géniale de Larrieu et les entourloupettes administratives subtiles de mon père aient tenus aussi longtemps. Du lot des véhicules réquisitionnés, un prélèvement systématique en subtilisait une partie qui s'évaporait pour rejoindre les maquis, de préférence des tractions avant, très demandées.

La “crédibilité” des documents administratifs présentés et la pratique solide des rapports entre administration et militaires de l'armée d'occupation du secrétaire général qui avait servi en zone nord, occupée avant d'arriver dans le Lot avaient évité le pire. “Gueule cassée” son visage de grand mutilé témoignait de sa conduite en 40 devant l'offensive allemande. A ma connaissance, il n'avait jamais appartenu à un mouvement de résistance mais c'était, j'en suis persuadé, un vrai patriote. Son soutien aux fonctionnaires actifs ou sympathisants de la lutte contre l'occupant intervenait à une période difficile. Les départs successifs de Larrive, membre du N.A.B, puis de Larrieu, autorité reconnue de la résistance, parti diriger les maquis de l'Ariège, les avaient privé d'une direction coordonnant leurs activités. L'arrestation de leur camarade Mir, du service des travaux publics, qui avait fourni à Bardou le plan des bâtiments et des égouts de Cahors en vue de la préparation d'une attaque des maquis sur la ville, avait encore accentué la confusion et le doute. La prise de position du deuxième haut fonctionnaire préfectoral fut donc particulièrement appréciée.

Après l'incident de la préfecture et les menaces de la milice qui avaient du être, inévitablement, répercutées à la Gestapo, il devenait indispensable de protéger les plus jeunes. Mon frère et deux de ses camarades de classe de seconde firent l'objet d'une embauche matériellement fictive mais officiellement justifiée par le certificat témoignant de leur appartenance au personnel de la manufacture d'appareillage électrique. D'autres lycéens bénéficièrent aussi de placements identiques grâce à la complicité courageuse de chefs de petites entreprises locales comme les sablières de Bagnac, au bord du Lot, qui fournissaient les matériaux pour remblayer les voies ferrées.

A l'annonce par le camarade qui m'informait ainsi des événements ayant suivi mon départ précipité au maquis, du nom d'un des élèves de seconde "placé" avec mon frère dans l'entreprise protectrice, je ne pouvais que penser à son grand-père.

C'était un vieux colonel honoraire de la guerre 14-18 qui, tous les matins aux aurores réveillait le quartier des Soubirous où il habitait par une sonnerie de clairon. En février 43, en uniforme bleu horizon, casqué, toutes décorations pendantes, il avait salué la capitulation allemande à Stalingrad en hissant les couleurs au mât qu'il avait planté dans son jardin et par une sonnerie de son fameux clairon. Le même cérémonial se répétait à chaque défaite de l'armée allemande.

Il s'était ainsi constitué un coefficient de sympathie dans tout le quartier qui n'avait plus à écouter la radio de Londres pour avoir des nouvelles du front de l'Est, estompant l'image du vieil original qui depuis des années les importunait avec ses sonneries matinales.

Pradal m'écoutait avec patience raconter encore une fois l'histoire du vieux colonel qu'il connaissait par cœur, mais les anciens appréciaient le récit.

Le chef de section avait interrompu notre petite réunion.

Maillol vous propose une petite sortie nocturne. Rassemblement dans une heure. Armement individuel.

L'annonce de l'action estompait peu à peu les tristesses et les angoisses et dissipait les souvenirs joyeux ou mal vécus, comme si, à chaque fois, on intégrait un autre monde. D'abord le petit choc émotionnel interrogatif :

Et si c'était le grand soir ?

Puis une exaltation contenue sur fond d'agitation fébrile : un chargeur introuvable dans la paille du couchage, une grenade qui refuse de se fixer à la ceinture et qu'on finit par mettre dans la poche, les godasses enfilées dans la douleur après un après-midi où les orteils se sont épanouis sans contrainte sur l'herbe du pré, Fred qui a déjà engagé un chargeur dans sa Sten malgré les ordres.

Notre mission principale était de rendre de plus en plus inutilisable l'axe ferroviaire Paris-Toulouse par des sabotages répétés. Nous opérions de nuit avec l'effectif d'une section. Je faisais parti de l'équipe chargée de neutraliser les gardes-voies désignés chaque jour dans les mairies à qui les allemands avaient confié la protection de ses convois ferroviaires... sous peine de représailles. Nous devions aussi faire le guet et assurer la protection des camarades saboteurs qui eux exécutaient la partie noble de la manœuvre.

Les gardes-voies prenaient la chose du bon côté et pour nous il s'agissait plutôt de pactiser que de neutraliser. Ils constituaient du reste plus une présence qu'une garde efficace du réseau ferré. La nuit se passait en parties de cartes entrecoupées de bonnes histoires, valorisées par un bon coup de rouge de temps en temps. Un petit réveillon vers minuit, tradition oblige, et un bon petit somme digestif et réparateur vers deux heures du matin en attendant le jour. Le tout à l'abri des intempéries éventuelles soit dans une cabane de cantonniers de la voie la plupart du temps, soit dans la salle d'attente d'une petite station si la proximité de celle-ci le permettait.

Les choses se passaient donc toujours bien et souvent nos "prisonniers" d'un soir nous offraient le pain saucisson et le coup de rouge ! Après l'explosion qui libérait tout le monde, nous rentrions tranquillement à la ferme.

Le 4 juin et la nuit du 4 au 5 juin, une grande activité opérationnelle se développa avec la participation des trois compagnies du bataillon. Nous savions que le débarquement était imminent et la fébrilité des liaisons radio avec l'état major interallié en témoignait. L'axe ferroviaire Paris-Toulouse devait être définitivement interrompu.

Notre section devait dans la journée du 4, en plein jour pour la première fois, anéantir la station de pompage d'eau de la SNCF sous le Viaduc de St Denis Catus. Il n'était plus question de saucissonner avec les gardes-voies.

Le danger de l'opération était constitué par le carrefour de quatre routes situées à proximité immédiate et par où pouvaient arriver des colonnes allemandes. Le commandement nous avait donc imposé une section de protection sur chacun de ces axes, en embuscade avec un FM. J'étais donc en poste en bas de la côte de Boissières, en attente de tout élément ennemi en provenance de Cahors.

Je n'étais pas très rassuré car Pierre l'ancien n'avait jamais pu utiliser efficacement son FM. Ou bien il s'enrayait naturellement ou bien il y avait comme un défaut dans l'utilisation. De toute façon nous n'avons pas eu à nous en servir. Mosquito et ses espagnols avaient mis le paquet. Les truites du Vert pouvaient folâtrer allègrement, la station de pompage ne provoquerait plus jamais un étiage périlleux.

A peine arrivés à la ferme notre section était repartie sur un P35 pour un sabotage de nuit de la voie ferrée à la hauteur de Degagnac. La routine.

Le lendemain, 6 juin, presque naturellement, le commandant Maillol nous avait annoncé le débarquement allié sur les côtes de Normandie. Il n'y avait eu aucun effet de surprise, l'événement était attendu, préparé. Pour certains, c'était un soulagement, plus qu'un grand cri de joie. La guerre avait pris le dernier virage avant la ligne droite de la victoire et de la libération du pays. Pour d'autres, c'était la fin du cauchemar et ils n'envisageaient pas d'autres épreuves à venir. Pour tous, le fameux jour “J” était enfin arrivé et à présent la victoire finale ne faisait plus aucun doute. Je suis allé boire un coup avec tout le monde. Un vieux tonneau d'auxerrois venu de Pradines avait été réservé depuis deux mois en prévision. Mais je pensais à Parès dont je n'arrivais pas à assumer la tragique disparition. Pour nous FTP comme pour les groupes Veny le débarquement n'avait déterminé aucune modification d'organisation. Le dispositif était parfaitement rodé et solidement pris en main. Toutefois les camarades dit statiques rejoignirent nos compagnies et les effectifs augmentèrent en conséquence. Cependant au nord de notre implantation un mouvement entièrement statique constitua une nouvelle formation opérationnelle importante l'O.R.A (Organisation de la Résistance Armée). L'encadrement de cette formation était organisée depuis longtemps et elle ne devait devenir opérationnelle qu'après le débarquement avec des effectifs statiques des régions de Gourdon, de Lauzés et de St Géry.

L'O.R.A devait compter cinq compagnies et une dite de

destruction. Cette dernière était commandée par un gourdonnais que je connaissais bien Camburat, chez qui j'avais fait trois liaisons sur l'ordre de Taric. A l'état-major il y avait Tanguy, avoué à Cahors que je connaissais bien aussi.

A partir du débarquement, l'action opérationnelle des formations de la résistance devenait d'un intérêt stratégique important pour les alliés. La division "Das Reich" renforcée d'éléments de la division "Der Führer" cantonnés en partie dans la forêt de Montech au sud de Montauban et en partie au camp de Cayeux avait ordre de rejoindre le front de Normandie. L'état-major interallié avait donné mission à toutes les forces de la résistance de freiner, par tous les moyens, cette remonté vers le nord. Notre unité de F.T.P avait déjà largement participé à cette mission. Nous avions opéré tellement de destruction sur l'axe ferroviaire entre Cahors et Brive qu'il était impossible à une formation mécanisée de l'emprunter. L'obligation pour les allemands d'utiliser les axes routiers était une catastrophe pour les blindés. Mis à part l'énorme dépense en carburant, la chaleur déjà vive en ce mois de juin provoquait un échauffement des moteurs et beaucoup de carcasses brûlées jalonnaient leur progression. Par ailleurs l'obligation d'emprunter plusieurs axes routiers les rendait plus vulnérables aux embuscades.

Malheureusement, chaque embuscade exaspérait les allemands et amenait des représailles sanglantes et sauvages sur la population civile. Une progression dans la terreur. Pour assurer le maximum de sécurité dans leur mouvement vers le nord de leurs colonnes blindées, ils lançaient des éléments plus légers de part et d'autre de leur axe de progression pour terroriser la population et dissuader les groupes de maquisards de passer à l'action.

Dans notre secteur, un important combat avait mobilisé

le groupe Veny du commandant Marsal et un groupe de l'A.R à Mérillac. Le 30 juin une colonne allemande attaquait une compagnie de A.R au mas de Bris à 1 Km à l'Ouest du village. L'attaque se poursuivit sur Blazy situé à 1 Km 500 à l'est où le groupe Veny soutint un combat sévère. Dix maquisards furent tués mais les allemands avaient eu de fortes pertes. Le commandant Marsal avait réussi son repli vers Souilhol en passant par le mas de camp où était implanté l'A.R.

Dès le lendemain avec les frères Pradal dont le père instituteur était le maire de Mérillac et malgré les réticences appuyées du commandant Maillol, nous avions opéré une liaison avec ce village où nous avions beaucoup d'amis. Nous avions trouvé une population sous le choc après l'intensité des combats, mais rassurée par le départ des allemands sans représailles sur la population locale. Ils ignoraient que de la colonne qui avait quitté Gourdon en direction du sud-ouest vers Mérillac le 30 juin au matin, une partie s'était séparée et dirigée vers le sud avec 20 otages qui devaient être fusillés à Boissières. Une des dernières colonnes blindées traversait le département.

Notre commandement F.T.P.F avait organisé de nombreuses manifestations patriotiques à l'occasion du 14 juillet. Les lycéens de la compagnie défilèrent fièrement dans Catus, les deux autres compagnies à Puy Levêque et à Castelfranc. Pour la première fois, je voyais des drapeaux français à “toutes” les fenêtres et j'entendais des applaudissements chaleureux de la population.

Et moi de rêver de défiler en queue de la formation et dès la dernière maison du village dépassée, lancer à pleine voix :“Alerte ! Les allemands reviennent”.

Mais Maillol qui ne comprenait rien au rugby et qui n'avait pas l'esprit estudiantin m'aurait fait fusiller sur le champ, s'il n'était décédé avant d'une crise d'apoplexie.

Pendant la cérémonie une centaine d'avions alliés survolaient le département. Ils étaient si nombreux dans le ciel, dit-on, que pas un habitant du Lot ne fut privé du spectacle de cette magnifique parade.

Les bruits les plus divers courraient depuis le 10 juin et certains évoquaient le parachutage d'une brigade aéroportée sur Loubressac pour créer un front de diversion et soulager les troupes qui se battaient en Normandie.

Finalement Londres décida d'un parachutage massif destiné à équiper plus lourdement les maquis en opération et à équiper ceux qui se formaient avec un afflux important de nouveaux résistants dans le Lot, la Corrèze, l'Aveyron et le Cantal.

C'est le groupe Veny qui assura la réception, le transport, le stockage de plus de cent tonnes assurait-on de matériel, d'armement et de munitions. On parla aussi de 600 containers et de la mobilisation pour le ramassage de 600 hommes, trente deux camions et quarante trois chars à bœufs.

Dans les jours qui suivirent, mon ami Pradal avait perdu tout espoir de percevoir un nouveau FM en place de l'antiquité qu'il devait essayer, sans espoir, de faire fonctionner. Avec philosophie il parlait de son "outil" destiné à faire plus de peur que de mal à l'ennemi.

Maillol ne décolérait pas. De nouvelles recrues arrivaient tous les jours et il avait bien du soucis pour les armer correctement. Nous étions un peu désabusés car bien qu'à notre échelle tous les conflits entre les deux formations de la résistance locale AS Veny et F.T.P.F ne nous touchaient guère, il devenait pour la "base" pénible et déprimant d'en comptabiliser les "coups fourrés". Nous avions tous rêvé d'un front uni de la résistance sous un même sigle et nous

nous retrouvions avec une étiquette : Communiste pour les F.T.P.F, socialistes pour les A.S veny, mieux encore et parfaitement incompréhensible, Pétiniste et anti Républicain pour l'A.R !

Bref, les lendemains de ce parachutage mémorable fut des plus détestables à vivre. Le partage équitable entre les formations de la résistance était rapidement devenu une distribution aux formations Veny du Tarn, du Lot et Garonne et même des Hautes-Pyrénées, une répartition dans de multiples petites formations isolées en cours de constitution, où déjà constituées, dans le département ce qui devait poser de gros problèmes après la libération.

Les premières unités de F.T.P.F locales ne reçurent une dotation qu'aux derniers jours de juillet. Le prétexte au retard était l'obligation de livrer des lots cohérents, c'est à dire les armes avec les munitions. Nous savions tous que le container standard parachuté était toujours conditionné de façon cohérente : soit 6 fusils mitrailleurs, 6000 cartouches et 30 chargeurs, soit 27 Sten, 71000 cartouches et 108 chargeurs, soit 36 fusils et 54000 cartouches et qu'en conservant ce conditionnement la répartition devenait facile.

Déjà le 14 juin j'avais été troublé par mes retrouvailles chaleureuses avec un camarade de classe et de plus troisième ligne dans notre équipe de rugby.

Letellier et son frère étaient de bons amis et puis ils étaient originaires de Virac, le chef-lieu du Canton du Roi du Guet, mon village. Il faisait mouvement avec le PC de son groupe Franc Veny et ma compagnie était en protection depuis Douelle sur la route de leur progression.

Grande joie de nous retrouver, congratulations chaleureuses et puis la petite phrase certainement involontaire :

- “Qu'est-ce-que tu fais avec les communistes ?

- Et ma réponse sans ambiguïté :

- C'est une question que je ne me suis pas posée. J'étais comme nous tous, rappelles-toi, nous voulions être sous les ordres de Bardou. Un rêve. Puis j'ai connu Delmas et c'est lui qui a décidé de mon affectation avec une simple sollicitation de ma part, rejoindre la compagnie où je pouvais retrouver Pradal et Fred.

- Alors tu n'es pas communiste ?

- Non et toi tu es socialiste ?

- Non.

-De toute façon c'est le même combat.

- Bien sûr, tu as raison. Je ne sais pourquoi je t'ai posé cette question. Du reste entre nous il n'est jamais question de politique. Domaine réservé aux chefs ? Peut-être. Par contre, eux, ils n'ont pas bonne opinion sur vos formations : pillage des postes et des perceptions pour récupérer l'argent, vols d'armes dans les dépôts d'autres formations, tentatives de débaucher des résistants d'autres maquis, avancement fulgurant des cadres, obligation pour les communistes appartenant à d'autres mouvements de rejoindre les unités F.T.P.F”.

Je n'ai pas eu le temps de lui expliquer que je n'étais pas au courant. Du reste j'aurais bien été incapable de lui confirmer ou de réfuter les affirmations de ses supérieurs. Deux gradés sont venus nous séparer assez brutalement en nous rappelant à nos missions respectives. Au revoir Letellier. Bonne chance et on se revoit à Cahors à la libération.

Le soir j'en avais parlé à Maillol. J'avais l'impression qu'il connaissait parfaitement et depuis longtemps tout ce que j'étais venu lui apprendre. Il était même resté calme malgré mes craintes :

Quand tu reverras ton camarade, tu lui diras ; "le commandant de ma compagnie F.T.P.F n'est pas inscrit au parti communiste.

Il n'a pas de leçon de morale à recevoir de gens qui reçoivent de pleins containers d'argent de Londres sans en faire profiter les camarades moins chanceux.

Il a effectué des prélèvements dans les trésoreries mais a toujours laissé un reçu en bonne et due forme pour régularisation à la libération.

La plupart de ces prélèvements, il les a exécutés sans violence ni menace mais avec l'accord tacite du plus grand nombre des fonctionnaires intéressés.

Il est instituteur mais aussi, lieutenant de réserve et il n'a pas l'impression d'avoir usurpé son grade actuel compte tenu de ses états de service en Corrèze où il a débuté son action dans la résistance.

Les militants communistes des autres formations ont été effectivement invités à rejoindre les unités F.T.P.F mais sans obligation formelle.

Il ne conteste pas quelques rares interventions sur des dépôts d'armes des formations Veny, fait de quelques initiatives personnelles de combattants écœurés de constater qu'ils ne bénéficiaient jamais de la moindre partie de parachutages alors que le combat était commun."

Concernant l'avancement éclairs de nos chefs, le commandement de Letellier devait penser à notre chef départemental, le colonel Pardot mais Maillol ne fit aucun commentaire. De toute façon, c'était inutile car les maquisards de base connaissaient sa progression rapide dans la hiérarchie FTPF ce qui n'enlevait rien ni à son mérite ni à son courage ni disait-on à son habilité dans le domaine de la politique. Celui qui allait devenir le colonel Georges était arrivé en novembre 43 dans le secteur de

Figeac, réfractaire, recherché par la police en région parisienne et avait été incorporé au maquis de Vaysettes. Commissaires aux effectifs dans le triangle de commandement du 1er bataillon F.T.P.F du Lot avec le grade de capitaine il avait succédé à Bardou muté en Corrèze. Cette succession ne nous avait pas plu puisqu'elle nous séparait de l'homme qui faisait notre admiration et qui était devenu notre exemple et fatalement au début il y avait eu un retentissement négatif concernant notre opinion sur le nouveau chef. Puis la notoriété s'était installée avec les promotions rapides, ponctuées de galons supplémentaires vers la consécration avec le commandement départemental des forces F.T.P.F du Lot.

Nous comprenions bien ce qu'il y avait d'ambigu dans les rapports entre d'un côté, les grands chefs de l'A.S Veny qui, exeption faite de Ricard étaient tous des militaires ou anciens militaires d'active le colonel Veny, Marsal dit Drouot, Matignon et de l'autre, les cadres des F.T.P.F. Cela tournait parfois à la pantalonnade, à croire qu'en une période aussi dangereuse et souvent triste, il fallait bien que nos chefs se détendent un peu. Deux Georges, en effet, qu'il ne fallait surtout pas confondre animaient la confrontation heureusement verbale. Pour les AS Veny, le grand Georges était le capitaine anglais Hiller, chef de la mission anglaise à l'état-major Veny et le petit Georges notre colonel. Pour les F.T.P.F le grand Georges était notre chef et le petit Georges le capitaine britannique.

Nous en étions restés là. Si je devais revoir Letellier, je pourrais au moins limer avec quelque énergie les pointes acérées de ses chefs sur les F.T.P.F.

C'est à partir du 17 juillet qu'avait commencé à circuler dans nos sections les premières rumeurs. Bardou aurait été tué dans une embuscade. Maillol n'en savait guère plus. Il avait appris que Kléber, c'était son nouveau pseudonyme depuis sa prise de commandement en Corrèze, était venu dans le Lot le 14 juillet avant de rejoindre la Creuse où il était affecté à l'inter régional F.T.P.

La mort de Bardou nous apparaissait inimaginable. Nous ses anciens élèves de latin grec, nous ses "petits" de la Quercynoise qu'il entraînait avec tant de fougue, nous ne pouvions même pas envisager sa disparition. Il était notre héros de la résistance depuis 1941, certainement un des premiers, sinon le premier résistant du Quercy.

Et puis il avait toujours échappé à la police de Vichy, aux GMR, à la milice, à la Gestapo, à l'armée allemande.

Depuis son départ du Lot nous ne savions plus grand chose sur lui. A croire qu'un mur de silence existait entre la Corrèze et le Lot. Ses exploits n'alimentaient plus nos conversations comme nous le faisions avant dans la cour des grands ou chez "Gustave". Pourtant il restait toujours présent dans nos pensées. Il restait l'exemple.

Les lycéens de la section nous avions assailli le commandant Maillol de questions. S'il était resté vague sur le sort de Bardou, il fut un peu plus loquace sur son action en Corrèze. Il tenait ses renseignements du chef départemental Pardot, celui-là même qui avait remplacé Bardou à la tête des F.T.P du Lot après en avoir été le commissaire politique. Il nous parla de la prise de Tulle et de son occupation pendant 48 heures, de l'attaque des allemands, de l'attitude des 300 GMR qui avaient tiré sur les maquisards, des ponts de la Dordogne et de la Vezère qui n'avaient pas sauté à temps pour interdire l'approche des blindés vers la ville et de l'évacuation en catastrophe devant l'importance des forces allemandes. C'est à dire la division blindée "Das Reich" en mouvement vers le nord après le 6 juin. Cette progression avait pourtant été signalée à Brive par un employé des postes de Cahors, Bessou, appartenant au réseau alliance. Si cette information avait été transmise à temps à Bardou il n'aurait jamais pris et occupé Tulle avec les conséquences dramatiques sur la population de cette ville.

Le lendemain, 9 juin les représailles furent terribles et 120 otages furent pendus aux balcons de la ville.

Nous apprîmes aussi que le 26 juin ses embuscades à Egletons avaient permis de ralentir la montée vers le nord d'un élément blindé de la même division.

Il nous précisa aussi les péripéties du parachutage monstre du 12 juillet à Marcilhac la Croisille où 1500 parachutes descendirent du ciel : 500 bleus, 500 blancs, 500 rouges et où tout le pays entendit les camions à gazogène transporter les armes des jours et des nuits.

Sur le sort de Bardou il n'en savait pas plus disait-il, que la rumeur qui ne se dissipait pas.

L'arrestation de Taric m'avait profondément éprouvé et j'avais appris à mon arrivée à la compagnie que Larrivière avait subi le même sort dans la même intervention de la Gestapo. Mais j'avais toujours l'espoir qu'ils s'en sortiraient. La mort de Bardou m'était insupportable et me plongeait dans un profond désarroi.

Après le 14 juillet 44, les derniers éléments des divisions allemandes faisant route vers la Normandie avaient définitivement quitté le département. Seule la garnison de Cahors s'était retranchée dans la ville suivant un dispositif purement défensif : pour la Kommandantur, à l'hôtel de l'Europe, dans une partie des bâtiments de notre lycée, dans le lycée des filles.

La Gestapo occupait la villa Artigue ; un poste de défense était établi à l'entrée nord de la ville à la hauteur de la Barbacane et d'une tour voisine dite des pendus. Cet ensemble moyenâgeux était occupé par des Mongols. C'est aussi des Mongols qui avaient établi et tenaient les nombreux barrages interdisants l'accès à la ville par les axes routiers.

Les seules et dernières unités allemandes en mouvement provenaient du sud ouest et de la région toulousaine. C'étaient de petites colonnes de camions et de voitures quelques fois précédées d'un véhicule blindé léger rapatriant vers le nord et l'est de petites garnisons isolées. Certaines empruntaient la RN 20 vers Limoges, la plupart empruntaient des routes secondaires plus discrètes mais avec le risque d'avoir à franchir les embuscades des maquis.

A la fin du mois de juillet, Maillol m'apprit que Matignon, ancien commandant l'A.S puis de Veny avait réussi à s'échapper au cours d'une embuscade aux portes de Gramat ; le 22 juillet. Je lui en avais souvent parlé car il faisait parti avec Ricard de ces résistants du début pour lesquels j'avais admiration et estime, à côté de ma vénération pour Bardou que je partageais avec toute la classe du lycée. Dans leur traction avant il y avait aussi Georges Hiller qui avait été blessé et un certain colonel Berger se disant inspecteur général des F.F.I de Dordogne, du Lot et de la Corrèze, grade et fonction jusqu'alors inconnus.

C'était André Malraux qui seul fut fait prisonnier par les allemands. L'écrivain n'avait aucune attache particulière avec les formations de la résistance ni A.S, ni F.T.P, ni spécial opération exécutive. Il avait hébergé son frère, Roland Malraux, grand résistant qui avec ses amis avait été arrêté par la Gestapo à Brive en mars 44. C'est après cette date, qu'il avait rêvé puis décidé de superviser tous les maquis dans un esprit d'unité très louable. Il avait du reste appelé son PC “Interallié”. Le 9 juillet 44, les M.U.R corréziens avaient proposé André Malraux comme chef régional de la région 5*. Porteur d'une tenue militaire anglaise, il fut à sa capture confondu avec un officier canadien puis identifié et transféré à Toulouse où il fut emprisonné.

Le 6 août nouvelle mission. La destruction du viaduc de St Denis Catus énorme ouvrage sur lequel passait la voie ferrée Paris-Toulouse.

La compagnie entière fit mouvement. Une couronne d'embuscades protégeait l'équipe de Mosquito qui opérait en toute sérénité. Sur chaque route une section avait établi son barrage : route de Catus à l'est, de Mérillac à l'ouest, de Boissières au sud, une section de protection à la sortie du tunnel qui débouchait sur la vallée du Vert et une autre au nord de l'autre côté de la vallée.

Une énorme explosion secoua tout le secteur. Un désastre architectural, une arche entière avait disparu et la voisine était en partie effondrée. C'était le bouquet final du feu d'artifice des sabotages ferroviaires.

Des bruits courraient que cet exploit n'avait pas provoqué l'enthousiasme chez nos chefs. A l'exécution de cet ordre venu "d'en haut", nos tacticiens locaux auraient préféré, semblait-il, la poursuite des petits sabotages répétés et parfaitement efficaces.

Le gros des forces allemandes avec leurs deux divisions blindées avaient définitivement quitté la région et de toute façon avaient depuis longtemps abandonné l'idée de se déplacer sur la voie ferrée régulièrement sabotée.

** Cette nomination n'a jamais été ratifiée ni par le délégué militaire régional, le Général Chaban Delmas, ni par le Général Koenig chef national des FFI*

Restait le fameux train blindé ; fantasme de tous les maquis opérant de part et d'autre de l'axe ferroviaire. Les descriptions les plus délirantes hantaient les résistants : monstre hérissé de canons et de pièces à canons multiples de D.C.A aux cadences de tirs infernales, rendu invulnérable par un blindage démesuré. Mis à part ces délires imaginatifs tenaces, nul ne pouvait apporter la preuve de son existence et ses méfaits éventuels n'avaient fait l'objet d'un compte-rendu même à diffusion restreinte.

Par contre les cheminots de résistance rail nous avaient informé de la présence de wagons blindés et armés que les allemands plaçaient plus souvent en queue qu'en tête de convois militaires ou de transports de matériels.

Enfin, s'il existait vraiment et s'il se présentait dans les jours suivants à la sortie du tunnel sur le viaduc de St Denis Catus il ne passerait pas et pour cause. De la route sous l'ouvrage on ne voyait que le ciel.

10 AOÛT 1944 ▸ 11H05

Un bruit de moteur, isolé, devenant de plus en plus précis. Brutalement plus rien. Des cris, en bas, vers la route. Un camarade monte vers notre poste et s'arrête à bout de souffle.

Pradal et toi, le commandant vous demande.

Nous descendons sur la route par la pente abrupte. En bas stupéfaction. C'est Rollin. Pâle comme un mort qu'il a bien failli être. Un camarade de première, mais en terminale nous le connaissons bien. Son sort est entre nos mains. Nous savions qu'il y avait des collaborateurs qui avaient choisi de partir avec les troupes allemandes espérant trouver le salut dans la fuite. Les plus déterminés précédaient en voiture isolée les colonnes qui montaient vers le nord. Eclaireurs, ils détectaient les embuscades éventuelles. La plupart n'avaient même pas le temps de donner l'alerte car ils étaient abattus avant. Un miracle que Rollin soit encore en vie.

Maillol semblait pressé d'en finir.

Il se dit du lycée. Collabo ou non ?

Nous confirmons son appartenance à la classe de première en précisant qu'il ne nous semblait pas avoir appartenu aux U.P.J.F. Quand aux collaborateurs, les deux reconnus de nos classes terminales avaient été exécutés par la résistance ce qui était vrai pour l'un, douteux pour l'autre.

Rollin repart pour Cahors aussi pâle que quand il avait été arrêté. Je ne suis pas à l'aise. Pradal ne m'avait été d'aucun secours car l'ancien avait quitté le lycée depuis deux ans pour les chantiers de jeunesse. Finalement il n'était peut-être pas très net. Je reprends le poste sous des regards méfiants ou même hostiles. Je crois que tout le monde souhaitait que l'interrogatoire soit conclu par une rafale de Sten.

Une demi-heure environ après l'incident, nouveaux bruits de moteur mais nombreux cette fois ci. Toujours en provenance de la route d'Espère c'est à dire de la direction de Cahors. Alerte générale. Tout le monde est à son poste, prêt à tirer. Je suis soulagé, Rollin n'a pas prévenu les allemands.

C'est bien une petite colonne de véhicules qui vient vers nous comme le confirme un guetteur qui descend du haut de la colline comme une flèche pour prévenir le commandant. Il n'a pas le temps d'arriver en bas. Une explosion sourde, au bruit une gamon, la spécialité de Mosquito. Je perçois encore une longue rafale de fusil mitrailleur. Après ça tire de tous les côtés. Dans mon carré encadré de verdure, je distingue l'avant d'une voiture grise et une tête casquée qui repose sur le pare-brise abaissé. Je tire. La fumée imprègne le feuillage, une odeur âcre et enivrante commence à nous environner. A côté du châtaignier voisin, Fred vide chargeur sur chargeur. Il ne vise pas. Il doit écrêter les arbres plutôt que d'arroser la route.

A ma gauche Pradal a déjà enrayé son FM. Chaque fois pareil. Ecœuré, il cherche à détacher une grenade de sa ceinture. Je l'arrête net. Au milieu des arbres, il n'y a que lui pour penser utiliser un engin pareil.

- Tire avec ton parabellum.

Il m'écoute et vide allègrement un chargeur. Autour de nous c'est un champ de bogues de châtaignier et de feuilles déchiquetées. Le travail de Fred. Soudain...

- Arrêtez le feu, nom de dieu arrêtez le feu. Maillol doit être rouge comme un gratte-cul.

C'est sur cette évocation incongrue du fruit de l'aubépine que j'obtempère à ses cris. Je suis comme ivre, je ne sens plus mon épaule et je laisse tomber mon Remington. La fumée se dissipe peu à peu. L'intensité de l'action m'a semblé interminable. Pourtant à peine quelques minutes se sont écoulées.

Quelques anciens commencent à descendre de la crête et passent au milieu de nous. D'en bas montent toujours des cris, des appels, des jurons. Pas d'ordre bien précis.

Les uns commencent à descendre, à la suite des anciens. Ca ne ressemble pas du tout à ce que nous a appris Mosquito. Que la bagarre se soit terminée à notre avantage, aucun doute, car il y a longtemps qu'on aurait entendu l'ordre de repli. Mais si une autre colonne allemande suit celle que nous avons attaqué, je n'ose penser à la suite.

Finalement nous suivons le mouvement, mais sans nous presser, fatalistes. Sur la route, Maillol préside une pagaille générale dans un état d'agitation. permettant d'augurer une crise d'apoplexie à court terme. Tout l'effectif de la compagnie est sur la route dans un désordre inhabituel et incroyable et semble imperméable à tout ordre ou consigne même de sécurité.

Jusqu'à présent, nous avions tiré vers des G.M.R, des miliciens, des allemands mais ensuite nous avions battu en retraite. C'était la conduite à tenir impérativement. Trop de ceux qui ne l'avaient pas respectée étaient morts.

Aujourd'hui nous restons sur place devant une colonne allemande anéantie. Nous voulons voir, toucher pour être convaincus que tout cela est bien vrai. Mais je comprends que les anciens qui en avaient vu d'autre restent plus flegmatiques.

Le véhicule sur lequel j'ai tiré était le premier de la colonne. C'est un petit engin de reconnaissance léger, mi-terrestre, mi-amphibie, car il a une hélice derrière. L'avant ou ce qu'il en reste est basculé sur la gauche où il n'a plus de roue.

Je vais lentement vers l'épave. A l'avant deux soldats morts. Celui que je distinguais de mon poste, est à demi allongé sur le capot au-dessus du pare-brise replié. Je vois mal celui de gauche dont le corps a basculé presque entièrement au dessus de la portière. A l'arrière un officier est toujours assis sur la banquette. Sous sa casquette les yeux sont fixes. Son corps est couvert de sang. A son côté sa main droite est à demi posée sur son étui à revolver. Je soulève cette main longue et blanche. Je retire le pistolet. La crosse a éclaté à droite par l'impact de la balle qui avait traversé l'étui. Peut-être une de mes balles. C'est peut-être moi qui l'ai tué. Je conserve le pistolet en piteux état, ce sera ma prise de guerre.

De l'autre côté du véhicule, Pradal inventorie une sacoche qu'il avait trouvée à côté de l'officier sur la banquette. Il en sort de curieux instruments. Une impression bizarre d'en avoir déjà vu de semblables en d'autres circonstances.

Fred ne bouge pas et semble indifférent à l'agitation générale. Il fixe les trois camions immobilisés, les cadavres des soldats ensanglantés, certains encore dans les cabines, d'autres épars sur la chaussée. Peut-être pense-t-il à cette vengeance tant espérée, longuement méditée après chaque arrestation de ses camarades juifs et de leur famille. Il me semble absent devant ces véhicules criblés de balles, ces cadavres ensanglantés, les cris et les exclamations de ses camarades.

Finalement en quelques minutes tout ce dont nous avions rêvé depuis deux ans se réalisait. Devenir un vrai combattant, tuer l'ennemi, venger les camarades fusillés ou déportés, participer à la libération du pays.

Je n'ai pourtant aucune envie d'extérioriser bruyamment

cette victoire, comme beaucoup de camarades autour de moi. Je suis un peu comme Fred plutôt calme, détendu et aussi un peu las.

Au rugby il y a la troisième mi-temps. Pas à la guerre. Enfin des ordres. Je vais récupérer mon vieux Remington et avec ma section je monte dans le P35 qui va nous ramener à la ferme. Mosquito est avec nous car un agent de liaison en moto vient d'arriver avec des ordres urgents le concernant.

Les deux autres sections restent sur place, une pour identifier les morts et les transporter à Cadelac, l'autre pour récupérer le matériel abandonné à l'exception de l'engin de reconnaissance qui a déjà été basculé dans le fossé pour libérer la route. Nous laissons Mosquito au PC avant de rejoindre la ferme. Sa mission doit être urgente car il repart presque aussitôt à l'arrière de la moto d'un agent de liaison. Le frère de Pradal qui appartient à la section de commandement nous précise qu'il va rejoindre à Charry près de Montcuq le PC du 6ème bataillon F.T.P.

A la ferme où les soirées étaient généralement faites de réunions par petits groupes rassemblant des affinités, des idéologies, des camarades d'un même village, des paysans, des ouvriers, des syndicalistes, des jeunes, des moins jeunes, les “lycéens”, des réfractaires au S.T.O, des espagnols, la “bataille” avait transformé un rassemblement à vrai dire assez hétéroclite de personnalités originales dans leur diversité en une entité plus cohérente et combien différente.

Pour la première fois nous étions tous ensemble réunis dans la cour autour et sur l'ancienne aire à battre le blé, dans une pénombre complice, les uns près des autres, savourant une intimité profonde. Nous étions fiers de notre exploit et conscients que pour la première fois nous avions mené une action jusqu'à la victoire totale, même si elle ne représentait qu'une toute petite partie de l'action menée pour libérer le pays. Nous n'étions plus les combattants de la compagnie d'un bataillon F.T.P.F, nous étions un groupe de camarades transcendés par leur victoire, communiant dans une joie profonde et une fierté commune. Le souvenir de cette veillée doit demeurer présent dans mes pensées et celles de mes camarades comme le témoignage de ce que représente la vraie et sincère fraternité même si ce n'était que le résultat imprévisible d'un petit combat dans un coin perdu du Quercy.

Le lendemain soir, cette ambiance chaleureuse et fraternelle ne s'est pas altérée. Les discussions, deviennent plus précises, chacun détaille son action, ses gestes, ses moments d'hésitation, son moment de panique, le chargeur qui s'engage mal, la Sten qui s'emballe, comme si l'odeur insidieuse de la poudre brûlée ou le bruit des explosions redevenaient nécessaires à l'évocation. On apprécie le geste de Mosquito stoppant la colonne allemande en lançant sa Gamon (4) à la jupette bourrée d'un kilo de plastic sur le premier véhicule. On comprend comment la longue rafale du fusil mitrailleur de Lacroix a éliminé les soldats tentant de sauter par l'arrière de leur camion pour se protéger dans les fossés de part et d'autre de la route. On sait que les deux grenades Mills lancées par Munoz à l'intérieur du deuxième camion ont tué ses occupants avant qu'ils aient esquissé la moindre tentative pour l'évacuer.

Le 16 août au soir Maillol interrompt notre réunion. Il est essoufflé car il a du laisser sa traction avant en bas du chemin pour monter à pied. Il a la tête des mauvais jours.

Mosquito a été tué ce matin.

(4) Gamon : grenade à souffle constituée par une "jupette" bourrée de plastic avec un dispositif d'amorçage et une vis de sécurité. La percussion et l'explosion se font au choc.

Sur ordre du haut commandement allié en Normandie, la résistance devait détruire par sabotage le pont de la voie ferrée de Lamagistère sur la ligne Montauban-Bordeaux. A cette opération participaient 14 F.F.I et 18 américains dont trois officiers. L'opération était dangereuse car il y avait une garnison de SS à proximité rassemblée à Valence d'Agen. Le pont était fortement tenu par les allemands qui avaient organisé une véritable embuscade autour de l'ouvrage d'art.

Un grand silence. Maillol ne peut faire aucun commentaire tant il était ému. Mosquito entrait dans la légende de la résistance Quercynoise aussi discrètement qu'il y était entré, un des premiers, en janvier 1942. Il avait été notre instructeur comme celui de centaines de jeunes qui comme moi voulaient éliminer les allemands avec un revolver 73 et six cartouches en plomb ou comme Pradal avec un parabellum canon long de 1917. Il avait été le technicien reconnu des sabotages importants ou périlleux.

C'était un homme taciturne comme accablé par un passé déjà lourd. Nous connaissions un peu son histoire, soit qu'il était plus au contact dans son rôle d'instructeur, soit qu'il ait choisi de se confier aux plus jeunes qu'il considérait comme l'avenir.

Maillol ne savait rien de son passé si ce n'était son appartenance à l'armée républicaine espagnole avec le grade de capitaine d'artillerie. Munoz, Garcia, Lopez et les autres espagnols du groupe de sabotage entretenaient avec leur chef une véritable loi du silence comme si les événements passés et leur guerre contre le fascisme était leur jardin secret.

Nous les jeunes, en savions davantage car ses états d'âme s'extériorisaient par de brefs récits qu'il nous confiait entre ses consignes et ses conseils attendus avec le plus grand intérêt. Peu à peu nous avions appris qu'il était entré en

France par le col du Perthus avec sa compagnie pour être immédiatement désarmé et parqué sans ménagement sur la plage de St Cyprien.

Le front populaire [5] de la république des droits de "l'homme" accueillait un demi million de réfugiés dont une grande partie de soldats républicains qui étaient aussi nos alliés, lâchement abandonnés. Certes nos politiques s'étaient donnés bonne conscience en participant à l'envoi des brigades internationales apportant à la république un petit soutien logistique mais au prix du rejet de ces formations par la majorité de la population espagnole. Au même moment Hitler et Mussolini intervenaient pour soutenir le régime fasciste de Franco avec leur aviation qui se rendit tristement célèbre à Guernica et leurs chars procédant à une ultime répétition des futures divisions blindées qui allaient déferler sur la France un an plus tard.

Nous avions appris aussi son engagement dans l'armée française après son séjour au camp de Gurs où étaient internés la plupart des officiers de l'armée républicaine, son amertume et sa consternation après la défaite, son arrivée dans le Lot avec son unité repliée.

Prisonnier, il aurait subi le sort de ses camarades qui ne furent pas envoyés en Stalag comme les français, mais internés en 41 à Mathausen dont ils construisirent les murs du sinistre camp de concentration avant d'y mourir pour la plus grande parti [6].

Mosquito avait de nouveau choisi la lutte en reprenant du "service" dans le maquis. Avec Bardou il avait participé en novembre 43 à la formation des trois maquis espagnols du département "Liberté - Egalité - Fraternité". Avec quatre

(5) Les communistes n'étaient pas représentés dans ce gouvernement.

(6) 8000 espagnols incorporés dans l'armée française, faits prisonniers en 40 furent internés à Mathausen. En 45 à la libération du camp il en restait 1500.

camarades il avait participé à l'encadrement et à l'instruction du maquis "jean Bart". A l'initiative de Bardou, il avait en février 44, avec les résistants de Belfort en Quercy, participé à l'opération menée contre le camp de Septfons où furent libérés 39 espagnols internés. Il avait été de nombreux coups durs, de multiples sabotages et des plus difficiles, il avait instruit des centaines de jeunes inexpérimentés.

C'était un combattant pour la liberté. Il était profondément convaincu qu'après la victoire sur l'Allemagne nazie, une armée républicaine espagnole reconstituée avec l'aide des alliés franchirait les Pyrénées pour rétablir la liberté et la république en Espagne (7).

Le 5 août, l'union des différentes formations de la résistance est enfin réalisée, trop attendue, trop tardive, puisque n'intervenant que quelques jours avant la libération totale du département, trop marquée par l'antagonisme qui perdurait entre les F.T.P.F et l'A.S Veny. Une prise d'arme commune à tout de même glorifié cette entente sous la présidence de Jean Cassou.

Pour les maquisards de base, et surtout chez les plus jeunes, malgré les doutes et les regrets, l'union allait être officialisée avec le port du brassard FFI pour tous mais il y a bien longtemps que cette union était effective sans arrière pensée dans nos esprits.

Georges, à présent colonel, notre commandant en chef, prenait le commandement des FFI et Ricard de l'A.S. Veny devenait son adjoint, nous avait précisé Maillol avec une légitime fierté dans la voix.

(7) Franco qui en était persuadé avait fait édifier une ligne de fortifications, avec de nombreux blockhaus en arrière des Pyrénées.

Le 15 août courte prise d'armes à Catus. Le colonel Georges nous apprend la prochaine libération de Cahors puis remonte dans sa traction avec Maillol pour une réunion d'état-major devant mettre au point la préparation de l'attaque.

Encore en garde à vous, saluant le départ des chefs, je lance à Pradal :

Tu as remarqué sur l'aile gauche de la traction il y a un fanion FFI et sur l'aile droite un fanion F.T.P.F.

Arrête de faire du mauvais esprit.

Le lendemain, je vais encore une fois tenter auprès de Maillol d'obtenir une information concernant la disparition de mon ancien professeur. J'obtiens la confirmation de la mort de Bardou mais sans plus de détail. Maillol m'affirma avoir demandé des précisions à Georges mais n'avoir rien obtenu du colonel. Je le crois sincère.

La confirmation de la mort de Bardou me plongea dans un grand désarroi ou tristesse et amertume se mêlaient à un sentiment de révolte. Bardou n'entrerait jamais en libérateur dans Cahors à la tête de ses maquisards.

Le 17 août 1944, à 14 heures, les troupes d'occupation allemandes quittent Cahors par le sud, sur la route de Toulouse devant les habitants aux fenêtres, assistant au défilé pittoresque de véhicules variés avec des camions remorquant des vélos, des gazogènes fumants.

Les formations des FFI préparaient encore l'investissement de la capitale du Quercy et quand le colonel Georges donna l'ordre d'attaque, c'était trop tard. Maillol ne décolère pas et devant ses troupes piaffant encore d'impatience en attendant l'ordre de passer à l'attaque, n'en finit pas de nous interpeller comme si nous y pouvions quelque chose : double commandement, pas de liaison entre les PC de secteurs et même d'unités, volonté de s'accaparer la victoire à son propre compte et j'en passe.

Quelques jours plus tard je devais apprendre de mon père qu'il n'y aurait jamais eu de bataille de Cahors car les allemands auraient proposé une reddition sans conditions en cas d'attaque des formations de la résistance. Le préfet, le maire, et… même le préfet "Paul" avaient connaissance de cette décision de la Kommandantur.

Le 17 août à 15 heures, les FFI entrent dans Cahors. C'est la première compagnie du 7ème bataillon F.T.P.F.

Le 20 août enfin, notre bataillon prend ses quartiers dans la caserne Bessières. Les P35 de la compagnie nous déposent dans la cour centrale et le défilé triomphant tant espéré, en descendant le boulevard Gambetta, sous les ovations de la population enthousiaste est remplacé par l'installation de lits pliants, la perception d'équipement, le nettoyage des armes avec inspection promise à l'issue.

Il n'y a pas de quoi pavoiser. Ce n'est déjà plus l'ambiance "bon enfant" du maquis. Les gradés sont devenus rigides comme si à présent, ils portaient leurs galons pour de bon.

J'ai pu, tout de même faire une courte visite à ma famille mais avec la permission de Maillol, pardon, du commandant Maillol lui-même. Décidément l'ambiance "militaire-caserne" ne me convient guère et cet avant goût disciplinaire ne fait pas mon bonheur. Le lendemain matin je reprends un peu de ma belle assurance et le commandant ne fait aucune difficulté à me laisser quitter le cantonnement.

Visite à la préfecture où je dois être reçu par le préfet "Paul". Visite au lycée pour me présenter au proviseur Bassac. Bien entendu je n'avais aucun rendez-vous précis, disons seulement des invitations. Mais j'ai tant impressionné Maillol qu'il en a même oublié de me signer la permission exceptionnelle.

Effectivement je vis le préfet, mon père y tenait

absolument, mais en coup de vent. Il me reçut chaleureusement. Les services fonctionnaient déjà normalement. Le comité de libération avait été installé à la préfecture, l'état-major occupait l'hôtel des ambassadeurs.

Au lycée où je me présente avec beaucoup d'émotion, j'ai la chance de trouver le proviseur Bassac et même le surveillant général Ressès dit "la Fine". Ils préparaient une session spéciale du bac dont l'éventualité se précisait mais sans encore de décision définitive prise, compte tenu des difficultés de l'heure. C'est la seule bonne nouvelle. Après, et en complétant mutuellement, le proviseur, la fine et moi nous établissons le triste bilan.

La dramatique mort de Guy, la déportation de Taric, dont personne n'avait plus de nouvelles, la chance de Larrivière qui s'était échappé du train qui l'amenait en Allemagne, René, Vincent, Louis, Paul, et Pierre tous déportés en Allemagne.

Bassac m'apprend les circonstances de la mort de Bardou. Je n'ai pas compris, ni apprécié, les réserves de nos chefs du maquis et leur réticence évidente à nous refuser jusqu'à présent, une explication sur cette disparition. Le proviseur tenait ses informations de Gaffard, qui avait rencontré son collègue, notre ancien professeur le 15 juillet à Molière peu avant sa mort.

Le 14, 15, 16 juillet, le capitaine Bardou était effectivement dans le Lot pour une courte permission. Il venait de quitter le commandement des F.T.P de Corrèze et devait rejoindre sa nouvelle affectation à l'interrégionale, commissaire aux opérations pour les départements de la Haute Vienne, de la Creuse et de l'Indre... avec toujours le grade de capitaine !

Il avait pu revoir sa femme et ses enfants et ses amis dont Fages et Gaffard. Sa mère hélas avait été arrêtée et déportée en Allemagne.

Le 16 juillet en rejoignant la Creuse, il tomba sur un barrage allemand aux portes de Bourgagneuf. Blessé, il s'acheva d'une balle en plein front avec son revolver plutôt que de se rendre.

5 Kms avant ce barrage Bardou et son agent de liaison avaient été arrêtés pour un contrôle par quelques éléments d'un maquis AS. Après vérification de leurs papiers ces maquisards leur avaient affirmé que la route était libre alors que les allemands étaient signalés en Creuse depuis 15h30.

Il était 20 heures. Après cette évocation où nous ressentions tous trois des sentiments d'émotion, de grande tristesse, Bassac m'informe que la veille il avait appris que deux lycéens avaient été arrêtés par les F.F.I. Le premier, je le croyais déjà mort et pour le second ce ne fut pas une surprise.

Le proviseur ne m'a rien demandé.

Je n'ai fait aucun commentaire.

Après le récit de la fin de Bardou, mon regard devait être le reflet de mon état d'esprit et de mon verdict.

Avant de se quitter la “Fine” m'exonéra en toute solennité des 126 jours de retenues dont j'étais toujours débiteur vis-à-vis de l'établissement avec bien entendu la bénédiction de Bassac.

Après avoir quitté le lycée comme à regret, je remonte le boulevard à pied pour regagner la caserne. Ma première ballade en ville. Je cherche un visage connu. Malgré mon uniforme et mon béret je n'intéresse apparemment personne.

Par contre devant la mairie la foule est massée en pleine effervescence. Presque tout le monde porte au bras un brassard FFI ! De temps en temps un petit groupe se détache et part avec des cris hostiles et de grands gestes vers on ne sait quelle destination. Je comprends vite avec l'arrivée d'un nouveau groupe. Ils encadrent, menaçants, un individu pâle et défait qui n'en mène pas large.

A peine un peu plus loin sur le trottoir, en face, je rentre chez l'opticien dont le fils est un de mes camarades de classe et un ancien de l'équipe de rugby qui, comme moi, avait rejoint le maquis. Je lui fais signe de la main vers la mairie.

- C'est tous les jours comme ça ?

- Depuis que les allemands sont partis, c'est sans arrêt. La moitié des gens arrête l'autre sous tous prétextes : collaboration, marché noir, menaces. Les uns mettent le brassard FFI pour arrêter leur voisin, les autres qui ont peur d'être arrêtés mettent aussi le brassard FFI pour être tranquilles. De temps en temps on expose à la vindicte populaire une femme tondue, croix gammée peinte sur le crâne rasé, accusée de collaboration intime avec l'occupant nazi.

Je rassure le père de Nano. Nous allons mettre bon ordre à cette pagaille. Il n'a pas l'air convaincu. Moi non plus pour le moment.

- Mes amitiés à Nano dès qu'il rentrera. Nous nous trouverons sûrement à Toulouse où tous les bataillons FFI vont se regrouper.

Je visse mon béret sur la tête et rentre la moitié de ma chemise qui pendouille sur mes fesses. Ayant ainsi rétabli dans sa dignité vestimentaire, mon honorabilité de soldat de la résistance, je remonte le boulevard Gambetta dans l'indifférence générale. Demain je redescendrais en ville avec le Remington. Inutile boutade mais ça fait du bien de lâcher du lest.

Le lendemain, je pars de nouveau à la campagne. Maillol avait entre temps réparti les missions. Ma section, avec deux P35, a pour mission de désarmer les petits maquis qui ont fleuri dans notre département comme les pâquerettes au printemps, après le départ du dernier occupant. C'est un ordre urgent, en provenance de l'interrégionale.

La première section est au service du tribunal militaire avec à sa charge les arrestations "officielles", le transport des prisonniers vers le tribunal à l'aller, vers le stand de tir de la caserne au retour pour les condamnés qui doivent y être fusillés.

La troisième section est affectée à la protection des établissements publics et à des patrouilles en ville pour rassurer la population et rétablir autant que faire se peut un semblant d'ordre. Après ce que j'avais vu la veille cette mission m'apparaissait indispensable, mais assez difficile.

Finalement je suis très heureux d'appartenir à la section qui va m'éloigner pour un temps de cette sinistre caserne. J'avais besoin de me changer un peu les idées. La mort de Bardou et la déportation de Taric, les deux professeurs qui avaient le plus marqué mes dernières années de lycéen, m'avaient laissé amer et désabusé.

La mission d'apparence facile et même un peu pittoresque par certains côtés demandait surtout de la diplomatie de la part du chef de section. L'accueil était toujours cordial et même sympathique. Il est vrai que notre chef brandissait comme un étendard le papier officiel chargé de tampons signé de Ravanel le grand chef régional des F F I.

Nous entassons facilement sur le plateau du P35 les FM et les fusils, pour les Sten c'est déjà moins facile. Enfin les revolvers font partie des fameuses concessions que notre chef était habilité à faire pour "entretenir l'amitié".

Parfois nous tombons sur des "teigneux" et les vieilles querelles politicardes surgissent à nouveau.

Nous ne rendrons pas nos armes à des communistes.

Les F.T.P sont tous communistes. Vous allez stocker nos armes et ainsi vous pourrez prendre le pouvoir quand toute la France sera libérée.

J'ai su plus tard que la plupart de ces récalcitrants étaient surtout des bandes organisées se livrant à des pillages incontrôlés ou à d'autres exactions plus graves. Leur activité fut éphémère et le rétablissement progressif de l'autorité mettra fin à leur existence.

Ainsi nous avons parcouru le département jusqu'à la fin du mois d'août. Pierre l'ancien et moi toujours à l'arrière sur le plateau du camion, inconfortablement assis sur un tas de ferrailles qui rentraient dans les fesses et faisaient un bruit épouvantable. Par dessus le marché je trimballais toujours mon vieux Remington à l'épaule pour respecter la discipline militaire. Mais je n'avais plus de balles.

Au retour de chaque "expédition" et compte tenu de ce que nous transportions nous laissions aller notre imagination sur l'énorme quantité d'armes de toutes sortes et de tout calibre qui avaient pu être parachutées en mai-juin 44 et surtout le 14 juillet à Loubressac. Nous avons même chargé des containers intacts mais du modèle standard non sans mal car ils pesaient autour de 150 kilos. Des fameux containers dont nous avions entendu parler, sans en avoir jamais vu, pas de traces ni de contenant ni de contenu. Ce sont eux grâce à qui les médicaments... et l'argent descendaient du ciel. De toute façon, de l'argent, nous n'avions jamais vu la couleur.

Par camions entiers nous allions décharger, en vrac, nos cargaisons tous les soirs. La fiche d'activité journalière était vite remplie par le chef de section. Elle mentionnait simplement le nombre de camions déchargés sur le lieu de stockage. L'inventaire, au dire du chef devait être fait plus tard, au moment de la mise en dépôt de tout cet arsenal. Mis à part à Londres, il était évident qu'il n'y avait jamais eu d'inventaire après le parachutage de Loubressac, on avait simplement compté les containers. Quand à la distribution “générale” (à l'exception des F.T.P qui ne perçurent les premières livraisons que trois semaines après le parachutage) qui avait suivi, les récupérations journalières auxquelles nous étions en train de procéder apportaient la preuve que bien des livraisons avaient été faites à des unités suspectes.

Les lieux de stockage étaient variés. En règle générale, soit à la caserne Bessières soit au champ de tir de Caillac dans les vieilles casemates datant de l'implantation à Cahors du 7ème Régiment d'Infanterie, mais aussi sur des sites baptisés “provisoires” par le chef de section : des granges isolées, des bâtiments dit publics, des mairies, des garages.

De temps en temps les camarades d'autres sections nous passaient commande :

Tu me mets un petit pistolet de côté si tu peux ?

De toute façon, même s'ils avaient désiré un fusil mitrailleur, la livraison serait passée inaperçue. Pour ma seule part les “cadeaux” restèrent très limités à 4 ou 5 pistolets tout au plus. Sans balles. Car une des choses qui m'a le plus intrigué, nous n'avons jamais trouvé et transporté une seule caisse de munitions ni à fortiori de munitions isolées. Exception faite de rares containers intacts et jamais ouverts. Cet énorme stock d'armement était inutilisable faute de munitions.

A la fin août, le plus important de notre mission est terminé. En attendant notre départ pour Toulouse notre section doit relever celle affectée au tribunal militaire. Son président est une vieille connaissance. Notre ancien, appelé au S.T.O pendant l'été 43, avait alors rejoint la résistance. Il était auparavant maître d'internat à Toulouse où il préparait l'agrégation et avait adhéré au parti communiste en novembre 42 quand les allemands envahirent la zone libre. Devenu le capitaine Alain, Durieux était rapidement devenu célèbre par ses actions dans le Figeacois et le Haut Segala. Il était chargé de l'organisation générale dans le triangle de direction du secteur B des F T P. Il avait une grande admiration pour Bardou et c'est sous ses ordres qu'il avait participé à l'occupation de Cajarc. Pour nous, c'était le deuxième grand capitaine du lycée, le premier hélas, était mort.

Durieux était donc monsieur le président du tribunal militaire et j'allais avoir grand besoin de l'ancien.

C'est brutalement que Maillol nous avait désigné, Pradal et moi, pour faire parti du peloton d'exécution. Jamais je n'aurais imaginé que cette éventualité puisse se présenter. J'étais pourtant parfaitement au courant de la procédure. Les collaborateurs, les miliciens, les policiers de Vichy condamnés par le tribunal militaire étaient rapidement fusillés au stand de tir de la caserne. Tout le monde trouvait parfaitement normal et juste cette procédure. Tous les crimes des nazis et de leurs collaborateurs étaient encore bien présents dans tous les esprits.

Une réflexion de Maillol par contre qui avait suivi sa décision me semblait aberrante. Vous les lycéens, allez être les exécuteurs de vos camarades jugés et condamnés comme traîtres à la patrie. Vous allez venger vos camarades tués ou déportés. Le ciel me tombait sur la tête. Pradal était abasourdi. Le proviseur Bassac m'avait bien fait part de l'arrestation de ces deux camarades et j'avais appris au tribunal qu'ils avaient été condamnés à mort. Je n'avais, par contre, fait aucun rapprochement entre ce verdict et la fonction d'exécuteur.

L'image de ces deux garçons condamnés me revenait de plus en plus précise. Le premier était un garçon plus âgé que la moyenne des élèves de terminale. Nous le connaissions peu. Il était arrivé au lycée après l'occupation de la zone libre par les allemands, en provenance de la région parisienne. Il n'a trompé personne. Il ne cachait pas son appartenance à l'extrême droite et son admiration pour Doriot. UPJF puis Franc-garde, il se battait affirmait-il avec les nazis qui correspondaient au seul rempart crédible face au communisme. Je pense qu'il a du avoir la même attitude arrogante et tenu les mêmes affirmations devant le tribunal. Il n'avait aucune chance et je pense qu'il le savait.

Le second était, comme moi, un grand ancien du lycée. Nous étions entrés à 2 ans 1/2 avec dispense à la maternelle de madame Pavy. Ses parents étaient de petits commerçants sans histoire. Nous avons fait chemin ensemble, de classe en classe, comme des connaissances sans affinités particulière. Puis le sport nous a éloigné, pour moi, l'aviron sur le Lot puis le rugby avec la "Quercynoise" et Bardou comme entraîneur. J'appris plus tard qu'il s'était inscrit à l'UPJF. Il devenait suspect à priori et j'ai commencé à l'éviter. Il n'a jamais eu l'agressivité des autres camarades UPJF mais il était buté.

Je ne porte aucun jugement sur lui ne connaissant rien de son dossier et des motifs qui l'avaient amené devant le tribunal militaire. J'ai une pensée pour ses parents.

Pradal est aussi désemparé que moi mais il cherche un moyen d'être exempté de cette mission sans perdre la face devant les camarades de la compagnie.

Pour ma part je souhaite comme lui l'exemption, mais j'ai aussi besoin d'un soutien moral désintéressé et solide.

Durieux me fixe de son regard doux et charmeur avec ce demi-sourire ironique familier chez lui mais qui peut brutalement devenir sarcastique. Il n'a pas changé. Son visage est toujours encadré par ses superbes rouflaquettes, le front est discrètement dégarni.

Je lui explique que je viens chercher auprès de lui, mon ancien, ce que j'avais souvent demandé à mes professeurs, Bardou, Taric, Lamouse, Gaffard dans des moments difficiles de ces dernières années.

Il sourit toujours. Et puis la vérité sur l'objet le plus angoissant de l'entretien qu'il m'a accordé. Je suis d'accord avec le verdict du tribunal militaire qui a condamné mes deux camarades de lycée. Je ne suis pas capable d'assumer leur mort avec mon camarade Pradal en faisant partie du peloton d'exécution. Il ne sourit plus et reste longtemps silencieux comme plongé dans une profonde méditation. Puis...

Notre résistance est née des défis à la justice, à la vérité, au sentiment de l'honneur national et de la dignité humaine. Le gouvernement de vichy a accepté sans protestation les crimes de l'ennemi, il a donné l'ordre de tirer sur d'autres français à Dakar, à Mers El Kebir et en Syrie et de cesser le feu en Afrique contre les italiens et les allemands, il a accepté et mis en œuvre l'organisation du S.T.O, la formation de la LVF (légion des volontaires français) pour lutter en Russie avec l'armée allemande, de la milice auxiliaire fidèle de la Gestapo. Il a accepté les exactions des nazis avec une complicité active et zélée sans laquelle ils n'auraient pu les perpétrer. Accepter tout cela était nous déshonorer. Après notre défaite de 40, beaucoup de français se sont consolés de nos malheurs par la chute de régime républicain. La propagande de Vichy avait pour thème principal la décadence de la France et l'oubli de nos devoirs patriotiques. Pourtant déjà, l'historien patriote Camille Jullian avait eu cette réponse vengeresse à ceux qui voulaient nous décourager et nous faire accepter notre humiliation :“Que de fois ce mot de décadence a été brutalement proféré ou perfidement insinué pour amener le monde à accepter la chute de la France alors qu'elle se recueillait avant d'entrer dans le plus brillant des renouveaux où la plus complète des victoires”. Ce renouveau, né de la résistance a donné à notre guerre dès le départ un caractère exceptionnel, révolutionnaire. De cette lutte, qui a déjà coûté beaucoup de sang et de larmes doit sortir un monde meilleur par l'instauration de la justice sociale dans une France jeune et dynamique. Ce monde meilleur nous ne le voulons pas gangrené au départ par ce qu'il restera dans ce pays de fascistes où de gens d'extrême droite collaborateurs, après le départ du dernier allemand. Ce que nous pouvons faire en ce moment même pour éliminer ces français qui depuis 40 et même avant ont fait tant de mal à ce pays, nous ne pourrons peut-être plus le faire demain ou après-demain. A guerre révolutionnaire, tribunal d'exception impitoyable car limité dans le temps. Ce n'est pas le temps des procès. Nous ne sommes que quelques uns à avoir accepté de mener cette mission. Si nous devions échouer ou si notre action était trop limitée, dans peu de temps le fascisme renaîtra de ses cendres. Bien plus, les anciens hauts fonctionnaires collaborateurs du gouvernement de Vichy referont surface plus ou moins blanchis pour occuper dans notre nouvelle république des postes essentiels et peut-être même certains porteurs de la plus haute distinction décernée par Pétain, prétendront-ils à accéder à la dignité suprême de l'état. L'extrême droite renaîtra dans un grand mouvement politique porté par une idéologie fasciste faite de racisme et d'intolérance. Regarde la rue. Beaucoup de ceux là sont déjà en train de se faire une honorabilité avec le brassard FFI. Mais ce ne sont pas les plus dangereux. Je suis content de toi quand tu acceptes le verdict de mon tribunal, même s'il s'agit de lycéens comme toi. Pour le reste, je te comprends. Toi et Pradal êtes trop jeunes pour assumer un acte qui laisserait trop de traces dans vos têtes. Il est temps que vous reveniez en classe.

Et il se mit à rire, paraissant aussi détendu que je l'étais moi même. Je devais une fière chandelle à l'ancien. J'allais partir.

- Et ta cousine ?

- Ce n'est plus la peine de préparer les caramels, elle va épouser le capitaine entraîneur de l'équipe de rugby de Gourdon.

J'aurais préféré quelle choisisse Durieux, mais ça, je n'ai pas osé le lui dire.

Le commandant Maillol avait rapidement reçu le message du capitaine Alain - cinq sur cinq - j'ai, du reste, gardé un fidèle coefficient de sympathie pour notre commandant du maquis.

Finalement Maillol était un brave homme même s'il a été à l'origine du plus pénible problème qui a marqué cette époque de ma vie.

Le 15 septembre, deux jours après l'entrevue avec Durieux, le bataillon FFI - FTP fait mouvement sur Toulouse où nous avait déjà précédé le colonel Georges à la tête d'une colonne de 1500 FFI lotois dès les 20 août. Ravanel dès le 21 août avait nommé Georges commandant d'armes de la ville et responsable de la sécurité intérieure. Il s'était installé à l'hôtel de Paris.

Nous cantonnons à la caserne Niel, nouveau quartier mais même ambiance. Décidément en plus ou moins grand, toutes les casernes se ressemblent, sinistres, et pourtant nous sommes nombreux et peu disciplinés. Et encore, nous dirons les anciens, nous n'avons rien vu par rapport aux premiers jours de l'occupation de Toulouse.

Le 16 septembre de Gaulle arrive à Toulouse. Nous avons appris qu'il y avait eu une grande réception à la préfecture où était présent notre colonel Georges et le commandant Ricard. Nous sommes restés consignés au quartier car paraît-il, il y avait déjà assez de monde dans les rues. Le lendemain, le général passe en revue à la caserne Caffarelli les compagnies FFI avec en tête une compagnie des maquis du Lot. Il eut, paraît-il, les félicitations du grand chef. Comme dit Pradal on est quand même représenté. Le séjour à Toulouse démobilisait nos énergies. Je crois que c'est avec grand sentiment de soulagement que la majorité d'entre-nous quittent la ville pour le Lot, la pointe de Grave ou la première armée. Fini les maquisards.

C'est à partir de Toulouse que nos destins se séparent. Les uns vont partir vers l'est de la France avec la colonne Schneider forte de 25000 hommes formés en partie par la demi-brigade Ajax avec les 4ème et 24ème bataillons FFI du Lot.

Les autres vont former le 1er et le 2ème régiment du Lot, ce dernier allant rejoindre le front de la pointe de Grave sous le commandement du colonel Georges.

D'autres sont affectés dans les écoles de cadres, les officiers à Lespinet, les sous officiers à Cahors.

Des lycéens de la classe, "Nano que nous avions retrouvé à Toulouse, partit avec le deuxième régiment du Lot vers la Pointe de Grave. Pradal, Fred et moi sommes rentrés à Cahors pour être démobilisés.

Comme me l'avait fait espérer le proviseur Bassac, on nous avait confirmé à l'Académie de Toulouse la possibilité de valider notre scolarité interrompue en passant des sessions spéciales.

En octobre 44 l'aventure était terminée. Fred est reparti à Paris avec son père. Pradal et moi avons retrouvé le lycée mais pour un court séjour destiné à préparer autant que faire se peut la fameuse session spéciale qui devait nous permettre d'en finir avec le bac de philo. Nous devions cette initiative à Gaffard qui après Bardou avait continué à s'occuper des "petits". Un des rares professeurs de l'époque "héroïque" encore présent. Nous avions retrouvés la considération chaleureuse du proviseur Bassac et de la Fine. Les jeunes camarades profitaient de nos rares sorties dans les cours pour nous entourer fébrilement avec une demande insatiable d'en savoir toujours plus sur les maquis, les combats, les sabotages.

La cession spéciale ne fut guère plus qu'une formalité, tant la mansuétude et la bienveillance des examinateurs nous fut favorable. Ne croyez surtout pas les jeunes, s'ils vous racontent un jour que les deux Pierre se sont présentés devant les examinateurs avec à la ceinture, l'un un énorme revolver 73, l'autre avec un Prabellum canon long modèle 17. La légende, que voulez-vous !

Notre dernière visite au lycée fut pour Pintrou. Nous nous devions de lui annoncer la bonne nouvelle.

En novembre 1944 nous entrions à l'école des beaux-arts de Toulouse sur le quai de la Daurade. Avec Pierre l'ancien nous faisions partie de l'atelier du professeur Barthès, paysagiste reconnu, au milieu d'une assemblée variée et pittoresque d'où émergeait un parisien surdoué du nom de Bernard Buffet.

Je ne savais pas encore si j'allais devenir un grand artiste. En attendant, je devins dès l'entrée dans l'établissement célèbre par un tour de con à ma mesure. L'invention de la "Bombe à pisse" banale poche remplie d'urine fraîchement émise que nous balancions allègrement des terrasses de l'école sur les Toulousains qui flânaient innocemment sur les bords de la Garonne.

On ne se refait pas.

De toute façon, là n'était pas ma destinée et après quelques mois à peine d'expression artistique, de nouvelles aventures allaient complètement changer le cours de mon existence.

III

MUONG KHOUA

1

La femme étreint la longue corde fixée à la poutre faîtière de la toiture. Un sourire crispé tente de nous témoigner sa confiance. Pas de cris de douleur, un gémissement aigu ponctue chaque contraction.

L'accoucheur qui opère à ma gauche lui masse le ventre sur lequel il a appliqué des tubercules râpés. De temps en temps il boit quelques gorgées d'eau parfumée qu'il crache ensuite sur le corps de la parturiente après avoir récité le Gatha Phab Phi, formule destinée à écarter les mauvais esprits qui s'opposent à la délivrance.

Soudain la femme lâche la corde et retombe sur la natte, narines pincées, lèvres serrées, elle ne gémit plus. L'accoucheur est inquiet, son regard se fixe sur les parents, puis sur le Mo Sado, médicastre, avec insistance. Ce dernier incline discrètement la tête en signe d'acquiescement.

Puis il m'adresse un regard interrogateur.

J'abaisse discrètement la tête à mon tour.

Le silence, la relation intense par gestes ébauchés, la chaleur lourde et oppressante annonciatrice de la mousson, l'odeur des cierges et des bougies qui tentent de nous offrir un peu de lumière, créent une atmosphère singulière et presque étrange.

Le médicastre possède le pouvoir de "forcer les portes closes" et l'accoucheur lui a fait comprendre qu'un obstacle insolite s'opposait à la sortie de l'enfant. Il fixe la lueur tremblante du cierge qui surmonte la coupe dédiée à son maître - à voix basse il invoque les esprits des grands médicastres des temps passés puis lentement au dessus d'une coupe d'eau parfumée, il psalmodie le Gatha Sado, formule dont la puissance est telle qu'elle délie les nœuds les plus serrés "Pivatiti... Pivatiti". Il entrouvre les lèvres de la femme et la force à ingurgiter quelques gouttes du liquide ainsi consacré.

Soudain l'accoucheur se précipite, une main vient d'apparaître. Dans la petite paume le médicastre qui intervient à nouveau place une petite boulette de riz gluant et quelques grains de sel en disant :

“Enfant ne sort pas la main ainsi, présente d'abord la tête”. Puis il repousse la main et s'évertue à déplacer l'enfant.

A nouveau l'attente et l'angoisse qui s'installe insidieusement. La femme reprend ses gémissements haletants. Son regard ne me quitte plus, presque suppliant. Je réponds par une inclinaison de la tête et un sourire discret mais confiant.

Un regard vers l'accoucheur. Il incline la tête.

Un regard vers le médicastre. Il incline la tête.

C'est le signe de leur assentiment. Je l'attendais.

Ma main droite glisse sur le ventre tendu. C'est bien une présentation transversale.

Et je sens bien à droite la masse dure de la tête de l'enfant. Une dystocie comme disait sentencieusement notre maître accoucheur ROMIEU dans le vieux service d'obstétrique de l'hôpital de la Grave, sur les bords de la Garonne à Toulouse. Et d'ajouter cérémonieusement, messieurs et mesdames, il faut procéder à une version podalique, autrement dit et plus simplement il faut faire tourner l'enfant.

Tout tourne aussi, un peu, dans ma tête et mon visage ruisselle de sueur.

La tête est à droite il faut introduire la main gauche et attraper le pied gauche. Si la tête était à gauche, ce serait la main droite qui saisirait le pied droit de l'enfant.

La bonne main, le bon pied. Le doute du dernier moment.

Je revois ROMIEU relevant son front dégarni en secouant les bouclettes poivre et sel qui retombent sur le col de sa blouse blanche:

- "L'artiste, venez nous faire deux schémas d'utérus gravides avec l'enfant en position transversale pour illustrer la version podalique."

Ma craie court sur le tableau avec allégresse, dévoilant deux cuisses magnifiquement écartées. Je n'ai pas le temps de dessiner l'utérus.

"Lulu", lance un imbécile du fond de la salle. Gros rires et défoulement général, même ROMIEU participe. L'intéressée aussi, écarlate comme un gratte-cul.

- "Je ne vous ai pas demandé une évocation de vos exploits dans mon service, mais de mettre vos talents artistiques au service de l'obstétrique et de vos camarades. Effacez moi cette odalisque impudique et dessinez nous deux enfants l'un tête à droite, l'autre tête à gauche en position transversale dans l'utérus."

Encore une fois l'art était sacrifié à l'intérêt scientifique.

La réalité du moment est moins sereine mais et c'est l'essentiel, je revois parfaitement mes deux schémas avec précision. La main gauche doit aller chercher le pied gauche.

Déjà elle glisse le long du ventre de l'enfant jusqu'à la hanche, puis je suis le membre inférieur jusqu'au pied. La chance, je tiens même les deux pieds, ce sera plus encore plus facile.

Les voilà à l'extérieur, l'enfant tourne, un magnifique siège qui va nous rendre le travail plus simple.

Je fixe l'accoucheur. Son expression semble détendue mais il soutient mon regard avec insistance.

J'incline légèrement la tête avec un sourire complice.

Je regarde le médicastre, à son tour il baisse la tête. Je me retire et laisse la place à l'accoucheur pour qu'il officie à nouveau.

Le visage de la femme reflète toujours une inquiétude contenue mais qui se transforme en détermination confiante quand je lui adresse un sourire et un geste de la main pour l'inciter à reprendre la corde avec un doigt pointé sur ma poitrine pour bien lui préciser que c'est moi qui ordonnerais son effort de traction et de poussée au moment voulu et si nécessaire.

L'accoucheur observe l'expulsion qui évolue normalement à chaque poussée de la mère - à présent le tronc, puis les épaules sont à l'extérieur. Je fais signe à la femme de ne plus tirer sur la corde.

L'enfant repose à cheval sur l'avant bras droit de l'accoucheur. Sait-il sortir la tête ? Si possible je ne voudrais plus intervenir à présent.

Son avant bras glisse légèrement vers l'avant. S'il met seulement deux doigts dans la bouche de l'enfant, il fera fléchir la tête et tout ira bien. Il sait.

Sa main gauche, en fourche, appuie sur le cou. Il saisit les deux pieds, relève l'enfant verticalement et place son dos sur le ventre de sa mère. C'est gagné !

Un petit cri détend définitivement toute l'assistance.

Comme disait Romieu, messieurs, nous venons de réaliser la manœuvre de Mauriceau, avec la pompe oratoire digne de sa notoriété. Sacrée manie de tous les "patrons" qui veulent à tout prix transmettre leur nom à l'éternité scientifique. J'en ai même bien connu un qui l'a laissé à une pince de son invention destinée à sectionner un clou cavalier à l'intérieur des bronches. De toute façon s'il était indispensable le jour de l'examen de fin de stage de se souvenir de Mauriceau pour avoir une note majorée, aucun souci à se faire en cas d'amnésie concernant l'inventeur de la pince, les errements d'un clou cavalier dans le système respiratoire ne pouvant éveiller l'intérêt d'un examinateur. Quoique !

Je tire sur mon bambou qui plonge dans la jarre d'alcool de riz. L'accoucheur, le Mo Sado et moi nous sommes déjà hors du coup, réunis dans un coin de la case, autour de la jarre. Entre deux gorgées nos regards se croisent, ponctués par l'inévitable fléchissement de la tête. Dans ceux de mes complices d'un jour un sourire témoigne, peut-être, de l'ébauche d'un lien plus profond qui vient de naître entre nous.

La délivrance terminée la famille a pris les choses en main avec autorité. Un vieux parent, distingué, au visage plissé comme une pomme de Brive attendant Noël sur la paille du grenier d'une ferme du Causse en Quercy, a coupé le cordon avec une lame de bambou. Son honorabilité et son maintien sont les garants du caractère de l'enfant qui sera exactement le reflet du sien. Un autre membre de la famille introduit le placenta lavé et salé dans un tube de bambou pour l'abandonner au fil de l'eau dans la rivière Nam Neua.

Le Mo Sado nous quitte un instant pour rejoindre la famille affairée. Il récite une dernière formule sur des fils de coton noir et rouge qu'il mêle et lie autour du cou de la mère et de l'enfant. C'est la barrière magique qui doit s'opposer au retour des esprits maléfiques. Puis il quitte l'assemblée.

Avec l'accoucheur nous restons seuls derrière la jarre, contemplant l'affairement des parents et amis. Les uns dressent un grand foyer de glaise bordé de troncs de bananiers sur lequel ils disposent le chaudron pour préparer décoctions et infusions. Les autres font asseoir la mère, en la soutenant, sur une couche couverte de sel pour cicatriser plus rapidement les déchirures.

Les préparatifs terminés, une aïeule prend un Kadong (sorte de grand van) qu'elle passe à la flamme et debout sur le seuil de la case lance à l'adresse des dangereux Phi Phaï (esprits ravisseurs d'enfants) :

- "Kou Kou ! Vous Phi Phaï qui pouvaient apparaître sous l'apparence d'oiseaux nocturnes se manifestant par le hululement sonore Kou Kou. Partez ! Désormais, cet enfant est le nôtre."

Puis elle place l'enfant dans le van après avoir placé sur le minuscule matelas un poignard, un crayon et un livre puisqu'il s'agit d'un garçon (une fille aurait eu droit à une aiguille et à un ustensile ménager). De cette façon l'enfant deviendra plus tard courageux et studieux (ou bien habile aux travaux de la maison).

Près du nouveau né et séparée de l'âtre par une barrière de bambou, la mère repose sur sa natte. Contre ce paravent le médicastre a fixé une rame de pirogue sur laquelle il a dessiné à la chaux une silhouette humaine destinée à effrayer les mauvais génies. Sage précaution car durant les deux à trois semaines qui vont suivre l'accouchement et qui constituent la période du Kham, mère et enfant seront une proie facile pour les Phi Phong, Phi Houng Phi Pao, et autres esprits plus ou moins maléfiques.

A force de s'agiter à l'entrée de la case avec de grands gestes des bras, Ouane un de mes infirmiers laotiens, finit tout de même par attirer mon attention. On a sûrement besoin de moi à la case infirmerie.

Je m'incline en partant devant la jeune mère. Sa main droite s'élève un peu au dessus de la natte dans un discret au revoir mais son regard et son sourire sont imprégnés de cet infini bonheur qui n'appartient qu'aux jeunes mamans et dont il est toujours si difficile de se détacher.

L'aveuglante lumière extérieur ou le fait que j'ai un peu trop tiré sur le bambou de la jarre, je manque deux marches sous le regard inquiet de Ouane, mais je me retrouve droit et décidé au bas de l'échelle escalier devant un énorme porc noir à l'échine squelettique qui balance son gros ventre, gonflé comme une outre, jusqu'à terre. Une dizaine de poulets s'égaillent, en piaillant, dans tous les sens avec une incroyable agilité. Entre deux cases sous un bananier, à l'ombre des grandes feuilles, des enfants jouent avec des os et des cailloux.

Dès qu'ils nous aperçoivent ils se précipitent :

- "Phallang Mo Sado (Français médicastre), un bupple ! Un bupple !"

Je sors le petit carnet et le bout de crayon de ma poche. Trois esquisses rapides = un buffle sérieux, un buffle sympathique, un buffle en colère avec les yeux pédiculés et la distribution aux trois plus malins qui repartent aussitôt en riant aux éclats et en brandissant leur trophée.

Le peintre reconnu que j'espérais devenir quand j'étais élève aux Beaux Arts de Toulouse, amuse aujourd'hui les enfants thaï avec de petits croquis d'un animal qui n'aurait jamais du m'inspirer car il nous détestait avec entêtement. Question d'odeur paraît-il.

Ouane me ramène à la réalité. Deux Méos m'attendent devant l'infirmerie. Ils sont descendus de la montagne après deux jours de marche. S'ils ne remontent pas rapidement en altitude ils seront encore plus malades.

- "Diop les a vus ?

- Non il est avec la Poussao (jeune fille)".

Bien sur la question était inutile. Le Caporal-chef Diop Amadou, natif de Dakar, comme il le précisait avec insistance le plus souvent possible, pour qu'on ne le confonde pas avec ses compatriotes "de la brousse" (l'expression est de lui) était un garçon charmant et instruit. Bachelier, diplômé d'état d'infirmier, une compétence affinée sur le terrain par sa collaboration aux campagnes de vaccination, aux tournées de dépistage et de prophylaxie du paludisme et de la fièvre jaune dans la brousse Sénégalaise. Bref le commandement m'avait donc, en théorie, affecté l'assistant inespéré. Mais Diop aime les femmes et compte tenu de sa beauté et de son sourire irrésistible, les Poussao locales me privent trop souvent d'un collaborateur compétent et dévoué. Finalement tout séjour un peu prolongé dans un village et je n'ai plus qu'à garder la boutique dès la nuit tombée.

Les Miao-Tseu [1] m'attendent sagement. Le pantalon large s'arrêtant au dessous du mollet, la petite veste courte qui n'est jamais fermée malgré les boutons faits de petits disques d'argent et sous laquelle ils ne portent rien. Je me demande à chaque fois comment avec ce costume plutôt léger ils peuvent supporter la fraîcheur des températures de leurs montagnes qui les placent vers 1200 mètres d'altitude au dessus de la mer de nuages qui couvre uniformément, en hiver, jusque vers onze heures du matin les sommets de la haute région. Si le Méo est vêtu de façon uniforme et sans fantaisie, il porte par contre de nombreux bijoux = boucles d'oreille, colliers d'argent lisse et bracelets, dont les deux extrémités représentent chacune une tête de dragon chinois classique tenant chacun dans sa gueule une petite boule ronde.

(1) Les Miao-Tseu : ainsi s'appellent-ils entre eux. Le terme Méo est celui par lequel les désignent les Laotiens, les Thaï et les Vietnamiens.

Devant eux un sac de sel qu'ils ont du acheter au magasin du chinois avant de reprendre la piste. Contre eux pour l'un le fusil traditionnel au canon hexagonal interminable renforcé de place en place par de petites bagues de fer, sans crosse mais avec une petite poignée plate en bois, pour l'autre un vieux fusil anglais Enfield qui avait du faire la campagne de Birmanie contre les japonais. Il n'y a pas de Méo sans fusil et même un enfant en porte un dès qu'il sait marcher. Il y en a de toutes les tailles dans une case Méo mais l'arme ne grandit pas avec le jeune, en réalité celui-ci prend le fusil de son frère aîné qui lui même en prend un autre.

En l'absence de Diop, c'est le Caporal-chef infirmier laotien Thiom Ban Lao qui m'aide à préparer un lot de médicaments. J'ai encore une musette de petites boîtes en carton pliables tombées du ciel au cours d'un parachutage de matériel sanitaire et qui me rendent bien service. La boîte dépliée et garnie de comprimés par Thiom, je n'ai plus qu'a dessiner "l'ordonnance" = une silhouette avec une flèche indiquant la partie du corps à qui profite le médicament ou bien un petit bonhomme entouré d'éclairs pour rappeler la fièvre, ou encore un visage bouche ouverte entouré d'un postillonnage tous azimuts pour évoquer la toux. Pour les Méo pas besoin de médicaments pour la dysenterie ou la douleur, ils mastiquent de l'opium.

Je complète par une mimique aussi expressive que possible la présentation de chaque petite boîte, saluée immédiatement par le sourire approbateur, les mains jointes et les inclinaisons de la tête.

Certes je parle correctement le laotien (du moins je le pense) grâce à Thiom et à Ouane qui m'ont "instruit" avec une infinie patience. Mais je n'ai pas le courage d'aller plus loin dans la connaissance des dialectes de toutes les ethnies qui peuplent cette région du Nord Laos = les A-Kha, les Pù-Noi, les Kmu, les Méo, les Thaï, quoique avec ces derniers nous nous comprenons à peu près.

Le lendemain, dernier jour de repos, dans le village. Je fais le tour de mes malades d'un jour, de case en case. Pourtant je sais bien qu'encore une fois je n'aurais pas le courage de leur dire adieu, mais un au revoir sans lendemain que je ressens toujours comme un abandon.

Voilà la jeune maman qui vient de se baigner à la rivière. Devant sa case une aïeule coiffée pour la circonstance d'un grand chapeau conique a déposé au pied de l'escalier une coupe d'eau parfumée et une auge en bambou contenant de la terre, de l'herbe à paillote, un morceau d'assiette cassée et un peigne. Elle lave l'enfant avec l'eau parfumée, puis lui pose les pieds sur la terre et l'herbe contenues dans l'auge. C'est le rite séculaire d'intégration dans la communauté familiale.

Ensuite elle distribue aux enfants qui assistent nombreux à la cérémonie des boulettes de riz trempées dans un jaune d'œuf. Les ablutions terminées, parée de ses plus beaux atours, la mère prend place au milieu des invités dont je fais à présent partie, dans la pièce intérieure pour le rite du raffermissement des âmes.

Un récitant, le Mo P'on allume les cierges autour du Pha Khouan, plateau d'offrandes, dédié aux âmes. Il retrace ensuite les souffrances endurées par la mère pour mettre au monde l'enfant et les rites déjà effectués pour chasser les Phi maléfiques. Puis il supplie les âmes de ne pas quitter le corps fragile du nouveau né même si la mère s'absente.

“Âme frêle, enfant charmant votre mère est partie au Raï. Peut-être vous rapportera-t-elle des œufs d'oiseaux.

- Votre mère est partie à la rizière. Peut-être vous offrira-t-elle au retour des œufs de poissons.

- Dormez, quand votre mère aura gavé les vers à soie, alors vous pourrez vous réveiller pour téter."

Enfin le récitant exalte la force et la beauté de l'enfant.

"Dans quelques mois vos dents surgiront, votre force éclatera et dominera celle des Phi. Vous grandirez en beauté, votre corps sera splendide et vous serez l'idole de votre parenté."

L'invocation terminée le Mo P'on lie des fils de coton aux poignets de la mère et de l'enfant pendant qu'un assistant penché avec le plus grand sérieux sur le maxillaire inférieur du poulet qui vient d'être sacrifié aux âmes, scrute le destin de l'enfant.

Je quitte discrètement l'assistance avec un dernier regard vers la mère qui me sourit. Elle sait, comme tout le village que le bataillon va partir. Le commerçant chinois le sait aussi et même le bataillon statique vietnamien qui occupe aussi le secteur. Si nous prenons une piste vers le nord, le village continuera sa vie tranquille. Si nous allons vers le sud, les habitants seront abandonnés à leur sort avec le choix entre subir une possible occupation temporaire par leurs ennemis vietnamiens qui prélèveront l'impôt révolutionnaire et puiseront dans leurs réserves de riz et de volailles ou bien fuir provisoirement dans la montagne en abandonnant le village.

Le Chaumuong (chef du village) que je salue et remercie de son hospitalité me souhaite bonne route et surtout bonne chance. J'écarte ma chemise et lui montre le bouddha qui me protège de tous les Phis maléfiques et que Ouane m'oblige à porter en permanence avec en plus les recommandations aussi variées qu'étranges pour ne pas le polluer lui faisant perdre tout son pouvoir par une simple étourderie.

Dans quelques heures le bataillon se met en marche vers

le nord.

Allongé sur ma natte j'observe avec désinvolture deux margouillas en train de "Téo-Kan" (faire l'amour) au lieu d'avaler les moustiques qui m'empêchent de dormir. Une cloison de bambou me sépare d'Ouane. Dans la grande pièce à l'entrée qui sert normalement de salon de réception des étrangers Thiom Ban et Poung discutent à voix basse. Xieng-Khane-Ha doit déjà être bien endormi comme Ouane. Pour ce qui est de Diop je ne me fais aucune illusion sur sa présence éventuelle. Il fait ses adieux à une "Poussao" le plus tranquillement du monde.

Je pense à cette élévation de ma main droite en signe d'acquiescement devant un professeur des Beaux arts, un professeur de biologie et au milieu de camarades artistes indifférents. De ce simple geste dépend ma présence dans ce village thaï au milieu des six cents laotiens de mon bataillon qu'avec une dizaine d'officiers et de sous officiers français nous aidons à défendre le pays du matin calme des humeurs belliqueuses des vietnamiens, dans cette région montagneuse du Nord Laos cerné par trois frontières celle du Tonkin, celle de Chine et celle de Birmanie.

La promotion d'après libération de l'école des Beaux arts de Toulouse sur le quai Daurade était une sacrée équipe hétéroclite, gueularde à souhait et paillarde en permanence. Pierre L'ancien et moi représentions les rescapés du baccalauréat en provenance des cessions spéciales d'octobre, des jeunes sortis comme nous de la résistance, un gardian de Camargue venu passer l'hiver, des enfants de républicains espagnols dont le Catalan Amat, deux jeunes italiens dont les familles avaient trouvé refuge en France dont le toscan Merz, un jeune parisien triste, timide Bernard Buffet à peine âgé de 17 ans, beaucoup de passionnés, quelques sérieux, le lot habituel de fumistes et pas de filles (en attente de jours plus calmes).

Notre professeur Barthez s'essayait à maintenir un semblant de discipline dans cette troupe dont une majorité était plus portée vers les "tours de cons" que vers les subtilités de la perspective, des ombres et des lumières. Je pense qu'il vivait avec nous une aventure hors du commun avec la maîtrise de l'explosion créative et imaginative de tous ces jeunes libérés de cinq ans de guerre et d'occupation. Les notions de base sagement distillées et quand un frémissement annonçait l'agitation, liberté totale à l'expression personnelle. Je me souviens des formidables taureaux du Camarguais, des visages triangulaires cernés de noir de Buffet, des élucubrations oniriques d'Andral, des barques catalanes de Ramis sous le ciel méditerranéen, des paysages toscans de Merz, de mes étranges violets mêles aux jaunes de cadmium orange qui embrasaient le couchant sur les Causses du Quercy.

Après l'invasion de Toulouse par les F.F.I. dont je faisais du reste partie, la ville affrontait à présent une génération etudiante (la première après la libération) turbulente et facétieuse avec, il faut bien le souligner, beaucoup de sympathie, de patience et de générosité. Et il en fallait. Des "bombes à pisse" (dont je revendique la paternité), aux combats de poubelles nocturnes dans les rues, aux assauts en pleine marche et sans ticket des tramways, aux tirs de revolvers dans les nuages au petit matin, des actes de grivèlerie collective dans les restaurants tenus par les anciens et toujours rois du marché noir, aux bagarres à la "Gambille" (soirée dansante) du samedi soir au parc des sports ne le cédaient en rien aux défécations collectives devant les logements hébergeant d'anciens collaborateurs, non encore "Blanchis" et qui avaient échappé aux tribunaux milito-révolutionnaires ou autres cours martiales.

La vie n'était pas facile. La libération n'avait pas, par miracle, ramené l'abondance. Les restrictions se faisaient cruellement sentir et on reparlait des tickets d'alimentation. Le marché noir avait survécu au départ des allemands. La municipalité de Toulouse avait mis à la dispositions des étudiants une cantine annexée à la “Cloche” (cantine pour les clochards et les nécessiteux) sur le cours Dillon. Nous pouvions profiter d'une écuelle de légumes secs avec quelques filaments de viande, à laquelle la Croix Rouge ajoutait un morceau de banane séché et quelquefois un fruit.

Une brave femme de la “Pâte d'oie” nous avait loué pour une somme modique une chambre de son appartement que je partageais avec Pierre l'ancien. De temps en temps le soir, elle nous proposait un œuf au plat (un luxe à l'époque). Elle avait peur et notre présence la rassurait, son mari était mort peu après la disparition de leur fils unique maquisard en Ariège. Pourtant nous grevions fortement sa note d'électricité car la nuit nous dessinions des caravelles sur des abats jours, travail que nous avait confié un grand magasin de la rue Alsace-Lorraine. Il fallait bien gagner de quoi payer le loyer. Nous étions aussi figurants au théâtre du capitole où pour quelques sous nous nous déguisions en hallebardiers pour occuper la scène avec autorité avec mission de ne pas ouvrir la bouche. Nous étions les acteurs muets mais dignes d'un inoubliable opéra dont le maître incontesté était le pointilleux, sévère et ombrageux ténor Nougaro dont la voix majestueuse imprégnait l'auguste demeure.

Jusqu'à la soirée fatale où les muets se révoltèrent et couvrirent l'hymne célèbre “Gloire immortelle de nos aïeux” de Faust triomphe du chœur de l'opéra par les énergiques et libératrices clameurs de “l'hymne aux pêcheurs toulousains "dont les paroles s'accommodaient très bien de la célèbre musique.

"Iren touts à Pinsaguel
Pesca los sophies et los barbels
Lou que n'aoura maï attrapa
Sera decoura d'uno merda de gal."

La traduction de ce patois toulousain pouvant en être, sans risque :

"Nous irons tous à Pinsaguel
Pêcher les sophies et les barbeaux
Celui qui en aura le plus attrapé
Sera décoré d'une merde de coq."

Ce scandale sans précédent dans un théâtre si illustre fut suivi d'une fuite rapide et sans gloire des hallebardiers abandonnant honteusement armes et uniformes dans les coulisses. Nous n'avions plus qu'à trouver refuge à la "Gambille" pour terminer une déplorable soirée avec les filles et nous refaire avec elles une honorabilité toulousaine.

De temps en temps, nous allions causer "Rugby" chez Puyo le coiffeur du quartier. Une coupe et une dizaine de spectateurs tant sa verve était pittoresque et intarissable. Une encyclopédie vivante du stade toulousain de sa formation à nos jours = composition des équipes, matchs célèbres, joueurs avec anecdotes ciblées, cancans, médisances, fausses nouvelles, mutations en cours, il était inépuisable. Ce sympathique supporter fidèle et inconditionnel était en réalité un affreux et machiavélique personnage. Les tribunes du stade n'étaient en réalité, que le lieu privilégié où il se libérait de son complexe du petit (il mesurait 1m50) en agressant les grands. Il s'accroupissait traîtreusement entre deux costauds et quand ils levaient les bras au ciel et ouvraient la bouche pour saluer l'exploit, il se hissait sur la pointe des pieds et détendait verticalement son poing pour en frapper un à la pointe du menton puis comme une couleuvre il s'évanouissait dans le public. L'agressé, quand à lui, rendait la pareille à son voisin mais horizontalement cette fois ci et la réaction en chaîne était amorcée. Quand à Puyo, il comptait les points avec un indicible bonheur... sans plus s'occuper du match.

Je lui avais raconté un jour qu'au stade Cadurcien nous avions aussi un supporter qui faisait le ménage dans les tribunes avec un style différent mais non moins percutant - au contraire du frêle Puyo c'était une imposante matrone aux bras énormes, épouse d'un boucher de la ville - avant le match elle remplissait de pierres un grand parapluie de marchands de bestiaux comme en avaient les anciens sur les foires et fermait l'extrémité des baleines avec une corde solide. Munie de cette arme fatale elle s'installait dans les gradins au milieu des supporters de l'équipe adverse.

Toute ovation de ces pauvres malheureux pour encourager les leurs était sur le champ sanctionnée par des moulinets de parapluie, interdisant tout redressement de la tête et provoquant un mutisme terrorisé.

Joignant au geste la parole, elle les étourdissait d'un flot ininterrompu d'expressions indignes où se mêlaient la technicité ridiculement déficiente des joueurs (elle ne connaissait rien aux règles élémentaires du Rugby), l'impuissance sexuelle de l'entraîneur qu'elle émasculait sans pitié (heureusement verbalement), la ville d'où provenait l'équipe adverse avec le tout compris = habitants, traditions, folklore, impôts locaux pour la réduire à la dimension de la dizaine de cases d'un village bambara de la brousse Sénégalaise.

Le lundi matin c'était le casse-croûte monumental de 10 heures à l'atelier de Barthez pour la mise en train du travail de la semaine. Seuls les provinciaux apportaient le ravitaillement, les toulousains et le professeur étant exemptés d'office en raison des difficultés d'approvisionnement encore sévères dans les grandes villes. Pour l'époque un festin. Il y avait la grosse miche de pain et la douzaine de cabecous de la grand-mère en provenance du Quercy, le beau poulet de la ferme paternelle de Merz venant du Gers, le mètre et demi de fouet (saucisse sèche filiforme aussi solide qu'un bâton de noisetier) de Ramis nous arrivant du Roussillon. Pierre l'ancien avec ses deux pains achetés à la boulangère de Gigouzac ce qui lui permettait, par la même occasion, de réactiver sa virilité à la seule vue de la plus belle femme du département.

A cet extra hebdomadaire s'ajoutait parfois les concours de pâtes. Si les Républicains Espagnols “occupaient” en partie la ville, les Italiens commençaient à se manifester. Ils arrivaient du Gers où ils s'étaient réfugiés, après avoir fui le régime fasciste, dans les nombreuses fermes où beaucoup de leurs compatriotes étaient installés depuis des années, anciens ouvriers agricoles devenus propriétaires. Ils ne vendaient que des pâtes fraîches qu'ils préparaient dans des petites boutiques souvent étroites où l'on entrait en baissant la tête pour ne pas accrocher la forêt de spaghetti qui séchaient sur les cordes alignées sous le plafond. Pour attirer la clientèle ils organisaient de petits concours surtout réservés aux jeunes moins méfiants et affamés. Il y avait tant de candidats qu'il y avait souvent une épreuve éliminatoire nécessitant l'absorption de trois kilos de pâtes (cuites bien entendu), aromatisées de sauce tomate, qui satisfaisait déjà une bonne partie de l'assistance. J'ai bien cru un jour être couronné et recevoir une bouteille de Chianti avec neuf kilos, mais un énorme élève de l'Ecole Vétérinaire réussit onze kilos sous un tonnerre de clameurs admiratives. Ce n'est que plus tard que ces boutiques devinrent des pizzerias avec l'apparition des premiers pizzaïolo et de leurs fours à bois.

Avec Pierre l'ancien nous ne revenions au pays que le dimanche et surtout pour assurer une partie du ravitaillement destiné au casse-croûte du lundi matin aux Beaux arts. Nous revenions à Toulouse tristes et désabusés. Il y avait bien des FFI partout mais ce n'était plus les même et il était difficile de s'identifier à eux. Avaient-ils au moins combattu ? Bien plus ils étaient formés en milices patriotiques (une appellation de sinistre mémoire qui ne pouvait que jeter le trouble). Soi disant, à l'origine, troupes de réserve des FTP, ils étaient sous les ordres du conseil national de la résistance et des états majors FFI régionaux. Ils devaient traquer les collaborateurs, dépister les suspects et les organisateurs du marché noir. En tout état de cause la population était de moins en moins enthousiasmée par les exploits de ces milices.

Le retour au pays s'était aussi le réveil douloureux de l'évocation des absents. Ceux que nous ne reverrions plus Bardou ni Guy le rouquin et ceux dont nous n'avions plus de nouvelles Taric mon prof de math déporté avec nos camarades lycéens, Lucien, René, Louis, Paul, Pierre, notre chef des FUJP Romble et nos amis Panis, Romilles, Vingreau. Alors l'agitation désordonnée des actuels porteurs de brassard FFI nous apparaissait comme un peu irritante et sans intérêt.

Le petit commis de Préfecture qui avait intégré l'administration avec en poche son seul certificat d'études était devenu rédacteur. Mais mon père avait été éprouvé par la disparition de Larrieu abattu en mars 44 dans un maquis de l'Ariège et plus récemment par celle de Larrive abattu en juin 44 à Athis-Mons. De ces anciens collègues et amis le premier appartenait au NAP et le second au super NAP où il occupait le poste de sous chef de Bureau à l'Administration Centrale du Ministère de l'intérieur à Vichy. Il avait aussi appris la mort d'un ancien collègue en poste à Draguignan, membre du NAP lui aussi. Le préfet Paul, pardon Delmas, (nous ne sommes plus au maquis) y voyait déjà l'élimination programmée des principaux témoins qui auraient pu éviter le “blanchiment” de hautes autorités politiques ou administratives. Et puis il n'avait plus de nouvelles de Mir, leur ancien camarade des Ponts et Chaussées déporté en Allemagne.

Déjà le dimanche soir, en attendant le train pour Toulouse l'ambiance était moins morose. Nous y retrouvions en gare un cheminot, Leblanc, ancien de notre bataillon FTP. Que de souvenirs rapidement évoqués et que de joie profonde dans ses retrouvailles d'un moment.

En ce début de Décembre 44 l'agitation estudiantine était peu de chose en comparaison avec les manifestations permanentes animées par nos amis Républicains Espagnols qui avaient fait de la Cité Rose leur capitale. Pierre l'ancien m'avait entraîné au Congré du Parti Communiste Espagnol où j'avais pu apercevoir à grand peine Dolorès Ibarruri dite la Pasionaria exhortant les combattants à la reconquête de l'Espagne fasciste avec l'aide de la France et des alliés. Je repensais à Mosquito qui reposait dans le petit cimetière d'un village du Bas-Quercy et les discours exaltés se diluaient inconsistants dans ma profonde tristesse. Il aurait été un soldat de cette petite armée républicaine qui avait tenté en octobre dans les Basses Pyrénées de partir à la reconquête du Val Varan. Sans l'aide ni des alliés, ni surtout de la France qui se préparait déjà à la fermeture de ses frontières - Mosquito était mort au combat, un rêve fou d'espoir plein la tête, qui pendant six ans lui avait donné la force de vivre et de continuer à se battre après l'humiliante défaite de la République Espagnole. Avec la peine et la tristesse peut-on continuer à se poser des questions sur notre destin ?

Quelques jours après, au Cérémonial exubérant et logorrhéique succédait une pantalonnade picaresque mise en scène par la presse locale avec l'annonce de l'assaut de la prison St Michel par 90 miliciens de Darnand (cette fois-ci) relevant de la 5ème colonne fasciste. Cet effet d'annonce pour tenter de retarder la dissolution des milices (patriotiques celles là) que tentait envers et contre tous de maintenir en activité, Bertaux commissaire de la République qui régnait sur la ville, malgré leur dissolution officielle depuis la fin octobre.

C'est une après-midi de mi décembre, dans notre atelier des Beaux-Arts, où chacun oubliait l'agitation extérieure dans une atmosphère détendue et créatrice que Barthez nous présenta son ami le professeur Nouvel de la faculté des sciences. Cet homme distingué et affable, s'adressa à une assistance plutôt surprise que motivée. Il cherchait un bon dessinateur, volontaire pour restaurer les panneaux éducatifs de biologie défraîchis par les années de guerre, illustrer les publications scientifiques et préparer au tableau ses cours avec des schémas. Quelques heures par semaine ne pouvant, selon lui, nuire à notre enseignement et qui seraient rémunérées en conséquence. C'est je pense, l'indifférence totale de notre classe à ce discours, l'air contrit de cet homme si sympathique et l'air attristé de Barthez qui manifestement voulait rendre service et faire plaisir à son ami qui me firent lever une main. Ma destinée allait dépendre de ce seul geste.

On ne peut, en toute dignité, être inspiré par la représentation d'une grenouille éviscérée fixée sur une planchette par quatre aiguilles. Mais les premiers dessins illustrant les publications me procuraient une certaine fierté car elles figuraient dans des revues scientifiques. Enfin la préparation des cours sur les grands tableaux avaient toujours un bruyant succès. Nano de retour de la pointe de grave et les anciens du lycée qui préparaient le PCB [(2)], marchepied des études médicales me gratifiaient, à chaque fois, d'une bronca mémorable, que le Professeur Nouvel qui me succédait en scène avait grand peine à calmer.

Puis un jour le Professeur de Biologie végétale Gaussens venu admirer mes fresques d'animaux éviscérés (j'espère qu'il appréciait la technique et non le sujet) demanda à Nouvel de lui prêter l'artiste et je repartis pour un second tour avec les coupes de végétaux. Puis ce fut le tour du professeur de chimie et me voilà aux prises avec les molécules complexes et multicolores.

Peu à peu je désertais l'atelier et Barthez ne me voyait plus qu'à de brèves apparitions. Un petit croquis et puis s'en va ! Pierre l'ancien n'avait plus le moral et envisageait de partir à Paris avec Buffet qui faisait déjà ses valises. Il avait du reste demandé à Barthez une lettre d'introduction pour Grandidier professeur des Beaux-Arts dans la capitale.

A la veille de Noël, Nouvel me convoqua solennellement dans son bureau.

- "Jeune homme, de part votre talent que tout le monde apprécie, vous nous êtes devenu très utile mais je ne peux vous attribuer un poste qui n'est pas prévu dans le budget de la faculté, ni, et cela va de soi, vous garantir un salaire en place de la prime qui vous est actuellement allouée.

(2) PCB = Certificat de Physique, Chimie, Biologie.

Par contre je vous propose de tirer profit d'un enseignement qui, par vos dessins illustrant nos cours et notre collaboration, peut vous permettre d'acquérir suffisamment de connaissances pour passer le PCB en fin d'année et de poursuivre ensuite des études soit scientifiques, soit médicales.

- Mais Monsieur, nous sommes en fin de premier trimestre et je ne suis pas inscrit à la faculté.

Un sourire plein de malice éclaira son visage.

- Jeune homme je suis le Doyen."

Je n'ai jamais entendu parler de frais d'inscription. Je suis allé simplement présenter ma carte d'identité à une charmante secrétaire avec qui j'avais déjà fait connaissance pour me détendre un peu entre deux dessins anatomiques. Elle me fixa curieusement comme si elle préférait l'artiste à l'étudiant.

De toute façon cela n'avait plus d'importance car Valérie m'avait pris en main ou presque. Je l'avais à peine remarquée quand j'étais aide appariteur (appellation inventée par Nouvel pour justifier mon travail à la faculté). Elle faisait partie d'une petite bande de palois zélés, studieux et fayots qui occupaient bien avant l'heure du cours, les premiers rangs de l'amphithéâtre. Pour les distraire un peu, j'interprétais à ma façon l'imagerie scientifique qui allait faire l'objet de la conférence en la parasitant d'êtres monocellulaires surréalistes à l'expression hilarante, pédalant sur les orbites en place des classiques électrons, émergeant de l'orifice terminal de l'appareil digestif des moules, égayant les interminables et arides listes d'invertébrés. Heureusement le vrai appariteur, homme sévère dans sa froide blouse grise, m'avait pris en sympathie et me prévenait de l'arrivée imminente du maître pour me permettre de réhabiliter les données scientifiques dans une présentation décente.

Valérie était le prototype parfait de la première de la classe tant sur le plan scolaire que sur le plan sportif = cheveux courts et frange à la Jeanne d'Arc, joli visage mais un peu figé, poitrine plate, pas de fesses, longues jambes aux mollets musclés. Ce n'était tout de même pas, pour mon imagination délirante qui l'incitait à rigoler un peu, ni pour mon statut quelque peu discréditant, en pareille assemblée, d'étudiant aux Beaux-Arts, qu'elle me regardait avec un petit sourire engageant.

Quand à la rentrée de Janvier 45, les mains encore couvertes de poudre de craie, je montais les gradins de l'amphithéâtre pour rejoindre mes nouveaux camarades et assister au cours sous les regards inquisiteurs des palois du premier rang et au milieu des cris des cadurciens qui avec Nano occupaient les hauteurs, les choses allaient rapidement évoluer.

Je ne l'avais pas encore bien remarqué mais Valérie avait de beaux yeux marrons clairs avec des reflets irisés légèrement verts par moment. La salle du Père Léon était presque vide, deux anciens occupaient une table sur laquelle il n'y avait même pas de consommations. De temps en temps elle trempait ses lèvres dans son Vichy-menthe. Pas très fleur bleue le langage de mon amie.

“Tu as pris, je suis sûre, le bon cap mais il faut l'assumer et te mettre sérieusement au travail. Tu aurais peut-être été un artiste valable, mais tu as changé de direction et on ne peut faire deux choses à la fois. La résistance c'est du passé et dans quelques mois la guerre sera finie. Comme dit mon père, à qui j'ai raconté tes exploits, tu ne seras jamais un héros parce que les héros ils sont morts. Tu es un bon “Godillot”, c'est son expression, de la résistance, comme tant d'autres, qui ont fait correctement leur boulot sans plus. Tu te mets au travail, sérieusement, et tu peux espérer être un grand scientifique, un grand médecin, un grand ingénieur.

- Arrêtes un peu Valérie. Pour le moment j'ai le mental d'un déserteur en pensant à mes copains des Beaux-Arts. J'ai déjà un trimestre de retard sur vous tous, j'ai été et je suis toujours nul en physique et à peine un peu moins que nul en chimie, c'est à dire deux matières sur trois dans la préparation de ce foutu certificat. Toi si je comprends bien tu ne peux fréquenter qu'un génie en puissance.

- Ne te fâches pas et réfléchis. A la fin de l'année tu seras connu et apprécié des professeurs comme aucun autre étudiant, tu connaîtras toute la partie visuelle de notre enseignement par tes dessins, tu peux commencer à étoffer tes connaissances en assistant à la plupart des cours mais pour ce qui est de la physique et de la chimie j'en fais mon affaire."

Avec Valérie, les choses ne traînaient pas. L'après-midi touchait à sa fin. Déjà quelques clients se présentaient pour souper. C'est quand je lui ai dit que j'allais passer la soirée à la Gambille où je retrouvais les copains des Beaux-Arts, comme tous les samedis soirs, qu'elle m'a sauté au cou et m'a embrassé longuement. Sans dire un mot elle a pris ma main. Un slalom pédestre pour traverser la Place Esquirol pleine de monde à cette heure, la traversée en riant de la rue Alsace-Lorraine dans un concert de Klaxons, la rapide remontée de la rue de Metz, une petite rue à droite avant la cathédrale, un étage dans un immeuble ancien et sa chambre. Et toujours pas une parole depuis notre départ précipité du Père Léon.

Avec l'assurance d'un footballeur tirant un penalty elle a lancé une chaussure d'un côté du lit, l'autre à l'entrée du cabinet de toilette sans même se déchausser. Elle a retiré son gros pull-over de laine des Pyrénées, sous lequel sa poitrine était nue puis elle m'a enlevé mon vieux blouson militaire et mon tricot. Pendant que je réussissais à me débarrasser de mon pantalon, elle a lancé sa culotte dans le décor avec désinvolture. Elle a gardé sa jupe. Nous avions ni l'un ni l'autre prononcé une seule parole et à peine échangé quelques regards furtifs, amusés, rieurs ou entendus.

Elle était assise sur mes cuisses, ses longues jambes autour de mes hanches. Mes bras autour de son corps la maintenaient contre moi avec un léger mouvement rotatoire qui faisait affleurer ses seins aux mamelons lourds et tendus sur ma poitrine. Nous restions longtemps ainsi puis de temps en temps elle se soulevait en s'appuyant sur mes épaules comme pour s'assurer que j'étais toujours là pour pénétrer sa plus profonde intimité, puis retombait lourdement avec un gémissement aigu suivi d'un long soupir.

Un moment elle a libéré mon cou et m'a lentement repoussé jusqu'à ce que je lui échappe pour reposer sur mon dos. A présent elle dominait notre étreinte, ses mouvements de plus en plus rapides et appuyés échappaient à mon contrôle, rythmés par des hennissements courts de jeune pouliche. Un instant je pouvais atteindre les mamelons turgescents de ses seins et les caresser. Elle poussa un cri. Viens! Quelques mouvements rageurs, un élan commun vers une genèse libératrice et la plongée évanescente dans la jouissance sublimée.

Sans me quitter elle s'était allongée sur moi. La nuit venue nous n'avions pas bougé. C'était un samedi soir, je n'étais pas allé à la Gambille pour la première fois.

Quelques jours après Pierre l'ancien montait à Paris avec sa lettre pour Grandidier et sa carte toute neuve d'adhésion au Parti Communiste. Une page se tournait sur 10 ans d'amitié profonde, d'émotion, de tours de cons, d'enthousiasme, de trouilles, d'hésitations, de paillardises, de patriotisme, de grivoiseries, de poésies, de mort aux cons, de créations et j'en passe.

Valérie m'avait récupéré, un peu désemparé dans le confort de sa chambre d'étudiante que nous partagions pour les études et le reste. La faculté m'avait définitivement adopté. Il est vrai que le contact direct avec les professeurs étaient permanent et cordial. Je pouvais assister à la plupart des cours et en ce qui concerne la physique et la chimie, mon amie avait pris les choses en main sans ménagement. Le petit carnet de croquis et le crayon avaient déserté ma poche pour le tiroir de la table de nuit. Toutefois j'avais maintenu le contact avec Barthez et les amis de sa classe.

C'est en février que j'ai rencontré Durieux, place Wilson, qui revenait d'un meeting organisé pour la venue à Toulouse de Maurice Thorez. Il avait le sourire sarcastique des mauvais jours.

"Tu te rends compte, il revient de Moscou pour nous annoncer la fin programmée des comités de libération, des milices patriotiques, le désarmement des gardes civiques et leur envoi sur le front s'ils veulent se battre, et même la nécessité de rendre les armes qui, à l'arrière, sont devenues inutiles.

- Plus un mot sur notre armée populaire qui devait naître de la fusion des 12 divisions FFI et des 8 divisions de De Lattre et de Leclerc, les FFI sont déjà regroupés en bataillons de marche et affectés en grande partie aux grandes unités traditionnelles."

Bref le message n'était pas passé chez cet authentique résistant, déjà humilié avec ses camarades FTP par De Gaulle, lors de sa visite à la Préfecture de Toulouse en septembre 44. Il m'annonça qu'il quittait l'enseignement pour le journalisme où il pourrait "reprendre le combat mené dans la résistance".

Je le quittais assez désorienté, d'autant plus que certains parlaient d'une prise de pouvoir possible par les communistes avec l'aide de l'armée populaire. Autant que je pouvais m'en rendre compte à Toulouse c'était déjà fait puisque Bertaux, le commissaire de la République ne s'en cachait pas. J'avais tant de choses à demander à Durieux, mais il était pressé et de mauvais poil.

Modeste agent de liaison avec l'AS (armée secrète) au début, j'avais rejoint ensuite une formation FTP où j'ai assuré jusqu'à la libération une action militairement plus active. Moi et mes camarades "godillots" de base, comme disait Valérie, n'avions que la notion d'un combat commun pour libérer le pays, l'absence de toute discrimination à l'égard des autres mouvements, un seul désir être réunis sous un sigle comme pour former une armée unique. Nous y avons cru avec la formation des FFI. Nos chefs étaient-ils d'accord ? Les uns n'ont-ils pas éclipsé les autres ? Des événements qui m'avaient interpellé un temps me revenaient à l'esprit, les parachutages sélectifs, les dépôts d'armes depuis la libération du département que nous avions constitué un peu partout avec notre vieux P.35, l'argent parachuté par le BCRA dont nous avons jamais vu un seul billet - entre autres - je n'aurais jamais de réponse. Qu'importe.

Mais la colère de Durieux qui m'avait lancé de loin au moment de nous quitter "ils vont entendre parler ma plume !". je commençais un peu à la comprendre. Avec Toulouse, quatre autres grandes villes Bordeaux, Limoges et Montpellier avaient été libérées, par les FFI avec une majorité de FTP. Dans ces villes les communistes détenaient la majorité du pouvoir avec une mainmise sur l'administration, les comités de libération, les milices patriotiques. Il était évident qu'il était dur à passer le message de Thorez appelant à rendre des armes représentant un symbole de victoire même si elles n'avaient pas été prises directement à l'ennemi, à abandonner des galons peut-être rapidement acquis, à perdre l'identité de représenter une armée populaire et libératrice. Pourtant Durieux savait certainement depuis janvier déjà que Thorez, au cours de la réunion du Comité Central, avait imposé le changement d'attitude qui aboutirait à la fin des Comités de libération et à la dissolution des groupes armés qui avaient perdu toute raison d'être. Pierre l'ancien qui m'avait informé de ces faits avant de "monter" à Paris avait conclu en riant, De Gaulle et Thorez s'entendent bien, Staline doit s'en accommoder et nous on est les couillons.

Quelques heures plus tard, à la Gambille, j'attaquais une java, les deux mains bien à plat sur une paire de fesses qui n'auraient pas dénaturé les baigneuses de Renoir, pour retrouver une réalité bassement matérielle mais combien salutaire. Valérie avait rejoint ses parents à Pau et j'avais quartier libre avec les copains des Beaux-Arts qui n'avaient pas encore déserté le quai de la Daurade. A nous la gaudriole et les tours de cons pour un soir. Malgré le froid glacial qui en ce mois de janvier 45 avait couvert de glace le canal du midi et les bords de la Garonne qui charriait en son milieu de petits icebergs comme disait les copains. Peu ou pas de chauffage en raison de la pénurie de charbon. Pour achever d'altérer le moral du citoyen la bourde mémorable de Ramadier qui nous annonce que notre ration de graisse est inférieure à celle des allemands . Depuis "nous vaincrons parce que nous sommes les plus forts" nous en avions entendu d'autres, mais celle là fit l'effet d'une véritable provocation. A Toulouse même Bertaux avait refusé d'appliquer la limitation du prix du lait fixé à Paris par Mendès France pour que les éleveurs ne donnent pas le lait aux cochons et ne vendent pas les vaches aux bouchers. Pléven qui lui succéda n'obtenait pas plus de résultats et avec le froid et la faim le moral était bien atteint dans la population des grandes villes. En avril une autre figure politique apparaissait sur le devant de la scène, le commissaire de la République à Angers, Debré et les journaux commençaient à parler d'élections à la fin de l'année pour mettre fin au "provisoire".

Je ne retrouvais la sérénité qu'à la faculté où heureusement l'esprit estudiantin d'une jeunesse libérée et décidée à se mettre sérieusement au travail malgré les difficultés du moment, évitait, autant que faire se peut, tout affrontement de caractère politique. Mes contacts personnels avec les professeurs avaient inévitablement fait de moi un intermédiaire facile entre mes camarades et les maîtres et j'étais souvent investi de la mission de "tâter" le terrain ou d'attirer "respectueusement" l'attention sur des problèmes d'horaires, d'éclairages, de travaux pratiques, de chauffage.

Mon prestige auprès de Valérie ne montait pas d'un cran. Elle "m'aimait bien" disait-elle. Quelques filles m'avaient déjà, avant elle, gratifié de cette marque évidente d'attachement mais je n'avais pas encore bien compris ce qui se passait dans leur tête quand elle précisait "je t'aime bien". Et puis il n'y a pas d'alternative négative à cette affirmation. Personne n'a jamais prononcé "je t'aime mal". Peut-être attendait-elle d'être assuré de mon avenir de futur génie (à défaut d'être un héros) pour me dire le rassurant "je t'aime" tout simplement.

Mais avec elle je n'avais plus aucun souci à me faire sur mes aptitudes à venir concernant la physique et le chimie.

Quand nous nous retrouvions le soir dans sa chambre après avoir allumé le cube d'alcool solidifié dans sa vieille boîte en fer, seul moyen de réchauffer un peu l'atmosphère, elle déballait les bouquins pour les leçons particulières. Quand je manifestais des pulsions moins scientifiques mais plus libidineuses, elle consultait immanquablement son petit carton personnel maculé de calculs magiques, inspirés m'avait-elle dit par un certain japonais nommé Ogino, qui déterminait avec précision si je pouvais enlever mon pantalon (en gardant le tricot de laine à cause du froid). En cas de réponse négative nous revenions immédiatement à la physique. Finalement "je l'aimais bien" moi aussi.

Le 8 mai la guerre était finie. J'avais manqué la libération de Cahors, puis celle de Toulouse avec toujours la fâcheuse impression d'arriver "après la bataille" (une image évidemment). Tout le monde avait quitté le travail et les rues fourmillaient d'une population agitée. Des cris lancés ça et là inaudibles. Au milieu de l'après-midi une multitude de radios individuelles retransmettaient le discours du général de Gaulle dont quelques phrases claquent = "Voici la victoire !", "Honneur pour toujours !" "A nos armées !", "A notre peuple", "Vive la France !". A nouveau des drapeaux aux fenêtres. Je cherchais en vain Nano ou quelques anciens de la résistance... pour assumer, mais j'étais englué dans cette foule une main pour ne pas perdre Valérie et l'autre crispée sur mon vieux brassard FFI que je n'ai pas sorti de ma poche.

A partir du 15 mai enfin des nouvelles de nos camarades déportés = René et Pierre les premiers de retour mais sans leurs pères qui étaient morts dans le camp de Buchenwald où ils étaient internés. Louis et Paul peu après et puis Rombles notre chef des FUJP. Aucune nouvelle de Taric mon prof de math, ni de Lucien. Les rescapés racontaient tous des histoires épouvantables d'exterminations massives, de chambres à gaz et l'enfer apocalyptique auquel ils avaient survécu.

Un secret incroyablement ignoré ou étouffé volontairement éclatait comme une tornade sur une opinion publique désinformée et incrédule. Et pourtant beaucoup de gens connaissaient les déportations massives par trains entiers de juifs vers des camps en Allemagne. La croix rouge elle même avait pu visiter certains camps dont Auschwitz et aurait été soi-disant dupée par une mise en scène rassurante !

Jusqu'en juin nous avons espéré le retour des derniers manquants et puis la liste de ceux qui ne reviendraient pas s'est allongée.

C'est dans ce climat que se sont déroulés les examens de fin d'année. Deux "petits" de l'équipe de Rugby de Bardou étaient reçus = Nano et moi et deux bons en math de la classe aussi. Mais Bardou était mort, Guy "le troisième ligne", le "rouquin" avait été fusillé, Lucien et Louis n'étaient pas revenus de Dachau et moi le dernier en math ne reverrais pas Taric.

Valérie avait fini par me retrouver, errant dans les couloirs de la faculté, la tête pleine de jours heureux, d'élans passionnels, d'enthousiasmes délirants, de peurs, de cris, de joies profondes que je laissais derrière moi, définitivement.

Je la serrais contre moi. "La première de la classe" avait permis à son ami de franchir un cap et je sentais bien qu'elle en était très fière. Je l'embrassais longuement quand une bande de palois nous entraîna dans un tourbillon joyeux, bruyant et bien décidé à arroser le succès de la première promotion d' "après-guerre".

Ces camarades des Basses-Pyrénées avaient des réserves et le Jurançon coulait à flot. Je n'avais pas l'impression de fêter un succès mais, pour un moment, de ne plus penser au passé.

L'examen passé tout est allé très vite. Nouvel a tenté de me retenir pour préparer une Licence de sciences (finalement je faisais un peu partie du personnel de la faculté). Devant mes hésitations il m'avait trouvé une porte de sortie. Je lui avais raconté mon idéologie politique déçue par les manœuvres des partis après la libération, ma situation familiale qui n'aurait pu supporter de longues études, mon aspiration profonde à "changer d'air" et à découvrir de nouveaux horizons, de mon perpétuel besoin d'aventures originales, tout en étant utile pour les autres, et tout cela avec mon carnet de croquis et un petit crayon dans la poche. Avec les deux forts en math de la classe nous avons passé le concours qui nous permettait l'accès à la médecine militaire. De cette classe décidément il y aurait beaucoup de médecins, les "civils" derrière Nano qui avait déjà rejoint le Quercy pour les vacances et les "militaires".

L'été 45 succédait à un début d'année polaire et catastrophique pour le ravitaillement. Une sécheresse terrible accablait la région et l'agriculture était touchée de plein fouet. La pénurie perdurait et le marché noir était à son apogée. L'accès à beaucoup de restaurants était impossible toutes les notes atteignaient des prix délirants. Les marchés étaient vides ou presque. La population était excédée et vivait plutôt mal que bien dans un calme apparent et trompeur, prête à réagir avec violence à la moindre fausse nouvelle, surtout dans notre département où la résistance avait été active, la répression sérieuse et les règlements de compte nombreux à la libération.

Pourtant on parlait de référendum et d'élection pour octobre et mon père me parlait du début de grandes réformes = nationalisations, sécurité sociale et il m'avait expliqué ce qu'allait être les comités d'entreprise qui représentaient pour lui, une véritable révolution.

Un climat préélectoral qui échappait à une majorité de jeunes, timides et comme anesthésiés par les discours ou les écrits des grands ténors politiques "déifiés" comme Blum et Thorez, s'installait progressivement. Il avait été précédé par le refus de fusion proposé par le Front National à majorité communiste mais qui avait aussi dans ses rangs des hommes qui, dans la résistance, venaient de milieux sociaux différents et à qui on n'avait pas demandé leur passé politique au Mouvement de libération nationale fondé par les responsables du MUR (Mouvement Uni de la Résistance) = Combat - Libération - Franc tireur et d'autres. Cette union avait été combattue d'abord par Malraux puis et surtout par Léon Blum qui avait été libéré en mai du camp de Buchenwald et qui avait repris l'éditorial du "Populaire". Les congrès politiques se multipliaient et la radio participait allègrement à cette éclosion. Et les sujets de discussions ne manquaient pas. Les socialistes voulaient gouverner avec le MRP (Mouvement Républicain Populaire), les communistes ne voulant pas gouverner sans le parti socialiste, le MRP s'opposant à toute alliance avec des partis en opposition avec de Gaulle. Ce dernier lui ne songeait déjà certainement, qu'à partir.

Pour mémoire le 5 octobre la carte de pain avait été supprimée (pour remonter le moral des électeurs ?) le 21 octobre elle sera rétablie... après les élections !

De toute façon je n'ai pas participé aux élections puisque le 10 octobre, je descendais du train en gare de Lyon Perrache pour rejoindre tranquillement à pied la vieille école du Service de Santé à moitié démolie par les bombardements alliés entouré de mes deux camarades Quercinois.

2

Jusqu'à l'horizon une succession de chaînes de montagnes, séparées par de minces filets de brume bleuâtre témoins des vallées profondes qui les séparent, où coulent ces torrents qu'on entend gronder et que l'on ne peut apercevoir tant la forêt est impénétrable. D'un vert intense pour les plus proches, les plus lointaines deviennent turquoise de cobalt pour s'estomper à l'horizon dans un violet bleu évanescent.

Un éclair de lumière dans les hautes herbes et les arbres gigantesques enchevêtrés de lianes nous offre cette vision magnifique. Nous sommes au col de Ban Pong à une heure de marche de Muong Khoua que j'aperçois bien au fond de la vallée au confluent de la rivière Nam Hou et de la rivière Nam Pak.

De dos, assis sur une grosse pierre, la canne plantée à même le sol, le chapeau de brousse à l'horizontale, comme toujours, le commandant inspecte notre objectif avec ses jumelles. A nouveau nous sommes arrivés sur place en ayant évité les classiques embuscades du 910 (le bataillon régional Viet du secteur). Je ne comprendrai jamais rien à la stratégie militaire et c'est du reste le moindre de mes soucis mais je suis en admiration devant celle de Loiselet.

Tu vois, toubib, au départ nous avons pris la piste qui longe la Nam Hou, en exécution des ordres de l'Etat-major de Vientiane, et pour que le Commandant du 910 sache que nous obéissons à nos chefs.

Ensuite nous avons pris la piste sud qui monte de Muong Saï sans en parler à l'Etat-major et tu as vu, quand le “criquet” (avion d'observation) nous cherchait, j'ai fait le mort, en évitant la liaison radio. Nous avons contourné tous les villages sans nous en approcher.

Pendant ce temps là, le Commandant du 910 pensait : Ce commandant du 5ème BCL c'est un futé, il a sûrement déjà quitté la piste est. Je vais l'attendre sur la piste sud qui est la plus accessible pour son bataillon. Je ne laisserai qu'une compagnie à Muong Khoua pour éviter trop de pertes si, par hasard, le beau temps dissipait cet éternel brouillard et que nous subissions, par hasard, une intervention de l'aviation.

Et nous arrivons, sans encombre, par la piste de Malasa à l'est, celle qui descend de Phong Saly. Bon, nous avons fait, deux jours de marche de plus et nous avons crapahuté pas mal mais nous y sommes.

Il se tourne vers l'officier de transmission.

Le Meur, appelez moi le colonel Senne et ensuite faites moi un essai de liaison avec les commandants de Compagnie.

Toubib, pour le moment, vous progressez avec nous derrière les transmissions.

Six mois avant, le 910 nous avait repris Muong Khoua. Ce petit poste aura changé trois fois d'occupant cette année et non sans pertes des deux côtés. Pour l'Etat-major, il s'agit d'un “verrou naturel” (si je comprends bien pour celui qui le tient) en direction de Phong Saly au Nord-Ouest (le chef lieu de province) et de Muong Saï au Sud-Ouest.

En avril 53 le poste tenu par le Capitaine Meunier et ses Laotiens avait tenu “coûte que coûte”, c'étaient les ordres du commandement, malgré de nombreux assauts qui coûteront cher au bataillon viet. A la fin du même mois l'Etat-major avait fait parachuter sur le poste des décorations pour honorer ses défenseurs. Ce n'est que dans la nuit du 17 au 18 mai par un brouillard épais, après un pilonnage terrible à partir de mortiers de 81 et de 120 et de canons de 57 sans recul SKZ que Muong Khoua était tombé aux mains des vietnamiens.

Nous sommes aux premiers jours de décembre et nous descendons une piste abrupte qui, sous le couvert de l'épaisse forêt, nous permet de progresser invisibles vers la vallée de la Nam Pak. Déjà dans les trouées de feuillage plus nombreuses nous reconnaissons sur la butte qui domine le village "la souricière" le vieux poste aux trois-quarts détruit et à droite du confluent le Piton "Pi" le long de la rive droite de la Nam Hou et le Piton "Alpha" surmontant la rive droite de la Nam Pak, tâches bleuâtres ponctuées de quelques rares éléments grisâtres seuls témoins d'une végétation qui a survécu aux combats. Pas de brouillard pour le moment.

Brutalement une violente fusillade à l'ouest qui s'intensifie rapidement. La bataille est engagée. Je rejoins rapidement le Commandant.

Toubib, la 2ème compagnie est accrochée au pied du Piton alpha, il y a des blessés. Aucun autre contact ni sur l'ancien poste, ni dans le village et le Piton Pi paraît inoccupé. Le 910 nous a laissé une compagnie pour "l'accueil" et elle est là haut. Ca ne va pas être facile.

J'y vais prevenez la 2. Je vais établir un nid de blessés au pied du Piton, ensuite je progresse derrière eux pour intervenir d'urgence si besoin est.

C'est bien. Pour la progression j'informe Ribot dont j'envoie la compagnie en renfort, il va vous couvrir avec une section de protection pour l'escalade.

L'ANGRC9 crépite. Ici Blondeau... progression stoppée... Mortiers de 81... 2 blessés.

Un signe de la main à Loiselet et je dévale la piste avec mon équipe.

Ils sont huit assis ou allongés entre deux bananiers sauvages dans une petite clairière faite de hautes herbes affaissées. Un coup d'œil rapide, pas de difficultés respiratoires aiguës, pas de faciès verdâtre et angoissé qui signe la blessure abdominale grave, pas de fracas de membre et tout ce petit monde à sa connaissance, pour le moment rien de trop grave. Les uns ont déjà couvert leur blessure avec leur pansement individuel, les autres l'ont perdu depuis longtemps et attendent nos premiers soins, d'autres discourent déjà avec mes infirmiers, leur expliquant la bataille ou je ne sais quoi d'autre. Comme toujours, ou presque, un accueil dans une ambiance de fatalisme et d'indifférence auquel je ne m'habituerai jamais.

Pourtant Thiom m'avait bien expliqué. Ce sont les génies qui nous entourent, qui sont responsables de tous les mauvais coups et à la guerre ce sont eux qui dirigent la balle du vietnamien vers le camarade qu'ils ont choisi (si je comprends bien c'est l'absolution pour l'ennemi et la complète déconsidération pour son adresse au tir). L'énumération, qu'il m'avait imposé, de tous ces malfaisants m'avait laissé perplexe = les innombrables P'i des laotiens et des Thaï, les nê des a-kha les roî des khmu. Je n'ai jamais osé demandé à Thiom par quel miracle il existait encore des êtres humains en bon état dans ce beau pays balayé en permanence par cette nuée de P'i, semblable à ces nuages de moustiques qui se rassemblent sur les rizières à la nuit tombée avant de passer à l'attaque sur les villages environnants.

Bref je vais me contenter, encore une fois, de réparer aussi bien que possible, les dégâts des malfaisants, jouant ainsi les seconds rôles dans une mise en scène où le fatalisme des victimes (meurtries mais vivantes) masque la tragique absurdité de la guerre.

Je laisse Diop avec Poung et Xieng-Kham pour terminer les soins et garder mes patients.

Avec Thiom et Ouane je monte la piste, écartant les

chasseurs laotiens de la 1ère compagnie qui montent en renfort vers le piton où la bataille augmente d'intensité.

Les deux blessés de la 2ème que nous avait signalé Blondeau sont plus gravement atteints, victimes d'éclats de mortier de 81 viet. Soudain un sifflement et une explosion qui nous jette tous à terre au milieu de branches, de feuilles et de lianes. Ils ont allongé le tir pour ralentir la progression de la 1ère qui monte donner un coup de main à Blondeau. Miracle pas de nouveaux blessés mais tout le monde s'éparpille en s'enfonçant dans les herbes de part et d'autre de la piste.

Thiom a un blessé sur le dos et moi l'autre. Nous redescendons péniblement la piste. Les bras du petit laotien autour de mon cou l'empêchent de glisser mais ne facilitent pas ma respiration. Ouane est derrière moi pour desserrer le garrot à la demande. Les explosions encadrent la piste déchiquetant la forêt.

Diop me libère avec précaution de mon blessé. Celui de Thiom est déjà allongé au milieu de ses camarades. Je reprends difficilement mon souffle. Les regards qui m'entourent semblent différents. Ce n'est peut-être qu'une impression.

"Toubib, rien de grave ? Et le géant pointe son index sur un côté de mon treillis couvert de sang. D'un geste je lui montre le petit laotien allongé avec sa jambe déchiquetée.

- Comment ça se présente camarade Ribot ?

- Blondeau est arrivé aux premiers barbelés ou du moins ce qu'il en reste mais le chef est inquiet. Pour moi il doit encore rester quelques mines dans ces barbelés les nôtres bien sur et peut-être aussi celles qu'ils ont pu ajouter depuis mai."

Le Capitaine s'assoit pour être au niveau de la troupe qui l'entoure. Il est si grand et si fort qu'il évoque pour moi, à chaque fois, Gulliver à Lilliput et il donne l'impression de faire la guerre avec des enfants.

Plus haut vers le sommet du piton la fusillade semble avoir baissé d'intensité. Deux explosions plus sourdes au milieu des tirs saccadés d'armes automatiques. Ribot me regarde.

J'ai bien peur que ce soit les mines cette fois ci.

Je laisse Diop et Poung en garde du nid de blessés et grimpe à nouveau la piste précédé par les hommes de la section que Ribot m'a fourni en protection.

Brutalement le silence, angoissant.

Au niveau des premiers débris de barbelés, un sergent laotien nous attend pour nous indiquer le passage dans ce foutu terrain miné.

Blondeau est allongé sur le ventre, son dos est une grande plaie à vif. La mine a explosé derrière lui ce qui lui a sauvé ses jambes et la vie, mais elle a tué les deux chasseurs laotiens qui le suivaient. Je lui injecte une syrette de morphine.

"C'est pas beau toubib ?

- Non mais tu es en vie Blondeau et on va te tirer de là."

Le brouillard couvre lentement les deux rivières et monte inexorablement vers nous. Je le connais bien, il est dense, opaque, étouffe le moindre bruit, c'est le brouillard de la montagne. Il va permettre à la compagnie viet qui a décroché de se replier et de se dissoudre dans la brousse. Ribot m'a rejoint.

"On reste là pour la nuit. Loiselet va nous rejoindre ; demain matin si le brouillard se lève on demande l'hélicoptère. Tes blessés vont arriver, ma dernière section les monte avec les bambous et les toiles de tente (seul moyen de transport de blessé sur ces pistes de haute montagne)."

La nuit sera longue et froide ponctuée de frissons interminables.

La mise en condition de Blondeau a été difficile et la couverture d'une plaie si étendue longue et douloureuse. J'ai du lui injecter une seconde morphine. A présent il est plus calme. Une dernière visite avant la nuit pour vérifier avec Diop les pansements de tous les blessés sous leur toile de tente déjà ruisselantes d'humidité.

J'extrais de la poche de mon pantalon la boule de riz gluant et le filet de poisson séché que Ouane y a placé ce matin et je commence à mastiquer lentement. Il reste encore un fond de bidon d'eau recueillie à la première cascade. Un verre de rouge serait un cadeau du ciel. Faut pas rêver. Diop mastique lui aussi, son visage est gris, il tremble de froid. Ouane a bien en réserve quelques sachets de café en poudre, mais Ribot nous a interdit de faire du feu. Ce sera pour demain matin. Thiom et Poung dorment, épuisés de fatigue. Xieng-Kham me sourit. C'est pas grand chose mais ça me fait chaud au cœur.

Je m'allonge près de Blondeau et je lui tiens la main un moment.

Le café de Ouane déclenche le réflexe olfactif qui dissipe ma torpeur. Je suis ankylosé comme une momie égyptienne et chaque ébauche de mouvement est sonorisé par un craquement sinistre. Mon pantalon colle à mes jambes comme une écorce de mangue et mes orteils barbotent tristement dans mes “pataugas” (3) qui, pour une fois justifient leur appellation, transformés en bassin de rétention pour eau pluviale. Dans l'épais brouillard des silhouettes fantomatiques apparaissent et disparaissent dans un étrange silence.

(3) Chaussure de toile ayant heureusement remplacé pour nous, les incontournables brodequins des fantassins.

Loiselet et le Meur émergent d'un halo laiteux. A leur air décidé, j'ai compris. L'opération continue et nous devons régler rapidement le problème des blessés.

J'ai déjà préparé la liste du matériel médico-chirurgical à me parachuter d'urgence. Blondeau et Tao Kham doivent être évacués par hélicoptère. Pour les autres dès que j'ai reçu le matériel je vais les conditionner pour le mieux, ensuite nous pourrons les confier aux piroguiers. Je ne sais pas si la rivière est plus sûre que la piste mais en tout cas ce sera plus rapide. Loiselet réfléchit un moment.

Ces pirogues vont nous manquer pour traverser la Nam Hou. Nous allons mettre beaucoup de temps en n'utilisant que celles qui restent, avec le risque de devenir des cibles découvertes et faciles. Mais par la piste ces blessés n'arriveront jamais. D'accord pour la rivière, Toubib.

A 11 heures le brouillard s'est levé. Je me sens libéré d'une angoisse, l'hélicoptère va pouvoir venir. Bo Penang (ça n'a pas d'importance) m'ont dit les autres, ceux qui vont descendre la rivière. Assis au bord d'un trou individuel, refuge d'un ancien défenseur du lieu laotien ou vietnamien, Ouane tourne lentement son gros bambou où cuit notre ration de riz pour la journée, au dessus d'un feu étique noyé de fumée blanchâtre. Je ne peux même pas descendre à la Nam Pak faire un semblant de toilette et surtout laver ma tenue de combat empesée de boue et de sang.

L'hélicoptère est posé, pales immobilisées. Devant lui Loiselet, Le Meur et Ribot un peu figés. Le Colonel Senne saute de l'appareil en tenue d'été légère avec un brin d'élégance si ce n'était la chemise qui, sortie du pantalon, retombe en partie sur les fesses. Derrière lui une blonde en tenue de combat type parachutiste avec un gros appareil photo à la hauteur des seins. Enfin un plantureux militaire en tenue de ville, comme le grand, type "porte serviette" ou "riz-pain-sel" (4).

(4) Appellation donnée aux militaires du service de l'intendance.

Beaucoup trop de monde à mon goût.

Congratulations, promesses de médailles, plan de bataille à venir. De loin tout va bien. Puis l'Etat-major se dirige vers nous pour le traditionnel salut aux blessés et encouragements (j'allais oublier) Blondeau aura sa médaille ce qui pour l'heure doit être son dernier souci. Puis il s'éloigne. Comme à regret le Colonel fait demi-tour. Loiselet a du lui dire quelque chose.

"Bien entendu, Docteur (on se croirait en ville), dès mon retour à Vientiane je vous renvois l'hélicoptère pour évacuer vos blessés les plus sérieux."

Je recule abasourdi, derrière moi Thiom, je lui prends sa carabine américaine des mains. C'est la première fois depuis que je suis arrivé dans ce pays que j'ai une arme à la main.

Pas un mot, silence glacial sur le Piton Alpha. Le Colonel est très pâle, le "riz-pain-sel" transpire de panique, la journaliste est figée. Derrière eux Loiselet est congestif, Le Meur incrédule, Ribot lui, me fixe avec attention. Le canon de la carabine monte d'un cran à chacune de mes phrases.

"L'hélicoptère ne reviendra pas ce soir car il ne peut réaliser la rotation. Vous le savez.

- Demain le brouillard ne se lèvera peut-être pas et de toute façon ce sera trop tard. Vous ne le savez sans doute pas.

- Le Lieutenant Blondeau et le Caporal Tao-Kham doivent être évacués dans votre appareil."

Le visage du Colonel rosit à nouveau. Ces grands chefs c'est comme les politiques, le moment de panique passé, ils se réaniment instantanément.

"Notre hélicoptère est au complet de sa capacité et ce que vous me demandez est impossible."

Le canon de la carabine monte d'un cran.

“Bon, restez calme, nous allons essayer de prendre avec nous le Lieutenant Blondeau si le pilote est d'accord.

- Vous prenez le Lieutenant Blondeau et aussi le Caporal Tao Kham.”

Brutalement les bras de Ribot me ceinturent et la carabine m'échappe.

“Fais pas le con, Toubib, on a compris.”

L'hélicoptère a bien décollé avec mes deux blessés. Il a laissé sur le Piton deux sièges et le “riz-pain-sel” qui ne va pas me le pardonner. Loiselet est mi-figue, mi raisin mais il a le teint moins coloré. Je le comprends, mon intervention a laissé des traces.

La journaliste c'est Brigitte et elle est très connue.

Le brouillard s'épaissit rapidement et le Piton retrouve son silence feutré et ses silhouettes fantomatiques. J'ai froid.

Ribot sort de la brume.

“Il me reste un peu d'alcool de riz au fond du bidon, tiens ça va te réchauffer un peu... Tu aurais tiré, Toubib ?

- Je ne peux te répondre camarade. Dans la révolte contre l'inacceptable j'ai ressenti une irrésistible pulsion. Ce n'est pas la première fois quoique la révolte était alors associée à un sentiment de vengeance quand les allemands ont fusillé mon copain de classe et de rugby Guy et quand Bardou mon ancien professeur a été tué dans une embuscade. Par contre je n'ai pas pu assumer de participer à un peloton d'exécution à la libération et c'est Durieux, tu connais, le journaliste, qui m'a tiré de là à l'époque. Pour le reste, au maquis, j'ai tiré vers l'ennemi quand le chef a crié feu. Une seule fois j'ai aperçu les “verts de gris” de loin, au travers du feuillage des châtaigniers, les autres fois c'est comme ici on ne les voit presque jamais. Tu vois Ribot, j'ai commencé cette guerre sans d'autres armes que mes seringues et je la finirai ainsi. J'assume l'intermède de cette après-midi. Vous pouvez tous épiloguer sur la procédure, moi je suis content du résultat."

Ce brouillard me rappelle Lyon et les deux années que j'ai passé dans la vieille école du Boulevard Berthelot. Encore un petit coup d'alcool de riz et je te raconte.

Notre promotion était vraiment hétérogène = deux groupes bien individualisés les corses et les anciens enfants de troupe, pour le reste toutes les provinces de l'hexagone étaient représentées des ch'timis aux catalans, des bretons aux alsaciens. Il y avait ceux qui essayaient d'être sérieux et les autres dont j'étais, qui prenions tout à la rigolade et c'était préférable. Vêtus intra-muros de treillis blanchâtres, de calots de gros tissus kaki agrémentés de deux pointes interminables évoquant irrésistiblement le bonnet d'âne, la virilité perdue dans un caleçon empesé descendant au delà de la rotule, nous étions loin d'avoir l'air instruit. Pour l'extérieur on avait extrait à nos intentions ce qui restait dans les magasins de l'intendance de tenues ayant du équiper nos anciens entre les deux guerres 14-18 et 39-45) que ni les chantiers de jeunesse, ni l'armée de Pétain, ni à fortiori l'armée d'occupation n'avaient voulu sortir de la naphtaline.

Dernier raffinement des jambières en cuir, appelées "liggins" qui équipaient encore la gendarmerie.

Bref notre arrivée sur les bancs de la Faculté de Médecine ayant été saluée par des tempêtes de rires interminables, les professeurs dont beaucoup étaient militaires ont justement conseillé à la Direction de nous laisser participer à l'enseignement en tenue dite "bourgeoise" (expression militaire qui signifie en civil). Dans la partie encore habitable de l'Ecole, épargnée par les bombardements alliés, nous occupions des box dans d'immenses dortoirs où régnait une agitation nocturne permanente. Il y avait ceux qui ne pouvaient travailler que le matin et qui s'agitaient à partir de 4 heures et ceux qui commençaient à réviser à partir de 22 heures et jusqu'à 1 heure du matin. Bien entendu ajoutez à tout cela les facétieux de service déclenchant leur réveil matin à 6 heures, pour la seule jouissance de se dire ... j'ai encore une heure à dormir.

Tout ceci sous les regards condescendants des anciens, tous médecins auxiliaires en provenance des armées et équipés de blousons américains qui nous faisaient rêver. Civils dans la journée à la Faculté nous étions à nouveau militaires le soir.

Curieusement j'avais perdu le Parc des sports et la "Gambille" de Toulouse pour trouver à Lyon le Parc de la Tête d'Or et le Palais d'Hiver surnommé par toute la gent Estudiantine le PH (qui n'a rien à voir avec l'indice exprimant l'activité de l'ion hydrogène dans une solution).

Trois salles de danse, trois orchestres, la cité des Soyeux avait bien fait les choses. J'avais à peine pris pension pour le week-end que j'y ai rencontré Michèle qui a été bien près de me faire exécuter un nouveau virage à 180° et à abandonner la médecine militaire pour un vignoble du beaujolais. C'était un petit bout de femme au visage fin comme une porcelaine de Saxe perdu dans les boucles blondes d'une abondante chevelure, aux yeux bleus-gris pétillants de malice et très élégante malgré sa taille.

Je l'avais rencontré un Dimanche après-midi au PH où, comme tous les dimanches après-midi, je retenais quelque peu l'attention de la gent féminine, avec une pensée reconnaissante pour les filles du Roi du Guet et les toulousaines de la "Gambille", par la maîtrise reconnue et appréciée de mes évolutions sur la piste de danse.

Je l'avais accompagnée jusqu'à Perrache d'où elle reprenait le train pour son village vigneron du Beaujolais, avec une étreinte discrète sur le quai et surtout la promesse de se revoir le samedi suivant.

Le Meur s'approche enveloppé dans sa toile de tente en guise de Poncho, frigorifié comme nous tous. Ribot en riant.

“Approches, le Toubib nous raconte sa vie et tu te pointes pile au moment où ça va devenir intéressant. Il doit encore rester une goutte d'alcool de riz, prends mon bidon.”

Je la retrouvais en fin de semaine, devant la porte de l'Ecole où je faisais fébrilement les cent pas avec la traditionnelle petite angoisse de l'attente, au milieu d'un concert de sifflements admiratifs du comité de soutien rassemblé derrière les grilles. Impossible de l'éviter et pour cause. J'avais bénéficié d'une collecte généreuse des camarades de promotion qui gonflait notablement mon portefeuille et devait me permettre, du moins je l'espérais, d'assumer l'intendance de cette première et mémorable sortie lyonnaise. Même les corses avaient participé, témoignant de leur sympathie à un camarade du continent, au prix de l'amputation d'une partie de leurs mises au Casino de Charbonnières. Les lyonnais avaient coopéré eux aussi en me fournissant la liste de quelques restaurants compatibles avec mon pécule, à une époque où la fréquentation des maisons réputées ne pouvait faire l'objet, en ce qui me concernait, que de la lecture discrète et désinvolte des menus dont les spécialités atteignaient de tels prix qu'ils étaient à eux seuls dissuasifs irrémédiablement pour le “Santard” (élève de l'Ecole du service de Santé Militaire) de 1ère année.

Main dans la main nous avons franchi le Rhône sur le Pont Gallieni et de la place Carnot nous sommes remontés en flânant jusqu'à Bellecour. Je n'osais pas sortir mon pense-bête pendant que je ralentissais la progression devant chaque restaurant d'aspect modeste mais confortable pour jeter un œil discret sur les menus. Hélas Michèle semblait avoir une "bonne adresse" dans la tête. Mon intuition ne m'avait pas trompé, de toute façon depuis une heure elle n'arrêtait pas de stimuler mes sécrétions gastriques avec l'évocation des spécialités lyonnaises = une véritable encyclopédie gastronomique.

Un maître d'hôtel très élégant mais obséquieux, tout sourire pour ma compagne mais condescendant et hautain à mon égard nous avait fait l'honneur d'une table "réservée" dont la seule vision m'avait coupé bras et jambe et aussi l'appétit.

Michèle qui avait déjà commandé deux coupes de champagne alors que je n'en avais même pas imaginé l'opportunité en pareil lieu, détaillait la carte avec un sourire amusé et désinvolte.

"Quenelles de brochet de la Dombes j'adore, gnocci d'escargots au pistou fabuleux, fond d'artichaut au foie gras une pure merveille."

Et pendant ce temps je parcourais affolé la liste interminable de ces spécialités avec un peu d'espoir d'y découvrir le plat simple et modeste et d'un prix compatible avec mon pécule.

De toute façon quand elle avait composé son menu après des discussions détaillées et je pense pertinentes avec le maître d'hôtel.

Raviolis de foie gras, jus de porto et truffes

Homard en carapace

Et Volaille de Bresse "demi-deuil" et même si elle n'avait pas pris de dessert, j'avais compris que tout était perdu. Une sueur froide me fit même frissonner.

"Tu en fais une tête, tu n'as pas faim.

- Si, si, je vais commander."

L'index sur le menu je fis signe au maître d'hôtel qui prit tout de même la peine de me lire l'énoncé de mon souhait avec une moue dubitative qui en disait long sur l'appréciation qu'il portait concernant le choix de son client.

L'arrivée d'un second personnage avec sa carte des vins me coupa définitivement la parole. Heureusement Michèle la lui avait prise des mains avec un sourire complice qui en disait long sur ses connaissances en la matière.

"Saint Veran et Chiroubles.

- Ce sera parfait." Conclut en s'inclinant l'autre personnage au nœud papillon.

J'étais trempé de sueur. Mon pigeonneau en cocotte que je picorais avec parcimonie pour gagner du temps, stagnait dans mon œsophage spasmé sans pouvoir franchir le cardia.

La vision du défilé gastronomique qui s'éternisait devant Michèle rayonnante et les effluves paradisiaques qui parvenaient jusqu'à moi accentuaient inexorablement ma détresse.

Comment une femme si mince et si petite pouvait-elle manger autant. La volaille de Bresse avait à peine disparu, elle arrêta de rire et me fixa sérieusement.

"Tu te fais du soucis pour l'addition ?"

Je lui ai tout raconté = la solde de 2ème classe rempilé, la collecte des camarades.

"C'est moi qui ai commandé ce repas et il n'a jamais été dans mes intentions, même de partager l'addition. La prochaine fois, si tu as fait des économies d'ici là, ce sera à toi de régler la note. Arrêtes de faire cette tête, tu vas nous gâcher la soirée."

Je retrouvais rapidement mon optimisme naturel et une

sérénité de bon aloi avec :

Les six petits desserts sur le thème de la praline de Saint Génix. Délicieux !

Et ce qui restait de Chiroubles.

J'étais délivré de l'angoisse qui avait gâché mon repas et elle d'autant plus qu'elle m'avait précisé au café qu'elle descendait toujours au même hôtel depuis longtemps et que le propriétaire était marié avec une amie d'enfance.

Devant la porte de la chambre 33 nous étions réunis par un interminable baiser quand m'est venue l'idée "géniale" de pénétrer dans la chambre en la portant dans mes bras. J'étais plus nerveux que costaud et la peur d'une chute ridicule m'avait toujours retenu au dernier moment. Mais Michèle était si petite et si légère (malgré son souper) que je l'ai soulevée comme une plume. Quand elle a commencé à rire, j'ai compris que je n'avais plus qu'à la laisser glisser jusqu'à terre. La clé était restée dans son sac et le sac était à mes pieds. Il n'y avait pas eu de chute mais je me sentais tout de même un peu ridicule.

"Ne m'en voulez pas mais le reste de l'aventure est à moi. Je vais me reposer un peu. Demain il faut que j'installe mes blessés dans les pirogues avec le lever du brouillard, ce sera plus discret."

Ribot en riant :

"De toute façon rien qu'avec tes spécialités lyonnaises il y avait de quoi rêver, si tu avais continué cela nous aurait peut-être empêché de dormir et demain le bataillon doit traverser la Nam Hou."

Ouane avait tapissé le fond de mon trou individuel de feuilles de bananier. Je me glisse à l'intérieur et rabats ma toile de tente tendue sur un bambou. J'ai froid et je n'ai pas le corps de Michèle contre moi pour me réchauffer.

Je repense à cette première soirée, elle avait continué

sur le même tempo.

Michèle avait quitté son manteau et l'avait déposé avec attention dans la penderie, puis elle s'était assise sagement sur le bord d'un des doubles lits, les deux mains sur les genoux, attendant tranquillement, souriante, que je m'approche d'elle. J'avais lancé ma veste au milieu de la chambre comme un matador au final d'une faena d'anthologie, sans déclencher dans son regard la moindre lueur admirative ou intéressée.

“Arrêtes de jouer à Don Quichotte de la Manche et viens me déshabiller. J'adore être déshabillée.”

Un instant je repensais à Thérèse qui était nue en trois secondes en lançant de tous les côtés ses vêtements et sous-vêtements comme un joueur de Rugby après un match à son arrivée aux vestiaires.

Ce n'était pas suffisant avec le souper, qu'allait-elle encore inventer. En bon petit amant dévoué mais surtout follement amoureux, je m'étais mis au travail avec tout de même beaucoup de tendres câlins pour tempérer mon impatience.

Les étapes finales furent les plus pénibles et la découverte des seins parfaits de Michèle m'avait obligé à des jeux de doigt exaspérants et interminables. Pour la culotte tout de même, elle avait mis un peu du sien, avec quelques mouvements de jambe appropriés qui avaient facilité une entreprise dont je supportais avec peine l'extrême tension.

Elle était vraiment très belle, l'Esther de Chasseriau.

Je parcourais déjà son corps de baisers fous et de caresses lentes et légères, affleurements sensuels, aimants et doux.

“Viens.”

Malgré mon impatience extrême et l'assurance qu'elle

était prête à me recevoir je pénétrais au sein de sa chaleur intime lentement, avec une infinie tendresse.

J'avais à peine accéléré mes mouvements, elle m'attira irrésistiblement, les mains crispées sur mes reins pour me maintenir au plus profond de son intimité. Un cri unique. Une communion dans une irrésistible extase où nos deux corps s'envolent dans une jouissance transcendée jusqu'à l'évanescence. Un demi tour pour m'allonger sur le dos et l'amener sur mon corps, sa tête sur ma poitrine avec un intense soupir de bonheur extrême. Nous ne nous étions pas désunis.

Si je retrouvais une conscience claire dans le calme et la sérénité langoureuse, il n'en était pas de même pour Michèle qui assise sur mes cuisses poussait des cris de guerre évoquant le Haka des Maoris avec des gesticulations désordonnées des bras tendant à me faire comprendre qu'il était temps que je me redresse aussi. A peine assis elle m'entoura les hanches de ses jambes et enserra mon cou de ses bras pour poser ses lèvres sur les miennes jusqu'à la limite de l'apnée. Pour ne pas être en reste, je la maintenais contre moi en caressant son dos.

Une nuit de désirs jamais apaisés, malgré la détente relative d'un bain de minuit intime, les dernières étreintes au petit jour, l'anéantissement au matin et le réveil vers midi par la propriétaire de l'Hôtel qui se faisait quelque soucis et cela d'autant plus qu'elle avait invité son amie d'enfance à déjeuner.

Nous nous sommes quittés sur le quai de Perrache triste et brumeux. Je savais d'elle qu'elle était veuve, fille de vigneron et qu'elle s'occupait au domaine de la commercialisation. J'aurais du sauter dans ce train et rejoindre Michèle dans son compartiment. Sans réfléchir.

J'ai froid dans mon trou, comme sur le quai de Perrache

où les lanternes de l'express se délitaient dans la brume. Je voudrais reposer un peu.

A l'école j'avais rapidement compris que ni la Direction ni par la même l'Etat n'acceptait l'échec aux examens de fin d'année. La farniente était peut-être acceptable pour les civils, mais pas pour nous. Interrogations fréquentes, reprise des travaux pratiques, tout était bon pour maintenir la pression toute l'année. Je n'étais pas doué pour le bachotage puisqu'il faut bien appeler les choses par leur nom, aussi j'avais une méthode toute personnelle de m'instruire. Le soir je faisais de box en box le tour de la promotion en jetant un œil sur le cours qui faisait l'objet de l'attention de mes camarades. Ma mémoire visuelle inaltérable faisait le reste pour l'enregistrement. En dédommagement de la gêne provoquée, je leur transmettais mon savoir en anatomie (matière essentielle) par des dessins et leur commentaire. J'étais en effet en admiration béate devant l'illustre anatomiste qu'était Latarjet. Un fantastique dessinateur dont les croquis qui couvraient le grand tableau de l'amphithéâtre pendant ses cours étaient pour moi de véritables œuvres d'Art.

Tous les samedi je retrouvais Michèle dont j'étais très amoureux. Avec le temps j'ai appris qu'elle avait perdu son mari à la libération dans des circonstances qu'elle ne m'a jamais précisées et que je ne lui ai jamais demandé. Son père assumait seul l'exploitation de leur domaine viticole et la harcelait pour se remarier le plus rapidement possible et de préférence avec un vigneron. Par contre, ancienne élève de l'école de commerce de Lyon, elle assurait avec beaucoup de maîtrise la commercialisation du vin. Elle ne m'en a jamais parlé mais je savais ce qu'elle désirait.

Les examens de fin d'année approchaient dans l'affolement des dernières révisions. Michèle avait espacé ses séjours lyonnais.

"J'ai beaucoup de travail et toi aussi. Tu sais combien je serais heureuse si tu étais reçu."

La dernière fois elle m'a parlé de son jeune beau frère qui était gentil avec elle et qui aidait bien son père.

Et puis une petite carte de visite.

Adieu. C'est toi que j'aime.

Le tourbillon des examens m'a sorti la tête de l'eau. J'ai fait un beau dessin à Latarjet. Il m'a drôlement souri et il m'a donné une sacrée note.

La deuxième année lyonnaise avait commencé par une bonne nouvelle. l'Ecole allait rendre à leur Faculté d'origine, les élèves volontaires qui auraient été reçus à l'externat des hôpitaux. J'étais cette fois motivé pour travailler le mieux possible et réussir à revenir à Toulouse était ma seule grande préoccupation. Quoique.

Du samedi soir au lundi trois heures du matin, j'étais devenu un pensionnaire du Ph. Avec la complicité de la Direction du dancing, je faisais même un peu partie du personnel. Avec mes deux compatriotes Quercinois aussi doués que moi pour la danse, nous étions hébergés (sur banquettes), remis à neuf dans les lavabos et restaurés au bar avec l'inévitable sandwich jambon-beurre, avec mission d'éviter au maximum de clientes de faire tapisserie dans les salles de bal et d'animer les concours de danse très en vogue. Souvent l'utile jouxtait l'agréable.

Un couple très distingué, d'âge moyen :

"Jeune homme, je vous confis mon épouse qui adore les danses modernes. Chérie je vais dans l'autre salle écouter les valses viennoises. J'adore Strauss." Et un billet plié en quatre glissé dans la pochette de mon veston ponctuait son attachement à l'illustre musicien.

"Jeune homme c'est un vrai plaisir de danser avec vous

pendant que mon mari écrase les orteils de sa maîtresse. Il adore Strauss."

"Jeune homme, mon amant m'attend au bar. Soyez assez aimable d'aller danser dans la salle à côté et jetez un œil sur mon mari qui sautille stupidement avec sa secrétaire." Nouveau billet plié en quatre dans la pochette.

Parfois en fin de soirée, la danse devenait plus sensuelle et le contact plus érogène.

"Jeune homme, je serais heureuse de vous revoir." Et un petit carton avec un N° de téléphone rejoignait dans la pochette les billets pliés en quatre.

Enfin occasionnellement il fallait bien aller jusqu'au bout de la disponibilité et consentir une extase fugace mais impérative par un orgasme manuel sur un banc du parc dans l'intimité feutrée d'un brouillard complice.

Le retour au petit matin avec la halte obligatoire aux Halles pour la remise en état avec le classique pain frais - Saint Marcelin - Beaujolais, permettant de faire le mur de l'Ecole avant de s'effondrer tout habillé dans les draps de l'intendance et sous la couverture matriculée pour reposer une petite heure.

Par contre la semaine ne permettait aucun temps mort pour la gaudriole et la préparation de l'externat me motivait d'autant plus qu'elle était pour moi la seule possibilité de revoir la Cité Rose, la place du Capitole et le quai de la Daurade.

Avant de quitter Lyon nous avons étrenné la tenue de cérémonie pour le baptême de la promotion. L'intendance avait reconstitué les stocks et ce n'était plus la misère de la première année. A midi pour le déjeuner traditionnel nous avons accueilli en grande pompe Edouard Herriot et je pensais à mon père qui aurait donné beaucoup pour être à ma place. En ce qui me concernait je lui devais une note de français exceptionnelle à mon premier Baccalauréat par mes citations tirées de son ouvrage "Dans la forêt Normande". L'appartenance politique de mon correcteur y était certainement pour quelque chose.

De toute façon dans le Lot nous sommes en majorité, mis à part quelques grincheux, radicaux socialiste du biberon à la maturité et nous ne lisons que la "Dépêche du Midi".

Le soir au Casino de Charbonnières, en grande tenue, j'assistais pour la première fois de ma vie à un "grand bal" présidé cette fois ci par la marraine de la promotion Sophie Bellair responsable de la rengaine la plus écoutée et chantée de l'époque et actrice de cinéma célèbre. Une belle femme un peu plantureuse et dévouée à son titre. Elle avait dansé de bon cœur avec le Directeur, les cadres, les anciens, pour à la fin s'essayer avec les jeunes avec l'idée bien arrêtée que c'est avec les jeunes pots qu'on fait la bonne soupe. Quand j'ai eu enfin, par respect pour la voie hiérarchique, accès à la vedette, elle avait tant porté de toasts à la gloire des armées et de leurs représentants du service de santé et de je ne sais plus qui, que j'ai du la serrer fort pour maintenir un semblant d'équilibre dans nos évolutions.

"Dis-moi, je te fais de l'effet, il me semble." Effectivement. Je me suis un peu éloigné de son corps, mais elle m'a rapidement rattrapé. Pourquoi pas. Tout ce que je décide d'instinct réussit, si je réfléchis trop ça ne marche pas. Quand je fais un tableau je travaille d'un seul élan créateur et je suis incapable de retouches même si je vois une petite faute de perspective. Dans le cas présent il n'était pas question de perspective mais d'affolantes rondeurs.

Elle m'a récupéré à la fin du bal, discrètement. Elle m'a

longuement embrassé dans la grosse voiture noire conduite par un antipathique costaud qui ne nous quittait pas des yeux dans le rétroviseur jusqu'à l'hôtel. Ce n'était pas le 33 de Pepette et le 33 de Michèle mais banalement le 2 et pour cause c'était une suite. Et toujours le costaud sur nos talons.

Elle m'a poussé dans la chambre.

“Attends moi.”

J'entendais, inquiet, des éclats de voix, des bribes de phrases où il était question de tournage, de journalistes à l'affût, de producteur jaloux et j'en passe. J'espérais que le costaud n'allait pas intervenir et respecterait “l'uniforme de cérémonie” qui assurait le prestige de ma modeste personne.

Elle est entrée comme une furie, à refermé la porte avec une telle violence que la moitié de l'hôtel a du être réveillé en sursaut.

Quel con cet impresario, une vrai mule ce type ! Et toi, tu n'es pas encore déshabillé ! on ne va pas s'envoyer en l'air en grande tenue. Je vais prendre un bain.

J'attendais, nu, sous les draps remontés jusqu'au menton, réflexe pudique peu original. Elle barbota une éternité ou bien elle avait oublié le jeune homme qui attendait sagement dans son lit ou bien elle s'était endormie. Cette dernière pensée me plongea dans un sommeil de bébé. Tranquille.

Quand elle m'avait réveillé par ses caresses précises et les petits lapements de langue qui parcouraient tout mon corps ce n'était plus la vedette du bal. Une interminable et caressante chevelure châtain clair retombait sur ses épaules et affleurait ma poitrine, son visage sans fard retrouvait sa beauté naturelle, son sourire était la joie même avec le petit éventail de rides prolongeant de chaque côté, deux yeux en amande aux iris gris-vert. Quand elle s'est redressée devant moi, c'était “la grande baigneuse” de la “Toilette” de Renoir. A l'exception des célèbres “jambes croisées” car Sophie, à genoux, me maintenait solidement entre ses cuisses.

Sans savoir que je voletais dans l'évocation béate et sereine des nus impressionnistes (sans altérer par ailleurs une raideur détachée mais coopérative) mais avec le flair de la femme accomplie, elle s'allongea sur le dos. Je pouvais enfin jouer un peu plus le rôle de l'homme avec le sentiment tonifiant de la mission à mener à bien = l'union psychique et physique dans un final orgasmique digne de mes ambitions (sans en arriver bien entendu... à un délire érotico-obsessionnel à la Dali).

Dans la détente éthérée et langoureuse qui succéda à l'acmé de notre prestation, après un long baiser témoignant de sa satisfaction, Sophie mit le point final à notre rencontre.

C'est bien mon lapin.

J'avais déjà été, de part la petite tendance zoophile des filles hyper- affectives et obsédées de tendresse, métamorphosé en chat, pigeon, rat, loup, biquet, mais j'avais bien apprécié lapin.

Des coups répétés à la porte avaient mis fin à ces réflexions matinales et légères. Elle s'était levée d'un bond dans sa luxuriante nudité.

Vite je dois rentrer à Paris, on tourne demain. Sa voiture m'a déposé devant le portail de l'Ecole, toujours en tenue de cérémonie. Un dernier sourire et un petit geste de la main. Je n'ai revu Sophie que sur les écrans de cinéma et n'ai plus entendu son accent parigot et gouailleur qu'à la radio.

Je soulève un coin de la toile de tente dégoulinante

d'humidité. Le jour se lève et je n'ai pas dormi. Dans l'épais brouillard des ombres émergent par moment. Thiom me tend la main pour m'aider à sortir du trou.

3

Entouré de ma petite équipe, j'attends sans impatience l'embarquement sur la pirogue qu va nous faire traverser la Nam Ou. C'est un petit spectacle assez animé et distrayant qui se déroule sur le banc de sable, petite plage aux grains fins et blanchâtres, qui longe la rivière, dominée en aval par les ruines de l'ancien poste fortifié et en amont par les cases désertes du village abandonné. Ribot et sa compagnie sont déjà installés sur l'autre rive, invisibles dans la luxuriante végétation, protégeant le franchissement et assurant l'accueil. Si l'embarquement sur le sable fin semble amuser tout le monde, le débarquement de l'autre côté où la montagne semble plonger dans les eaux rapides et où l'on ne devine même pas l'accès à la piste tant la forêt est dense apparaît moins euphorique. Et beaucoup de pirogues traînent par la longe un petit cheval chinois qui pédale dans le courant au flanc de l'embarcation. Admirables ces petits chevaux noirs à l'épaisse crinière qui grimpent dans la montagne comme des chèvres. Par contre quand ils sont avec nous, c'est le signe de bataille en perspective, comme chaque fois que nous montons vers le nord, car ils transportent les munitions et les mortiers. Le Colonel Senne doit être en train de jouer avec ses punaises colorées sur sa grande carte d'Etat-major, en trémulant à chaque liaison radio quand Loiselet tente de lui expliquer qu'au milieu du demi centimètre de sa carte, il y a un col à franchir à 1800 mètres et qu'il est difficile d'aller plus vite.

Le Commandant du 910 va vite savoir lui aussi que nous progressons avec les chevaux. Car nous commençons à bien nous connaître entre unités de secteur. Dans ce pays sans route, où tout le monde marche à pied, où il n'y a ni téléphone, ni électricité, ni de tours à signaux comme à la frontière catalane et où on ne peut même pas faire des signaux de fumée comme les indiens à cause de la couverture végétale, tout fini par se savoir. Il y a quelques mois, Loiselet s'était mis en tête de commander son bataillon monté sur un cheval chinois pour augmenter son prestige. Quelques semaines après, un Chaumuong nous apprenait que le commandant du 910 avait pris la même décision. Loiselet vexé était définitivement descendu de sa monture. Un commerçant chinois nous avait assuré par la suite que notre adversaire en avait fait de même. Nous savions même qu'il y avait un médecin affecté à ce bataillon, qu'il parlait français mais seulement avec son chef de bataillon. Aucune illusion à se faire le fichier du 910 devait être parfaitement renseigné. Finalement c'était à celui qui attendait l'autre en lui préparant une bonne embuscade. A partir de là c'était au plus futé. De toute façon j'avais une confiance sans limite en Loiselet et j'étais intimement persuadé qu'il nous tirerait toujours des situations les plus délicates. C'est pourquoi l'esprit tranquille j'attendais mon tour d'embarquement en faisant quelques croquis de pirogues naviguant sur la Nam Ou.

Ce matin j'avais enfin fait une bonne toilette dans la rivière et la fatigue de ma nuit sans sommeil s'était évaporée. Thiom m'avait prêté son pantalon lao indigo, celui de ma tenue de combat achevait de sécher à la pointe d'un bambou fiché dans le sable. Le menu du jour attendait sur le sable, enveloppé avec soin par Ouane dans une feuille de bananier, que mon pantalon soit sec pour prendre place comme tous les jours ; dans la poche gauche sur la cuisse le déjeuner = boule de riz gluant et languette de buffle boucané, dans la poche droite le souper = boule de riz gluant et filet de poisson séché.

Je n'ai pas eu le temps de laver ma veste, aussi les quatre

poches sont déjà garnies (pour ne pas dire bourrées) = les deux à gauche c'est la petite chirurgie, les deux à droite la médecine. Avec le temps et l'expérience on apprend à éliminer l'inutile, ensuite le moins utile, pour ne garder que l'essentiel. Et puis comme dit Loiselet quand ce bataillon sera aussi léger et rapide sur la piste que celui des viets nous serons à armes égales, alors le superflu c'est pour la base arrière et tant pis pour le confort et encore estimez-vous heureux car ceux du 910 portent leur riz dans le boudin de toile autour du corps et le votre, les sacs tombent du ciel avec les parachutages.

C'est pour appliquer cette théorie, que je trouve par ailleurs très pertinente, que je n'ai pas de pantalon de rechange.

Les blessés sont partis sur la rivière au petit matin sur deux pirogues dans la discrétion d'un brouillard encore épais.

En début d'après-midi l'infirmerie au complet traverse la Nam Ou sans appréhension. L'accostage sur la rive opposée est bien telle que je l'avais imaginé. Je patauge, cramponné aux branches et aux lianes pour ne pas être entraîné par le courant, et réussis enfin à escalader la berge. Tout va bien. Quoique des milliers de ouistitis font un vacarme étourdissant dans les hautes branches. Je fais un signe à Thiom. Les singes n'ont rien à voir avec les P'i, pas de mauvais présage pour la suite.

Mais nous sommes bien en aval de la piste principale. Poung et Xieng Khane nous font un passage au coupe-coupe au travers d'une jungle particulièrement dense. La piste est devenue une vraie patinoire de boue et la progression est très difficile. J'arrive à rejoindre Loiselet, nerveux car les hommes ont eu beaucoup de mal à faire sauter les chevaux sur la berge, les eaux étant hautes. Nous grimpons de concert lui s'aidant de sa canne et moi attrapant une liane ou une branche au passage.

“Direction Nga Nha Son au sud de Dien Bien Phu l'ancienne capitale des Thaï pour occuper et tenir la DZ (Dropping Zone ou Zone de Saut). Comme tu le sais depuis novembre où les paras ont sauté dans la cuvette, nous l'occupons à nouveau.”

Je sens une amertume teintée d'inquiétude dans la voix de Loiselet.

“Ce n'est pas un bon souvenir pour le bataillon, mon commandant, Castellani m'a tout raconté.”

En fin 52, le 5ème BCL (Bataillon de Chasseurs Laotiens) occupait déjà la fameuse cuvette. C'était Picard qui le commandait à l'époque. Submergé par les viets la garnison est tombée le 30 novembre, son commandant blessé et fait prisonnier. Castellani a échappé à la capture par miracle en franchissant les falaises qui dominent Dien Bien Phu.

“J'ai reconstitué ce bataillon à Nam Back après en avoir pris le commandement le 25 décembre. Ensuite nous avons occupé Sap Nao et établi un petit terrain d'aviation. En mars 53, nous avons du à nouveau nous replier vers le sud jusqu'au plateau du Tran Ninh où tu nous as rejoint.”

Il s'arrête un moment pour reprendre souffle, la montée est rude et avec l'altitude la respiration un peu plus courte. A côté de nous la colonne continue l'ascension dans l'étroit couloir entouré et parfois surmonté de branches de lianes et de hautes herbes. Nous reprenons la marche et notre conversation.

“J'ai reçu à Muong Khoua, une lettre de mon père à laquelle il avait joint un article découpé dans la Dépêche du Midi où il était question de Dien Bien Phu. On parlait d'une opération politique pour protéger le Laos devant la menace d'occupation par le Viet-Minh et on la justifiait par l'affirmation que ce pays était le seul Etat de la Confédération indochinoise, membre de l'union française et qu'il était normal de participer à sa défense.

Tu vois, Toubib, la seule chose qui m'inquiète c'est essentiellement le choix de cette cuvette comme champ de bataille pour protéger le Laos. Nous serions plus à l'aise au Nord de Luang Prabang avec un dispositif concentré sur Muong Saï et Nam Back, soutenu par notre base fortifiée de la plaine des Jarres que tu connais bien, pour y avoir fait un long séjour à ton arrivée ici. Les vallées y sont plus nombreuses, plus longues aussi et se prêtent aux manœuvres les montagnes pitonnent moins haut et la végétation y est moins dense et puis surtout elles sont peuplées par les Méos qui nous ont toujours été très fidèles et héréditairement hostiles aux vietnamiens."

Nous arrivons au premier col, un peu essoufflés. L'impression d'émerger d'un tunnel de verdure baigné d'un clair-obscur tamisé avec à nouveau la vision magnifique des chaînes de montagnes étagées jusqu'à l'horizon, dans des tonalités chromatiques vertes, bleues et indigo, agencement rythmique de couleurs donnant à l'espace visuel une vibration mélodique.

Des rafales d'armes automatiques vers le fond de la vallée. Devant nous un laotien de la section des transmissions remonte en hâte la génératrice de l'ANGRC9. La colonne est arrêtée. Le Meur rejoint son équipe.

"Ribot doit être au contact dans la vallée, je vais essayer d'avoir la liaison."

Loiselet se joint à nous. La radio grésille. La première compagnie a été accrochée en traversant la vallée et Ribot s'est replié sur une butte où il résiste pratiquement encerclé. Une dizaine de blessés légers.

"Toubib, la 2 et la 3 descendent pour se déployer autour

du piton et prendre les viets sur leur arrière. Vous rejoignez immédiatement Clavel et ferez mouvement avec lui. Gestin va être informé et pourra compter sur vous en cas de blessés dans sa compagnie."

Clavel est avec Le Meur l'officier des transmissions, Lieutenant St Cyrien, tous les autres sont des anciens de Saint-Maixent l'Ecole, Loiselet, Ribot, Delmas et Gestin le Beau. Précision indispensable car il existe dans le corps expéditionnaire un autre Gestin dit l'affreux.

Clavel avec qui je suis tapi dans les Nga Phallong (l'herbe des français) m'explique la tactique comme un bon professeur. Les viets sont au flanc de ce piton, où, nous n'en savons rien. Nous allons progresser en encerclant le mieux possible la position. Tout le monde doit participer pour bien couvrir le terrain.

"Bon j'ai compris, tu veux me transformer en guerrier."

"Non, sois tranquille, tu n'auras qu'à couvrir un peu de terrain à ma gauche avec tes infirmiers en grimpant là haut. Une chose tout de même, dans le cas, mais ce serait vraiment un hasard, où c'est toi qui tomberait sur les viets, tu fais tirer sans arrêt tes gars et nous arrivons. Si ça se gâte la "fuite en avant", comme dit Loiselet, tu fonces. Tu veux une carabine ? Non !"

Nous progressons lentement. De temps en temps je tente de voir ou d'entendre Clavel et ses chasseurs vers ma droite pour me rassurer un peu. Rien.

Plus nous montons, plus les bruits d'un curieux combat parviennent jusqu'à nous. Quelques rafales d'armes automatiques, le silence, soudain, une voix nasillarde et saccadée sortant d'un porte voix ou d'un mégaphone nous parvient par instants.

"Rendez-vous. Vous êtes encerclés. Armée populaire du Vietnam. Colonialisme. Impérialisme."

Puis quelques phrases dans un dialecte mi laotien, mi vietnamien où il paraît être question de laisser tomber l'officier français pour rejoindre l'armée du peuple.

Un court silence et la voix de stentor de Ribot avec dans les éclats qui nous parviennent gouailleurs et méprisants, les thèmes classiques = l'inexistence de testicules responsable de l'absence de courage pour passer à l'attaque, la description apocalyptique du désastre anatomo-pathologique dont serait victime chaque viet qui émergerait de son trou.

Un final ponctué d'une rafale de carabine américaine repris côté viet par des salves d'armes automatiques me permet de revenir sur terre en abandonnant à regret l'évocation pittoresque d'un combat moyenâgeux dans laquelle m'avait plongé cette passe d'armes singulière.

Je continue ma progression avec mes infirmiers. Je repense à Ribot qui nous attend là haut entouré de sa grappe fournie de petits soldats laotiens, collés à lui pour éviter les balles viets. C'est que les balles ne le touchent jamais et à son contact ils bénéficient de cette protection.

Ce n'est pas une histoire de P'i malfaisants qui parasiterait l'ennemi. Ribot est communiste et il a sa théorie personnelle sur son immunité. Les viets du 910 ont reçu l'ordre formel de leur commandant et de leur commissaire politique de le faire prisonnier mais en aucune façon de le tuer. Comme il le dit en riant :“je suis un cas qui trouble leur dialectique et perturbe la transmission entre leurs neurones au niveau de leur centre cérébral de l'argumentation et du raisonnement”. Et il ajoute toujours,“C'est Thorez en 45 qui nous a demandé, à nous, FTP et FFI de rester dans l'armée et de participer aux écoles de cadre pour parfaire notre métier d'officier”.

Devant nous Poung cesse de faire des moulinets avec

son coupe-coupe. Thiom me rejoint. Une piste récente monte vers le sommet de la butte. Je n'ai pas de liaison radio, j'ai perdu depuis longtemps les chasseurs de Clavel qui doivent progresser et me couvrir à ma droite et aucun contact depuis le départ avec ceux de Gestin sur ma gauche. Je prends la piste ce sera plus facile et plus rapide surtout.

Vers le sommet toujours quelques échanges d'armes automatiques et quelques explosions sourdes de grenades.

A nouveau Thiom. Nous sommes à présent devant des trous individuels nombreux et me précise-t-il récemment creusés.

Nous progressons à nouveau. Je n'ai pas donné d'ordre, ma petite formation armes pointées avance en éventail entre les emplacements de combat laissés par les viets.

J'ai vaguement aperçu trois ombres bleues et un casque en latanier et ça tire de tous les côtés. Je commence à pousser des cris, mes infirmiers aussi. Plus fort ! Il faut leur faire croire qu'ils ont au moins une section sur leurs arrières. On tire, on pousse des cris, ça sublime la trouille. Première section progression sur la droite, mitrailleuse en batterie, deuxième section progression sur la gauche, installez le mortier, troisième section droit devant avec vos deux FM (fusil mitrailleur). Avec chacun de mes hommes je forme une section, ça c'est de l'action psychologique. Et toujours la fuite en avant comme dit Loiselet. J'ai l'impression d'animer une scène de théâtre et surtout d'organiser un énorme “tour de con”. Décidément je n'ai pas changé.

Arrêtez les tirs ! Un silence angoissant. Aucun bruit devant nous. Plus rassurant aussi un grand calme au sommet. Nous continuons à monter, prudemment mais avec la confiance que donne la fin espérée et probable d'une bagarre sans casse.

Nous arrivons presque au sommet, en rampant sur un hachis de branches, d'herbes et de lianes parsemé de douilles brillantes de tous calibres.

“Ribot ! Fais pas le con ! C'est le Toubib”. Ma voix porte-t-elle ? Je suis presque aphone. Thiom prend le relais en laotien.

“C'est pas vrai ! Qu'est-ce-que tu fous là Toubib ? Ne tirez pas nom de dieu ! Le géant est devant moi, entouré de ses chasseurs”.

Une heure après la “bataille” est reconstituée “stratégiquement” quand Clavel et Gestin nous ont rejoint. Ribot avait compris qu'une “unité amie” était “au contact”. Mais notre feu peu nourri (pour lui) et limité l'avait laissé perplexe car ne correspondant même pas à celui d'une section des compagnies de Clavel ou de Gestin. Au même moment les viets avaient cessé tout harcèlement et s'étaient évanouis dans la nature (il les avait estimé à l'effectif d'une compagnie). Clavel avait tout de suite compris ma situation mais il n'avait pu progresser que très lentement dans la forêt pour me rejoindre. Evidemment c'est moi qui occupait la meilleure piste et fignolée par les viets… un boulevard !

La compagnie du 910 a décroché tranquillement entre le sommet et les compagnies de Gestin et de Clavel qui n'étaient qu'à mi pente. Moi qui n'avait aucune difficulté de progression, après mon incident avec les viets, j'étais arrivé au sommet bon premier et comme il faut bien un héros du jour, finalement c'est l'infirmerie du bataillon qui a dégagé Ribot.

Je repense à Valérie en rigolant. “Tu ne seras jamais un héros mais je t'aime bien”. Tu sais j'ai fini par en devenir un, tout petit, et simplement pour trois camarades et quelques soldats laotiens perdus sur un piton au milieu des montagnes du Nord-Laos.

C'est encore à Toulouse que je pense dans mon trou sur mon "matelas" de feuilles de bananier et sous ma toile de tente. La journée est terminée. Les blessés de Ribot sont tous soignés et prêts pour le départ demain matin = les uns clopineront près de nous, les deux blessés aux jambes sous un bambou dans leur toile de tente en espérant un hélicoptère ou un avion à Nga Nha Son pour les évacuer, à notre arrivée prévue demain soir si tout va bien.

L'alcool de riz providentiel de Ribot me réchauffe un peu. Ouane m'a fait un trou plus profond que d'habitude et je m'y sens bien. La fatigue s'estompe. Je pense à Lulu, élixir magique qui réactive spontanément ma virilité.

J'avais bien quitté Lyon sans regret majeur. Les cinq toulousains de la promotion nous avions rejoint le vieil hôpital militaire Larrey dans le vieux Toulouse où le médecin chef, très sympathique, Camentron, nous avait mis sans réticence en "liberté conditionnelle" = la cantine avec les tenues militaires stockées à l'hôpital, obligation le 14 juillet de revêtir les dites tenues pour le lever des couleurs dans la cour de l'établissement, accepter quelques interrogations écrites pour rassurer la maison mère et surtout être reçu aux examens de fin d'année (apparemment son plus grand souci). J'avais loué une chambre, rue st Rome tout près de la place du Capitole, chez Madame Perret, que j'avais connu pianiste de l'orchestre du Capitole quand je faisais partie des figurants sur l'illustre scène. Elle avait cru louer à un artiste puisqu'elle m'avait apprécié en fin 44 étudiant aux Beaux-Arts et plus pour mes tours de cons que pour mon talent artistique. Mais elle avait accepté avec philosophie le futur médecin pensant que j'étais devenu plus calme. Quelle erreur !

J'avais revu Valérie sur les bancs de la Faculté mais elle était à présent avec Nano en qui elle avait du dépister un futur génie. Décidément c'était une idée fixe, mais si cette éventualité pouvait faire son bonheur. Nous sommes restés très amis. Je lui devais bien ça.

Barthez m'avait accueilli comme un revenant. De l'équipe de la libération il ne restait plus que les catalans Ramis et Amat, Buffet n'avait plus donné signe de vie, le Gardian qui envoyait toujours une carte pour le premier de l'an. Je lui avais donné des nouvelles de Pierre L'ancien qui s'orientait vers le professorat de dessin, pris en main par une briviste qui lui avait fait passer ses velléités pour la gaudriole. De ses deux meilleurs élèves "Pintrou" aurait donc un successeur.

Bien entendu j'avais arrosé mon retour à Toulouse avec les anciens des Beaux-Arts et Nano qui avait miraculeusement échappé à Valérie. Ca s'était terminé sur le palier de la Mère Perret au petit matin par une partie de saut à pied joint sur la cuvette de l'unique WC collectif de l'étage jusqu'au moment où je me suis retrouvé assis sur le tuyau d'évacuation, entouré d'énormes morceaux de porcelaine, une main anxieuse entre mes cuisses pour m'assurer qu'il me restait encore quelque chose pour honorer les filles.

C'est le lendemain que j'avais rencontré deux personnages inoubliables Lulu et le Professeur Martel.

La première était assise en face de moi dans le tramway qui m'amenait à l'Hôpital Purpan. Mon visage défait (Madame Perret m'avait donné congé le matin même) et palôt (séquelles de mes libations nocturnes) avait du l'inciter, par sympathie compatissante, à m'adresser la parole.

Ca n'a pas l'air d'aller fort.

Alors puisque cette blonde agréable daignait s'intéresser à moi je lui avais raconté ma nuit avec toutes ses péripéties dont la dernière m'avait valu le triste privilège de me retrouver sans logement, tempéré cependant par un sort favorable qui m'avait miraculeusement épargné l'émasculation. Et à partir de là Lulu et la moitié du tramway ont commencé à rigoler pour de bon car j'en avais rajouté un peu = la préparation laborieuse d'un élément collant avec du riz et de l'eau, le remodelage morceau par morceau d'un édicule présentable et l'éclatement définitif de ce chef-d'œuvre de bricolage sous les cent dix kilos de ma logeuse quand elle se présenta pour son pipi du matin.

La blonde avait alors pris l'assistance à témoin.

“Nous avons bien ri, à présent, nous allons l'aider. Déjà pour ce soir, je le loge chez moi.”

Martel, le patron du service de pneumologie où je devais effectuer mon premier stage, ne semblait pas s'intéresser à son nouvel externe. Il était en grande discussion avec son chef de clinique Martinelli qui lui présentait un projet de publication dont les illustrations ne provoquaient sur son visage qu'une moue dédaigneuse d'insatisfaction certaine.

“Je pense être en mesure de vous être utile, j'ai fait un petit séjour aux Beaux-Arts mais j'ai pratiqué le dessin anatomique à la Faculté des Sciences chez le Professeur Nouvel.”

Dès le lendemain mes premières aquarelles de tumeurs bronchiques allaient me faire adopter et intégrer dans l'équipe rapprochée du patron. Après la main levée qui m'avait fait quitter les Beaux-Arts pour la Fac de Sciences, la sympathique protection que m'avait témoigné le Professeur Latarget pendant mon séjour Lyonnais quand je lui traduisais en dessins les cours d'anatomie, je sentais intimement que j'allais encore être un étudiant à part pour la poursuite de mon enseignement.

Il est vrai que mon pinceau avait été brillant et inspiré (malgré le sujet traité). Comme toujours, après une nuit sexuellement agitée, je libérais un potentiel créatif et imaginatif qui ne demandais qu'à se matérialiser.

Et avec Lulu tout préambule n'était que perte de temps et de plaisir. Pourtant je m'étais présenté à son studio avec l'hypocrite pensée d'avoir à coucher sur un lit pliant pendant que ma bienfaitrice compterait les moutons pour trouver un sommeil serein dans un lit voluptueusement démesuré. Comme, à première vue et après une discrète inspection elle devait être nue sous son épais peignoir des Pyrénées, j'étais vite revenu à une saine et franche estimation d'une réalité beaucoup plus confortable.

“Viens. On va faire connaissance et après on va se taper une bonne assiette de cochonnaille avec un petit Bergerac de derrière les fagots.”

J'aurais préféré l'inversion des sujets mais elle avait déjà appliqué fougueusement ses lèvres sur les miennes pendant que ses mains agiles contrôlaient la fébrilité de ma mise à nu.

C'est bien la première fois que l'expression “faire connaissance” m'imposait une intervention aussi intensément désirée. Fi des tendres câlins et des caresses pertinentes et prolongées, mais une pénétration d'emblée lente, douce et aisée témoignant de la plénitude de son désir. Ses cuisses et ses jambes autour de mon corps imprimaient à nos mouvements le rythme et le tempo au gré de ses désirs charnels et luxurieux, exprimés par de brefs gémissements. Ses bras autour de mon cou maintenaient mes lèvres sur les siennes. Un même cri étouffé par nos respirations mêlées, une extase commune, une communion partagée immatérielle dans une volupté incorporelle.

Lulu était retombée sur le côté, ses jambes étaient encore jointes sur mes reins.

"Reste en moi, je suis bien." Nous étions toujours enlacés longtemps après.

J'ai pris son visage entre mes mains en la fixant intensément.

"Laisse moi te regarder, tu sais, je ne t'ai pas encore vue, et à peine découverte."

A présent elle était nue devant moi, souriante.

"Tes cheveux blonds, coiffés à la garçonne, encadrent ton visage fin et allongé, tes yeux pétillent d'intelligence et de joie de vivre, de malice aussi, tes seins sont lourds et voluptueux." Je lui révélais sa beauté comme si mon fusain parcourait une feuille de Canson.

"Ton ventre et tes cuisses surtout sont ceux de la Vénus de Boticelli, prolongées comme elles par tes jambes fines. Ta féminité est éclatante. Si je devais un jour représenter sur la toile l'expression de la femme libre je te prendrais sûrement pour modèle."

Elle revêtit sa chaude robe de chambre, visiblement flattée par ma reconnaissance de sa beauté.

Le casse-croûte fut chaleureux et gai et le Bergerac à la robe pourpre avec des reflets violacés, rond et bien structuré, au nez de fruits mûrs intense s'harmonisait parfaitement au jambon salé du Lot et Garonne et au pâté en croûte Toulousain.

"Mon ami m'a constitué une agréable petite cave. Ce studio lui appartient mais il est à ma disposition pendant que dureront mes études de sage-femme. Il vient m'y rejoindre de temps en temps très discrètement. Nous ne sortons jamais ensemble. Tu sais c'est un grand avocat très connu. Ou bien il craint que notre liaison devienne publique ou bien il fait de la politique."

Lulu me racontait une partie de sa vie avec un naturel et une désinvolture enjouée qui me laissait pantois.

"Tu penses qu'il apprécierait s'il apprenait que j'ai passé cette soirée chez toi ?

"Mais je vais le lui dire, comme à chaque fois que j'ai amené ici les garçons qui me plaisaient. Il sait bien que c'est toujours occasionnel et sans lendemain pour ceux qui ne me font pas jouir au premier contact et qu'en ce qui concerne les autres ce n'est qu'au hasard d'une nouvelle rencontre pour les rappeler, non sans plaisir, à mon fidèle souvenir.

- Si je comprends bien je viens de passer un examen éliminatoire.

- Oui et sois tranquille tu es reçu. Un long baiser chaleureux et tendre ponctuait cette rassurante information.

- Viens ! On va passer aux choses sérieuses." L'expression était justifiée. Après cette nuit folle je n'avais plus grand chose à apprendre. Quoique. J'avais vaguement enregistré, entre deux orgasmes, un projet de galipette sur la place St Pierre, avant le pont du même nom qui enjambe la Garonne pour mener au quartier St Cyprien.

Martinelli revenait d'un stage à Philadelphie dans une des cliniques bronchoscopiques du père incontesté de l'exploration des bronches Chevalier-Jackson qui en avait mis au point la technique et l'instrumentation entre 1919 et 1929. A partir de la laryngoscopie (examen du larynx partie haute des voies respiratoires) et réservée au début à l'extraction des corps étrangers, il en avait fait une spécialité réservée des pneumologues (spécialistes du poumon) puis avec bien du retard des phtisiologues (spécialistes de la tuberculose).

La coupure de la tragique période de 1939 à 1944 avait fortement ralenti les travaux originaux et n'avait pas permis d'avances techniques marquantes dans notre pays.

J'arrivais donc dans une équipe décidée à rattraper le temps perdu pendant la guerre, enthousiaste, ardente, aspirant à de nouvelles conquêtes techniques, et donnant aux anciens le spectacle réconfortant de la relève désormais assurée.

Martinelli le chef de clinique passait le tube. L'appareil en place je fixais intensément l'image puis je rejoignais la petite salle où m'attendais le bloc de Canson, ma boîte de couleurs et ma ventouse d'eau. En deux minutes l'aquarelle était faite. Au moindre doute je demandais à jeter un dernier regard, sinon je fignolais mon travail (pas de crayon, pas de gomme, seulement deux pinceaux). Pendant ce temps Picinni, un interne du service, prenait les notes dictées par l'opérateur. Une entente parfaite, le minimum de gestes inutiles et de paroles aussi.

Tout ce travail pour réaliser des planches iconographiques comprenant mes aquarelles, une documentation écrite et des dessins de coupe de tissu malade réalisés dans le service d'anatomie pathologique du Professeur Fabre, ces deux derniers éléments à la charge de Picinni. Il n'y avait jamais eu de hiérarchie interne externe mais déjà une franche camaraderie existait entre nous. Dès la visite terminée nous déjeunions ensemble dans le service, rapidement, car à deux heures, nous descendions sur sa moto jusqu'à la faculté pour les cours.

Pour parfaire ma félicité j'avais retrouvé dans ce même service, Suzon, une copine d'enfance du Roi du Guet, infirmière. A mon grand étonnement car tous les jeunes qui avaient quitté le village, étaient à Paris aux PTT pour les filles, au Métro ou chez Citroën pour les garçons.

Sa mère et ma grand-mère étaient sûrement les deux femmes du village qui faisaient les meilleurs cabecous mais Marie seule affinait les fameux pliés aux feuilles de noyer en jarre.

Le soir je retrouvais Lulu qui avait passé sa journée à la maternité. J'étais mal à l'aise dans ce studio malgré un confort qui ne pouvait laisser indifférent. Surtout depuis un samedi soir où nous flânions main dans la main Place Wilson, le rendez-vous incontournable de la gent estudiantine, et où nous avons croisé son ami. Un homme grand, très mince, au long visage sévère paraissant la cinquantaine qui nous fixa d'un air détaché et j'oserai même l'affirmer un peu complice. Etrange attitude. Je n'avais obtenu de Lulu qu'un simple “C'est lui”.

J'avais profité de l'occasion. Amat rentrait au pays et allait poursuivre ses études aux Beaux-Arts de Barcelone. Je lui ai succédé à son petit deux pièces Quai de la Daurade sur les bords de la Garonne. La propriétaire était une matrone aussi volumineuse que la pianiste du Capitole et elle m'avait accueilli de façon inattendue.

“Vous amènerez des filles ici ?

- Sûrement Madame.

- Ça me fait plaisir, j'aime bien les jeunes et pour le bruit ne vous faites pas de soucis.”

Lulu comprenait mes scrupules et m'avait suivi sans trop d'enthousiasme.

“De toute façon, je conserve le studio, sous entendu et mon ami.”

Elle avait ouvert la fenêtre et regardait, à demi penchée en avant, la Garonne que l'on devinait au travers de l'épais feuillage des platanes et les passants qui flânaient sur le quai. J'allais la rejoindre quand je remarquais sur la cheminée, un livre, à la place d'une insignifiante verroterie surmonté de trois insipides fleurs artificielles = une anthologie de textes érotiques du 19ème siècle... illustrée.

La seule contemplation des fesses de Lulu m'exonérait en l'instant de tout recours à la lecture de ces pages certainement croustillantes, pour assumer une virilité tendue et impatiente.

Mais elle boudait manifestement. Mes subtiles caresses et mes câlins les plus tendres ne la libéraient pas de son indifférence. Quand j'avais lentement descendu sa culotte le long de ses jambes à peine avait-elle levé un pied désinvolte pour libérer la petite pièce de soie.

Finalement elle se souleva un peu sur la pointe des pieds et m'aida d'une main chaude et secourable à rejoindre son intime féminité avec un petit soupir de satisfaction. Quelques cris espacés plus épanouis que luxurieux.

En voilà déjà deux qui lèvent la tête.

Encore un qui s'arrête et me regarde en souriant.

Quelques soupirs bien dispensés.

“On a ouvert la fenêtre du 1er étage, ta propriétaire sûrement.”

Un vrai petit attroupement devant la maison.

Un étrange cri de plaisir comme adressé à la cantonade, puis une longue plainte haletante révélatrice de l'intensité de son plaisir. En se redressant, elle s'était si violemment jointe à moi que nous avions perdu l'équilibre et que nous nous étions écroulés sur le plancher sans nous désunir.

Martel était rentré d'un congrès de pneumologie dans la capitale. Il m'avait rapporté une lettre de félicitations que m'adressait Claire Escoube, peintre et dessinatrice du Professeur Soulas, qui avait vu les planches du service apportées par notre patron à Paris.

J'étais si heureux que, comme un gamin, je montrais cette lettre à tout le monde même à Barthez qui comme à regret avait conclu notre entretien par :

"Tes violets incandescents des couchers de soleil sur les Causses du Querçy avec le vent du nord, c'était bien aussi."

Martel apportait aussi d'autres nouvelles. La Photographie en couleur se généralisait, de nombreuses revues scientifiques et des ouvrages récents l'utilisaient déjà. On ne savait pas encore pratiquer les clichés endoscopiques mais pour combien de temps. Avec l'équipe nous avions des discussions épiques et moi, évidemment je défendais les artistes.

"Les Photographes finiront bien par trouver la solution.

- Peut-être mais en attendant ils ne savent même pas prendre un cliché à partir d'un bronchoscope (appareil destiné à étudier l'intérieur des bronches) Et pourtant."

Martel était arrivé un jour dans le service dans un état d'agitation inhabituel qui motiva le rassemblement de tous les présents de l'équipe.

"Les italiens ont trouvé une bonnette de mise au point photographique adaptable, avec laquelle ils peuvent réaliser des clichés de l'intérieur du système respiratoire. J'ai déjà téléphoné à Monaldi qui veut bien accepter deux étudiants dans son service à Milan pour deux ou trois jours afin de leur faire découvrir la technique."

La désignation de Picinni était presque logique. L'italien était presque sa langue maternelle, fils d'un réfugié politique antifasciste entré en France après la formation de l'axe de Berlin-Rome en 1936, comme beaucoup de ses compatriotes, il était resté en France et avait pris notre nationalité. Mais Moi ? A ma légitime fierté avait succédé un délire imaginatif centré sur un "Tour de con" à ma mesure. Suzon avait du raconter dans le service mes exploits dans la résistance et le patron m'avait désigné pour une mission secrète "faucher une bonnette à Monaldi".

Picinni avait rapidement mis fin à cette romanesque hypothèse pour nous ramener à des réalités plus matérielles.

“Je vais essayer de persuader Françoise (la plus belle femme de l'Hôpital), toi tu fais de même avec Lulu et à nous la petite sortie Spaghetti et jambes en l'air dans la capitale de la Lombardie.”

Nous étions loin d'une mission à caractère scientifique mais c'était lui le chef.

Le départ fut moins glorieux. Les filles nous accompagnèrent simplement sur le quai de la gare Matabiau, non sans quelque émotion, comme si elles désespéraient déjà de nous revoir un jour.

La classique gestuelle par la vitre abaissée, la tristesse du compartiment de 2ème classe, l'annonce par Picinni de notre budget, parcimonieusement étudié par les services administratifs et interdisant la moindre petite fête, les deux bourses en papier contenant les sandwichs à la viande froide des cuisines de l'Hôpital n'engendraient que mélancolie. Quand j'avais sorti la bouteille de Haute Serre que j'avais ramené de Cahors à mon dernier voyage au pays l'avenir se présentait à nouveau sous les meilleurs auspices.

Le Professeur Milanais nous avait bien reçu. Présentés à l'aréopage qui suivait le moindre mouvement du maître pendant la solennelle visite des malades, comme les assistants du célèbre professeur Martel, son ami, nous avons du assister à la traditionnelle et interminable cérémonie. Rien d'original. Quoique.

Mon ami m'avait bien fait la leçon.

“Si tu apprécies une belle paire de fesses sous la blouse blanche d'une infirmière, tu appliques une main conquérante et tu susurres à l'oreille de la fille “excusi”. Ou elle se retourne en souriant et c'est gagné ou bien elle te gratifie d'une moue désapprobatrice et tu n'insistes pas. Chez nous, dans la deuxième éventualité tu recevrais une gifle déshonorante."

Un assistant nous avait fait, après la grande visite, une démonstration de la prise de cliché et montré la fameuse petite lentille amovible qui modifiait la distance focale (il suffisait qu'elle s'adapte à l'objectif de l'appareil photo du service). Picinni avait même obtenu "confidentiellement" l'adresse du fournisseur de Monaldi. Comment refuser un tel "secret" à un assistant du "célèbre" professeur Martel qui portait le même nom qu'un compositeur d'Opéra italien encore plus célèbre.

C'est quand même moi, qui dans le train du retour, rappela à mon ami la fameuse querelle des gluckistes (partisans de l'Opéra en français) et des picinnistes (partisans de l'Opéra en langue italienne).

J'étais devenu moitié dessinateur moitié photographe. Nous avons continué nos planches iconographiques avec mes aquarelles. Je laisserai au moins un souvenir dans la bibliothèque du service. Je ne me faisais aucune illusion et malgré les encouragements de Martel qui affirmait préférer pour l'enseignement mes dessins aux clichés photographiques, je savais bien qu'un jour à venir la technique prendrait le pas sur l'expression artistique. Mais je l'acceptais avec bonne humeur, c'était une autre aventure en perspective.

L'obligation de valider les autres stages de mon cursus universitaire avait fait l'objet de tractations avec les autres chefs de service qui m'accordaient quelques heures libres pour maintenir une "indispensable présence" dans le service de pneumologie.

Même si elle se rendait de temps en temps au studio retrouver son ami, Lulu ne m'avait pas quitté. En y réfléchissant bien nous étions complémentaires et dans une certaine mesure indispensables l'un pour l'autre.

J'avais enfin connu la partie de “galipette” évoquée à notre première rencontre et comme prévu Place St Pierre. Je n'ai pas compris s'il s'agissait d'un jeu, d'une provocation destinée aux bourgeois et aux bien pensants ou de la sublimation d'une jouissance obtenue par la participation d'un public. Pourtant le souvenir du petit rassemblement devant la maison de notre logeuse me faisais pencher pour la dernière hypothèse.

J'avais assumé les prémisses sans déplaisir, elle n'avait même pas mis de culotte. L'exploration caressante et intime de nos mains expertes restant discrète sous nos vêtements et nos longs baisers langoureux n'attiraient à l'évidence que les regards amusés, complices, réprobateurs ou compatissants de quelques promeneurs qui passaient devant le banc public servant de scène à notre prestation. Piquée au vif Lulu avait ouvert son corsage et j'avais du dégrafer son soutien-gorge pour offrir à la vue des amateurs ses seins lourds et chaleureux. Mon enthousiasme naturel pour la gaillardise et la gaudriole grivoise était fortement tempéré par ce qui, pour ma part, ne devenait même pas une expérience originale de copulation, mais des contorsions acrobatiques, des contre pas à l'Espagnole, des équilibres à peine compensés, des maintiens limites dans des postures étonnantes. Elle avait fini par obtenir son petit attroupement de spectateurs aux regards libidineux qui ne consentit à se disperser qu'après avoir reçu un cri de plaisir témoignant de son intime jouissance.

Le patron du service de Dermatologie était un homme âgé et charmant hanté, à la veille de la retraite par la réhabilitation de formules moyenâgeuses dans le traitement de certaines affections de la peau, ciblée sur celui des ulcères de jambe.

La visite du maître était donc sanctionnée par une préparation magistrale composée de vins aromatiques. Mais le chef de clinique, successeur désigné, se tournait ensuite vers l'assistant.

"Le vieux n'y est plus, je prescris une pommade aux sulfamides."

L'assistant se tournait alors vers l'interne.

"Il est déjà en retard d'un tramway, je prescris une pommade vitaminée."

L'interne se tournant alors vers l'externe.

"Ils ne sont déjà plus dans le coup, je prescris une pommade cicatrisante."

Comme l'externe était le dernier intervenant, l'infirmière en chef prenait note de l'ultime prescription. A mes côtés, une grande sœur la tête surmontée d'une immense cornette, parcourait l'assistance d'un regard apitoyé et goguenard.

"Jeune homme depuis vingt ans, c'est moi qui applique la même pommade sur les ulcères du service, la fameuse préparation des petites sœurs de la rue Pargaminière. Et puis vous savez, même sans pommade, les ulcères cicatrisent tout seuls au bout d'une huitaine de jours, simplement en obligeant les malades à garder le lit."

La semaine suivant la visite était animée par la même procédure mais inversée.

L'interne tourné vers l'externe : "formidable cette nouvelle pommade cicatrisante".

L'assistant vers l'interne : "tu vois bien il n'y a que les vitamines qui sont efficaces".

Le chef de clinique vers l'assistant : "Avec les sulfamides plus d'infection donc guérison".

Le vieux patron en conclusion : "Constatez, messieurs,

combien il est parfois utile d'en revenir aux anciennes formules".

Le pharmacien de l'Hôtel-Dieu, dans sa vieille officine, pleine d'antiques bocaux renseignés en latin, utilisait, lui la formule des vins aromatiques, pour préparer une "Sangria" maison dont il avait fait sa spécialité.

A la maternité on me connaissait déjà non pour ma liaison avec la meilleure élève du service, mais pour de petites interventions sur les malades pulmonaires que nous leur adressions en fin de grossesse.

Lulu était adorée du patron et incroyablement détestée par la sage-femme en chef du service, petite créature renfrognée, agressive et rabougrie. Bien entendu quand mon amie était de garde, je passais la nuit à la maternité ce qui me permettait de pratiquer des accouchements. Quand il n'y avait pas d'urgences, nos ébats sur les tables de pansements n'avaient que de lointains rapports avec l'obstétrique. Quoique.

Ce stage fut fatal à notre détachement. Trois camarades furent phagocytés par les copines de Lulu et mariés dans l'année. Comme par mimétisme un quatrième, Lotois comme moi, épousa Miss Toulouse, le médecin chef de l'Hôpital Larrey n'en finissait pas de constituer les dossiers pour la maison mère de Lyon qui ne semblait pas apprécier ce comportement inquiétant.

Le patron nous avait pourtant prévenu.

"Méfiez vous de l'odeur des placentas."

Cette affirmation me laissait perplexe car si les récepteurs olfactifs jouent certainement un rôle dans la genèse de l'acte sexuel, je n'imaginais pas qu'ils puissent priver, prématurément, un individu en bonne santé, d'une émoustillante et instructive polygamie sans attaches.

J'attendais avec impatience mon premier remplacement,

prévu dans une petite ville du Gers, où un ami de la famille était pharmacien et en avait été l'instigateur. Unique moyen de pouvoir m'acheter la moto d'occasion de mes rêves. J'avais promis à Lulu une virée mémorable dans les vallées du Lot et de la Dordogne pour me racheter de l'occasion manquée "spaghetti et jambes en l'air" à Milan par une tournée foie gras, vin d'auxerrois et toujours, bien sur "jambes en l'air" en Quercy.

Finalement un ami de Picinni, interne lui aussi et que je connaissais m'avait rendu un fier service en me prêtant pour me permettre d'honorer mon remplacement, une Terrot (5) d'avant guerre qui avait survécu à l'occupation cachée... et oubliée dans un vieux grenier à foin. Une aubaine inespérée car deux énormes sacoches couvraient encore de part et d'autre la roue arrière.

J'avais donc quitté Toulouse aux aurores euphorique, serein et confiant, sans plus trop penser à tous les conseils d'utilisation de l'engin que j'essayais pour la première fois. Il pétaradait bruyamment entre mes jambes et j'avais même réussi à "passer" trois vitesses grâce à un levier situé sur le côté droit du réservoir et que sa taille ne permettait pas d'ignorer.

Fier et conquérant, j'entrais donc dans la petite ville de l'Isle en Jourdain pour rejoindre la Halle couverte et la Place du marché ou mon ami avait sa pharmacie.

Et puis la panique. C'était samedi donc jour de marché, même pas l'espoir du trottoir, seul le petit espace réservé au caniveau.

Premier tour de place sous des regards inquisiteurs, réprobateurs, stupéfaits, ponctués de quelques applications d'index sur la tempe. Deuxième tour de la place, tout aussi

(5) Marque de motocyclette.

incertain et acrobatique. Mon ami pharmacien était devant la porte de son officine, alerté certainement par le bruit de la moto et les rumeurs qui commençaient à monter de la foule. Un signe de tête incohérent vers lui mais qui ne pouvait en aucune façon lui faire comprendre que je ne savais pas arrêter cet engin.

Au troisième tour en passant devant, avec l'énergie du désespoir, j'avais serré les poignées de frein au maximum. La moto cala net, se cabra. J'étais déjà allongé aux trois quarts au dessus du guidon quand elle retomba sagement sur sa roue arrière me permettant de retrouver une certaine dignité devant le petit groupe d'accueil rassemblé sur le trottoir.

"Chapeau", fit une voix, "ton ami quel champion". Le champion lui n'avait plus un poil de sec.

Ravel m'avait bien accueilli. Je n'avais pas joué les fiers à bras, concernant mes possibilités = compétent pour le poumon, acceptable pour le cœur, tangent pour le rein, nul pour les maladies de la peau, mais ayant mené à bien deux accouchements, contrôlés il est vrai par ma copine Lulu.

C'était la veille de son départ. Nous avons fait ensemble la consultation dans son cabinet très bien installé et confortable et l'après midi nous avons fait quelques visites dans les fermes des alentours. Ravel n'avait pas de sacoche, à mon grand étonnement. Il avait un appareil à tension à la main un stéthoscope dans une poche de pantalon dont le pavillon émergeait à l'extérieur, dans sa veste une lancette à saignée, une seringue, un tube d'aspirine "usine du Rhône" où trois aiguilles barbotaient dans un peu d'alcool, un garrot taillé dans une vieille chambre à air et bien entendu un carnet d'ordonnances. Dans le coffre de la traction, un carton plein de médicaments.

Trois coups de piston de la seringue dans la soucoupe

d'armagnac que le client tenait systématiquement préparée, dès l'apparition du praticien, constituaient une désinfection sérieuse et qui plus est aromatique.

Les quelques abcès que j'ai observé, les clients les ont toujours apporté avec eux en sortant de l'Hôpital.

J'étais à la fois étonné et enthousiasmé par ce médecin de campagne au diagnostic rapide et sûr, au geste médical précis, aux prescriptions limitées et simples. Je me sentais prêt à assumer l'aventure de remplacer un tel praticien.

Je m'étais retrouvé seul avec la vieille bonne espagnole rigide et sèche comme un cigare Toscani, autoritaire et hautaine, me donnant les ordres de visite comme un officier de cavalerie et une antique moto que je maîtrisais à grand peine.

La consultation était assurée sans appréhension = quelques ouvrages médicaux à portée de main pour rassurer une mémoire défaillante, une bonne installation radiologique pour confirmer une petite fracture, le téléphone pour me faire conseiller en cas de diagnostic grave par mes camarades internes de l'Hôpital. Dans les fermes où les familles étaient pour la plupart d'origine italienne, l'accueil du petit remplaçant était toujours chaleureux et convivial.

Il y avait eu le premier accouchement à domicile avec une parturiente, enfoncée dans le lit alcôve, profond comme un puit, dont ne dépassait que la tête et les pieds.

"Tout est prêt, Docteur, un grand chaudron d'eau chaude, comme pour tuer le cochon."

L'enfant remonté des profondeurs et brandi triomphalement devant la famille extasiée. C'était le sixième et il avait du sortir tout seul du ventre de sa mère. Confisqué immédiatement par une belle mère surexcitée. Le petit verre d'armagnac avec un père satisfait mais un peu blasé.

Et aussi la première saignée, chez le vieux grand-père au visage cyanosé et aux jambes gonflées d'œdème, jusqu'à ce que l'assiette creuse soit pleine, comme avait dit Ravel, et que la respiration soit plus facile.

Et puis il y avait eu cette arrivée hésitante dans la cour d'une ferme en poussant ma moto, à moitié aveuglé par la piqûre d'une guêpe entre les deux yeux qui avait transformé mon visage en melon de Cavaillon et c'est le malade (ou plutôt sa femme qui avait soigné le médecin avec des compresses de vinaigre). Un jour aussi à la suite d'un dérapage je m'étais, tel un javelot, planté la tête en bas dans un énorme buisson d'aubépines comme une araignée dans sa toile et je n'avais été libéré que par les moissonneurs qui travaillaient en contre bas.

Je rentrais presque toujours à la nuit tombée, les sacoches pleines de salamis, de bouteilles de vin et parfois d'un poulet ou d'un lapin. Ce n'était rien par rapport à la fameuse consultation du samedi jour de marché ou dans le patio de Ravel, transformé en cour de ferme, un véritable cheptel agricole, soigneusement recensé par la vieille bonne espagnole, s'égaillait dans toutes les directions.

La clientèle avait du m'adopter car le remplacement à peine terminé Ravel m'avait embauché pour assurer avec lui la journée du samedi. J'arrivais au petit matin par la micheline d'Auch et je m'occupais de tout ce qui mouchait ou toussait, lui prenait en charge le reste. A midi nous déjeunions sur le bureau = baguette de pain, foie gras et une bouteille de Madiran. Le soir sortie gastronomique obligée en compagnie du pharmacien qui me ramenait chez lui pour le reste de la nuit. Ravel lui était déjà parti et devait rouler en troisième dans sa traction, phares en veilleuse. Quand un compatriote voyait une voiture discrètement signalée et avançant lentement dans la nuit, il savait que la maîtresse du Docteur était dans la traction avant. De toute façon tout le monde était forcement au courant. Il avait en effet l'étrange habitude de ne téléphoner à son amie que de la pharmacie, grâce à l'appareil placé sur le comptoir à côté de la caisse.

Quand on savait que le pharmacien était président, vice-président, ou secrétaire de tout ce que la ville comptait d'associations, plus l'équipe de football et même le club hippique on comprenait que l'officine n'était pas seulement encombrée par les clients. Personne ne perdait donc aucune syllabe des propos intimes et langoureux de l'utilisateur, avec toutes précisions utiles sur l'horaire et le lieu des rendez-vous projetés.

La grand-mère Marie disait toujours qu'elle reconnaissait les hommes les plus intelligents au fait qu'ils lui achetaient sur le marché de Gourdon les cabecous pliés dans la feuille de noyer et affinés en jarre, une pestilence mais une saveur incomparable.

(Si j'avais appris des professeurs de la faculté pourquoi l'omelette à la cervelle de lapin crue préservait des suites fâcheuses et parfois fatales des morsures de vipère, le plus grand neuropsychiatre de la faculté m'avait assuré qu'il confirmait absolument la méthode de diagnostic de la grand-mère grâce aux cabecous). Pour ma part j'ajouterai, un autre symptôme de détection, le comportement infantile, quand ils sont amoureux. Comme disait Lulu, il y a des femmes qui n'y sont pas insensibles.

A propos, nous l'avons faite la grande tournée en Quercy, les vallées du Lot et de la Dordogne et avec la vieille Terrot car je n'avais pas assez d'économies pour acheter d'occasion la Peugeot de mes rêves. C'était aussi la virée des adieux. Lulu qui avait brillamment terminé ses études, montait travailler à Paris dans le service du Professeur

Thoyer-Rozat, un des plus célèbres accoucheurs de la capitale.

Une courte rafale de pistolet mitrailleur. Je soulève un coin de ma toile de tente. Peut-être une sentinelle qui a vu les yeux du tigre. Le jour ne va pas tarder à se lever et je n'ai pas dormi.

4

Më Son est assise devant son métier à tisser installé sous le plancher des lames de bambou tressé de sa case. Comme beaucoup de filles Thaï son visage est allongé, ses yeux à peine bridés, son petit nez est droit et un énorme chignon de jais repose sur sa nuque, son regard pétille de malice. Elle porte le Sin (jupe) comme les laotiennes et au dessus un petit corsage soigneusement ajusté, fait d'une étoffe blanche garnie au cou et sur la poitrine d'une bande noire fermée par de gros boutons d'argent sculpté, cousus deux à deux et qui représentent des papillons. Le système de fermeture fait de l'enchevêtrement des antennes est ingénieux. Entre le corsage et le sin la peau nue est d'un beau bronze clair.

Mon regard qui la détaille pendant que je fais le croquis doit lui paraître intimement inquisiteur. Je tente de reproduire le mieux possible les gros boutons qui ferment son corsage si bien que je suis dans l'obligation de les inspecter au plus près.

Hier je m'étais arrêté, attiré par les couleurs éclatantes de l'étoffe et la complexité des dessins obtenus avec ce métier rudimentaire. Et puis aussi Gestin le beau tournait autour, plus intéressé semblait-il par la Phoussao que par le magnifique tissu. Considérant que Më Son était une véritable artiste, je m'étais assis à côté d'elle pour la regarder travailler et bavarder un peu.

Aujourd'hui dès la consultation terminée, je suis revenu reprendre mon poste avec mon carnet de croquis.

Elle est très bavarde mais sans la joyeuse liberté de langage des laotiennes. Elle me raconte comment petite fille déjà, elle aidait sa sœur à tourner le rouet et à préparer et teindre les fils et avec sa mère elle allait semer le coton, pêle-mêle, avec le riz du ray en avril lorsque commencent à tomber les grandes pluies, et aidait à la récolte en novembre quand les nuits fraîchissent et que le coton a poussé plus haut qu'un homme ; comment plus grande elle a appris à l'égrener avec le iou (instrument rudimentaire composé de deux cylindres en bois actionnés par une manivelle et tournant en sens inverse), à faire vibrer, durant de longues journées la corde de l'arc en bambou, en la pinçant fortement du doigt, pour transformer le coton en légers flocons, à le préparer ensuite en petits rouleaux, qui se trouvent tendus, étirés en un fil interminable qui s'enroule autour de petites bobines en bois.

Vraie phoussao à présent, elle se lève pour me montrer comment le fil est dévidé sur des écheveaux à l'aide du Khouang (deux morceaux de bois traversés en leur milieux par un axe à manivelle), comment ces écheveaux sont mis autour du Kong (appareil placé parallèlement à une sorte de tambour en bois), le Ak. Les fils passent d'un appareil à l'autre et sont calibrés, privés d'aspérités simplement avec l'ongle et sont prêt à prendre place sur le métier à tisser.

Je fais rapidement un croquis de ce métier à la forme parallélipipédique pendant que Më Son m'explique avec force détails comment les fils de la trame passant entre les dents d'un peigne se croisent avec ceux de la chaîne, horizontale, et constituent ainsi l'étoffe tissée grâce à un mouvement alternatif de montée et de descente. Le peigne double vertical à coton fonctionne à l'aide de pédales. Les fils passés à travers le peigne en bois sont fixés au peigne double vertical. Un coup de pédale et la première série des fils de la chaîne monte en même temps que descend la deuxième série. La navette franchit toute la largeur de la chaîne et un coup de pédale fait alors croiser les fils pendant que Më Son donne un coup de peigne alternativement de la main gauche ou droite selon que la navette se trouve d'un côté ou de l'autre.

J'aurais voulu terminer mon dessin en coloriant l'étoffe de multiples et riches couleurs mais je n'ai qu'un crayon noir. Mon dépit elle l'a bien remarqué.

Më Son continue à tisser, un coup de peigne de la main droite alternant avec un coup de peigne de la main gauche pour suivre la navette et elle babille sans arrêt. Je savais bien que les mœurs en pays Thaï sont beaucoup plus libres que chez les vietnamiens et que tant qu'une fille n'est pas fiancée elle a toute liberté. Elle peut même badiner et flirter et serait même déçue et même vexée de ne pas être courtisée. Son rire, sa gaieté, ses paroles sont-ils des avances ?

Les jeunes filles et les jeunes gens de mon village n'attendent pas le mariage avant de "s'amuser" ensembles. Ils se voient en cachette sous la case. Ou bien ils s'aiment beaucoup, pour de bon (Xao Chi jo la) et ils se caressent sans plus. Ou bien ils ne s'aiment pas vraiment (Xao iêt thë) et ils font l'amour pour de vrai.

"Sous ta case Më Son c'est propre parce qu'il y a le métier à tisser, mais sous les autres il y a les cochons, les canards, les poules et parfois un buffle."

Elle passa ses doigts dans son chignon et après un moment de réflexion

"C'est bien un peu sale mais peu importe. Ils ne s'en rendent compte qu'après."

De toute façon j'étais un peu au courant, Thiom m'avait expliqué que la contradiction n'est qu'apparente entre la liberté relative des mœurs de la femme thaï blanche et le fait que les amoureux font l'amour sous la case. Dans celle-ci le même acte, en dehors du mariage ne serait peut-être pas bien immoral mais ce serait tout de même offenser P'i Huon le génie protecteur de la maison avec une série de conséquences qui s'en suivraient dont une série de malheurs pour la famille. La prudence venait donc ici au secours de la moralité. Et puis ici m'avait dit Thiom les oiseaux surveillent, préviennent les femmes car ils ont le pouvoir de dépister tout ce qu'elles "mijotent". Quelle chance !

Un merle très connu au Laos mais aussi dans toute l'Indochine pousse deux notes que nous traduisons par "Bac Quang. Bac Muc", les vietnamiens traduisent par "Hà Giang. Moc dôc." (A Ha Giang le climat est malsain) et ici en pays Thaï le même oiseau, sur le même air annonce "Pai Pha Thà Phô" (prépare la natte et attends ton mari), prévenant ainsi la femme du prochain retour de son époux.

"Un autre oiseau, tout petit, s'égosille sur un rythme rapide "petit petit" comme vous le traduisez vous les Phallangs mais vous ne le comprenez pas, il dit en réalité "Më jing, Më jing" (femme, femme) quand il voit une femme ou une fille faire quelque chose de mal."

La nuit tropicale va tomber et le soleil disparaître dans un flamboiement pourpre. Le ray est tout proche et je vais m'asseoir sur la diguette près du vieux Thaï qui "écoute pousser le riz". Etrange c'est le même état contemplatif que celui de mon grand-père qui, au fond de son champ, la pipe de gris à la bouche et le litre de vin à portée "écoutait pousser sa vigne". Aujourd'hui il est figé dans sa sérénité et ne parle pas. Mais hier il m'avait raconté cette histoire des temps anciens qui évoquait une coutume pour interroger l'avenir.

Dans la région de Nghia Lo, il y avait un grand rocher isolé dans lequel existait deux vastes grottes dont l'accès très étroit permettait l'entrée mais les maintenait dans une obscurité presque totale. Dans le mois qui suivait le jour de l'an, à une date fixée par le sorcier, une réunion générale des habitants avait lieu dans ces grottes, à laquelle assistaient les “consultants” adultes. Au signal donné par un des anciens du village chacun ou chacune s'avançait à tâtons à la recherche du ou de la partenaire nécessaire à un accouplement. Cette fornication collective dans une confusion totale, réglée par le simple jeu du hasard était paraît-il le moyen le plus infaillible pour savoir si l'année à venir serait ou non favorable. Quand un vieillard avait le sort de s'accoupler avec une jeune fille ou une Methao (grand-mère) ou avec un Poubao (jeune homme) c'était une bonne santé, une récolte abondante et des bénéfices dans les affaires. Dans le cas contraire la maladie est prévisible, la récolte désastreuse et les bénéfices négatifs. Mais compte tenu de l'obscurité et des explorations manuelles risquant de s'égarer dans cette laborieuse intimité collective il semblait que la vérité d'identification soit bien aléatoire. Heureusement l'assemblée comptait aussi des spectateurs et même des contrôleurs, les anciens du village que leur âge et surtout leur inaptitude empêchait de prendre part aux ébats même en utilisant la fameuse gouttière de maintien en bambou. Et puis une bonne part des “consultants” possédait une petite provision d'allumettes dans la poche. A des intervalles mesurés, ils projetaient sur la scène de brèves lueurs, leur permettant, autant que faire se peut, d'identifier leur partenaire.

Le vieux Thaï concluait en riant :

“De temps en temps un consultant faisait une retraite précipitée hors de la grotte.” Je ne sais pas traduire s'il a ajouté

“Les jambes à son cou” ou bien “la queue entre les jambes”.

Je suis seul à présent sur la diguette. Je pense à la richesse des couleurs et aux multiples arabesques qui ornent l'étoffe que tisse Më Son. La cime d'un grand arbre cisèle le ciel où le cadmium vermillonné s'estompe peu à peu dans un violet rouge intense. Instant magique au charme ensorceleur où les couleurs du ciel rejoignent celles des étoffes reflétant soudain le regard de rêve de la Phoussao penchée sur le métier à tisser. Je frémis imperceptiblement sous la brise nocturne au souvenir des mains de Më Son tendres et douces qui faisaient naître les dessins et les couleurs de fils et de rires.

Je suis seul dans la grande case où est installée mon infirmerie. J'entends au dehors Thiom et son équipe qui chantent accompagnés par un joueur de Khen du village. Même Ouane qui dort d'habitude derrière la petite cloison de bambou tressé n'est pas là.

Më Son devait être bien cachée car rien ne m'avait permis de soupçonner une présence.

Etendue sur ma natte, j'observe l'élégante et mince silhouette aux formes estompées par la demi obscurité. Elle a défait lentement son sin qui est tombé à ses pieds et écarte à présent son petit corsage laissant apparaître deux seins juvéniles. Son chignon défait a libéré une longue chevelure cernant son corps d'une parure de jais.

Allongée près de moi, elle a mis sa tête sur ma poitrine et posé un de ses bras sur mon ventre laissant pendre sa main sur ma hanche. Elle m'écoute sagement sans bouger.

"Depuis deux ans que je vis dans ton pays j'ai vu beaucoup de jolies filles comme toi et je les ai même désirées mais jamais je n'ai fait "Tëo Kan" avec elles parce que je savais que le lendemain je ne pourrais pas les revoir, que je serais loin de leur village et peut-être mort.

- Je comprends tout ça, mais moi je t'aime beaucoup et toi, si tu m'aimes un peu, il restera de cette nuit un souvenir que je n'oublierai pas et qui me permettra de penser à toi. C'est pour cette raison que je suis venue."

J'attire vers moi ce visage d'enfant et je l'embrasse avec une infinie tendresse. Mes mains glissent sur son corps avec retenue, douceur et délicatesse, puis ma bouche plus avide et plus précise. C'est elle qui m'a pressé à partager la chaleur intime de son corps, dans un irrésistible élan follement passionnel. Au milieu de la nuit je la serre dans mes bras, après une dernière étreinte, très fort, comme si je ne voulais pas la perdre.

Ouane me réveille avec son quart de café. Ma main court sur la natte à la recherche de la chaleur du corps de Më Son.

“Tu as enlevé le Bouddha de ton cou hier soir. C'est bien. La Phoussao est partie, elle a laissé l'écharpe, là, à côté de ta tête. Cela veut dire qu'elle t'attendra deux ans. Encore une chose, le commandant, il t'attend au PC (poste de commandement) avec Le Meur. N'oublie pas de remettre le Bouddha.”

Loiselet n'y est pas allé par quatre chemins, comme d'habitude.

“Toubib un des maquis du GCMA (groupement de commandos mixtes aéroportés) a été pratiquement anéanti par les viets. Seuls rescapés une quinzaine de blessés rassemblés à proximité d'un village Méo à environ 1700 mètres d'altitude. Impossible de les atteindre avec un hélicoptère. Ce sera difficile, après l'approche, cinq ou six heures d'escalade pour les atteindre et l'obligation encore de franchir un torrent très dangereux. Il n'y a pas d'autre solution que de les descendre dans la vallée de la Nam Kadinh où je vous enverrais l'hélico pour les évacuer. Ce ne sera pas une partie de plaisir, ce massif du Pounyou a mauvaise réputation. La colonne de secours est déjà prête et équipée. Bonne chance. Je garde votre caporal chef infirmier pour le suivi des soins à nos hommes et à la population.

- Thiom tu diras à Më Son que le MoSado Phallang est parti dans la montagne, qu'il avait l'écharpe à son cou et qu'il avait dit qu'il la porterait toujours ainsi, tant qu'il vivrait dans ce pays."

Les premières heures de marche sont rapides. Comme tous les Méos, le guide qui est descendu de la montagne pour nous prévenir et nous précéder pour la montée a été éprouvé par son séjour dans la vallée, il est pressé de se retrouver vers 900 mètres une altitude ou il retrouvera son dynamisme habituel.

Diop est reparti à Dakar. J'avais pu l'accompagner à Luang-Prabang grâce à un Beever providentiel (avion monomoteur utilisé par les compagnies aériennes civiles) et assister à son départ.

Toujours aussi beau et seigneurial, sa couronne de fleurs autour du cou, un enfant sur un bras, l'autre à la main, tous deux adorables, il adressait une dernière fois son irrésistible sourire à deux Phoussao en larmes que j'essayais tant bien que mal de consoler.

"Vous savez, je le connais bien, il est très gentil et les enfants seront très heureux avec leur père." J'en étais intimement persuadé du reste.

Ouane, Poung et Xieng Khane suivent péniblement. Après ces jours de calme et de détente dans le village Thaï ils ont retrouvé le comportement "Bo Penang" laotien. Cette mission les ennuie profondément et encore ne s'agit-il pas, je l'espère, de faire la guerre ce qui leur serait manifestement très pénible après les boun, bassi de ces derniers jours. Ce peuple ne goûte que la paix. Comme je le comprends.

Nous venons de profiter comme tous les ans à pareille époque d'un calme relatif respecté par tous les belliqueux en présence pour ne pas troubler la récolte de l'Opium et l'énorme marché, qui, au Nord Laos, dans la région dite des trois frontière Tonkin, Chine et Birmanie (dont Phong Saly est le chef lieu) commercialise la drogue. Cette ville qui apparaît dangereusement isolée est la garnison militaire la plus tranquille de toute l'Indochine.

L'Opium est la principale source de revenu des Méos (Méo est l'appellation vietnamienne et française, Miao est l'appellation chinoise qui veut dire sauvage ; entre eux ils se nomment Hmong qui veut dire homme libre mais aussi homme différent). Le pavot se sème en octobre et on récolte la sève en mars. La plante, d'un vert pâle et aux feuilles dentelées est assez haute, en moyenne un mètre. Les fleurs sont soit blanches, soit roses, soit bleues, soit mauves et c'est un spectacle qu'on ne peut oublier tant la vision dans ce paysage sauvage et rude du pays Méo d'un champ de pavots en fleurs où scintillent au soleil levant les gouttes de rosée est sublime.

Ce sont les femmes qui scarifient les bulbes car elles ont la légèreté et la sûreté du geste de la main indispensable. L'instrument est un petit grattoir armé de trois pointes triangulaires en cuivre. Le bulbe de pavot est sacrifié de haut en bas sur toute sa longueur. Avant de s'épuiser et de sécher, il subit cinq à six groupes de trois raies verticales. L'opération est faite le matin dès que la rosée est évaporée ou bien le soir et la sève recueillie avec un grattoir est déposée dans un bol où elle sèche.

Voilà ce que racontent les anciens non sans une certaine nostalgie.

La réalité actuelle est moins sereine. Les femmes ont pris l'habitude, en cueillant le suc du pavot sur leur palette de bambou d'y mélanger de la pâte de soja (avec trois kilos de drogue on en fait quatre). C'est le Ya Ying pour Thaï ou chinois comme elles disent en riant. Bien sûr ils font aussi du Ya Ying pour leur consommation et de façon on ne peut plus artisanale en faisant bouillir la drogue “pure” et brute dans un ustensile conique en cuivre que de longues pinces de fer maintiennent au dessus du feu. Réduit de moitié la drogue est filtrée puis conservée dans des pots ou de simples boîtes. Mais la presque totalité du Ya Ying est falsifié le plus fréquemment avec du soja mais aussi en le mélangeant à de la terre, du gypse, des sucres colorés et d'odeurs voisines comme la laitue vireuse.

Il est vrai que l'Opium est devenu plus rare du fait même de la guerre et son prix augmente tous les jours et aussi les Méos ont des besoins nouveaux = tissus, transistors, lampes électriques, ustensiles de cuisine provoquant des besoins d'argent. Les Thaïs et les chinois leur vendent ces produits, très cher, aussi les Méos leur vendent à leur tour le Ya Ying au soja. Et tout le monde connaît bien la façon d'exprimer ce pittoresque négoce.

Le chinois roule le thaï qui roule le méo mais, le méo roule le chinois qui roule le Thaï qui roule le viet. Ils n'ont pas encore inclus les français dans cette subtile programmation commerciale. Il est vrai que nous faisons commerce à part avec la gestion d'un des plus importants marché celui de Xieng Kouang la capitale de la plaine des jarres où j'étais responsable de l'antenne médicale à la même époque, l'an passé. Tout le monde connaissait le Nord atlas militaire qui chargeait l'Opium des méos du Tran Ninh et même sa destination Saïgon pour être livré au chef de la sûreté de sa majesté “Bao Daï” qui en assurait la conversion en piastres. Aucun mystère malgré le climat ténébreux “secret d'état” sciemment entretenu et pimenté par les journalistes distillant le suspense à des lecteurs affamés. C'était les vietnamiens qui devaient commercialiser cet Opium ou bien les franco-laotiens (en ce qui concerne les gros marchés).

Devant cette insolite alternative le général Salan (avec le feu vert des autorités politiques et en bon militaire) avait tranché. En parfaite connivence avec Touby le chef méo qui organisait la récolte, il assurait le transport par avion militaire jusqu'à Saïgon où Bay Vien (Général, chef de la sûreté de Bao Day) achetait la marchandise en gros avant de l'écouler dans les fumeries, tripots et bordels dont il avait le contrôle absolu. Les piastres en retour servaient à créer ou à entretenir les maquis méo du GCMA en achetant armes, équipements et ravitaillement, le surplus étant réparti par Touby à ses hommes au cours pratiqué dans les montagnes bien entendu. Je ne suis pas assez naïf pour croire que tout était aussi simple et que beaucoup de "surplus" ne s'éparpillaient pas entre Saïgon et la plaine des Jarres.

Comme disait un grand chef du GCMA "le trafic de l'Opium est une mission secrète, spéciale et officielle, mais elle apparaît nécessaire pour la conduite de la guerre".

Dans le camp adverse c'était exactement la même chose, mais sans nuire à l'idéologie marxiste. Ho chi Minh avait du confier au général Giap la "mission secrète, spéciale et officielle" d'encourager la culture du pavot et d'écouler la récolte par les intermédiaires chinois qui la plaçaient sur tous les marchés d'extrême orient. Bien entendu une propagande officielle jetait en même temps l'anathème sur la drogue, en interdisant l'usage au peuple et bien entendu aux Bo Doï (soldats vietnamiens).

Et puis il y avait les petits bras qui trafiquaient soit pour leur bénéfice propre soit pour servir d'intermédiaires aux gros bras précédemment décrits = soldats nationalistes chinois du général Li Mi (qui refusait obstinément sa mutation à Formose tant il était bien à cheval sur la frontière), maquisards Kmou, Lao ou méos opérant par petits groupes en escortant les colonnes de coolies qui transportaient la drogue, vers la frontière de Chine, avec les passages à proximité de Phong Saly ou de Muong Sing. Dans ces deux petites villes épargnées volontairement par les "va-t-en guerre" des deux camps étaient en effet installés les inévitables commerçants chinois bien appréciés de tous. En temps normal ces personnages incontournables vous vendaient tout ce que vous pouviez désirer de la brosse à dent à la mitrailleuse. Je demandais un jour à l'un d'eux chez qui je venais d'acheter le fusil perdu ou abandonné quelques jours auparavant par un de mes infirmiers... (pour aller plus vite), "et si je te commandais un Dakota" (avion de transport américain), il réfléchit un moment et me dit :

"C'est d'accord mais ça va prendre un peu de temps et je ne peux te le livrer que sur le terrain d'aviation de Vientiane."

Au moment de la récolte de l'Opium le chinois vendait des embuscades plus ou moins lucratives suivant les piastres que vous vouliez sacrifier pour l'opération. Malheureusement comme ce petit commerce fonctionnait comme une vente aux enchères et que c'était en définitive au plus offrant, bien malin était celui qui obtenait la bonne embuscade. De fausses en vraies embuscades les candidats finissaient par s'éliminer mutuellement en combats stériles et le chinois continuait à dormir tranquille.

Dans toute cette effervescence, les méos, sur leurs montagnes, pensent avec sérénité qu'ils élaborent la bonne drogue celle qui guérit bien des maladies (c'est vrai), que leur Ya Ying (nom méo pour l'Opium) leur assure une vieillesse agréable quand ils ne peuvent plus satisfaire les filles, chasser ou faire la guerre et puis enfin qu'elle leur procure une mort agréable.

Quand à leurs femmes, elles ont sur la question un point

de vue sans appel = une jeune fille n'épouse jamais un opiomane pour deux raisons, il ne travaille pas et il est lamentable au lit.

Le sergent chef Naï Pat, dix ans d'armée déjà dans l'armée laotienne supervise l'expédition. Loiselet m'a affecté un des meilleurs sous officiers du bataillon, compétent, respecté et connaissant parfaitement le terrain. Il va me libérer de toute la partie logistique de l'opération. Il surveille le guide méo qui attaque les premières difficultés avec sa vivacité retrouvée, malgré la charge de sel sur ses épaules, qu'il a du acheter dans la vallée.

Nous sommes chargés car j'ai décidé d'emporter des attelles et tout un matériel d'appareillage pour aller plus vite et éviter le bricolage habituel avec les bambous, valable mais demandant du temps. Le temps nous est compté et je ne dois pas manquer le rendez-vous avec l'hélicoptère.

Je pense en grimpant à ce maquis dont nous allons secourir les rescapés. Ils sont organisés comme ceux que nous avons connu dans la résistance en France occupée et avec les mêmes objectifs = en petites unités, fournissant des renseignements sur les viets grâce à des équipes radio formées et entraînées, intervenant avec des équipes de sabotage, servant de filières d'évasion, capables de tendre de petites embuscades. A leur tête un ou deux sous officiers français ayant adopté le mode de vie des A Kha, des Tsa Khmu ou des méos, sans grade apparent, vêtus comme eux et souvent coiffés comme eux. Evidemment rien à voir avec mon chef de maquis du Lot, le brave Maillol, qui arborait fièrement ses quatre galons sur sa tenue d'officier de réserve.

Ces maquis du Nord Laos avaient été crées dans les premiers mois de 1953, ils étaient presque entièrement composés de méos car recrutés par Touby Lyfoung, leur chef, avec l'accord du roi, Sisavang Vong, du fils héritier le Prince Savang et du prince président Souvanna Phouma. L'action de ces maquis avait été déterminante dans l'évacuation de Na San par voie terrestre, malgré l'encerclement par les viets et avait évité le pire au cours de l'évacuation de Sam Neua sur la plaine des jarres.

Loiselet à mon départ ne m'avait pas caché son inquiétude devant l'élimination de ce maquis du GCMA par les viets. Le général Giap avait-il tiré les leçons de Na San et commençait-il à détruire les maquis, nos yeux et nos oreilles, autour du camp retranché de Dien Bien Phu.

Nous attaquons la montagne du Pounyou. La piste est devenue un mince sentier, serpentant dans le clair obscur d'une végétation inextricable où les hautes herbes masquent la partie basse de troncs gigantesques d'où émergent d'énormes branches couvertes d'un filet de lianes s'entremêlant d'un arbre à l'autre. L'escalade est abrupte, je monte “à la laotienne” en m'agrippant aux branchages et aux lianes.

Une brèche dans le feuillage et apparaît brusquement la grande cascade que le son de bouillonnements tumultueux nous annonçait depuis un moment. Impressionnante chute d'eau, éclatant au milieu d'énormes rochers parsemant le lit tourmenté et bruyant du torrent. Maï Pat est parti en amont à la recherche d'un passage qui s'annonce difficile, pendant une courte pause reposante après quatre heures d'ascension ininterrompue.

Le sergent a réussi à passer sur l'autre rive en suivant les rochers et en évitant les courants et les tourbillons. Il accroche la grosse corde qui ceinturait ses hanches et dont nous tenions l'extrémité à plusieurs pendant sa tentative, sur le tronc le plus proche de l'autre rive. Nous aurons une bonne assurance pour le franchissement. Je ne peux m'empêcher de penser au retour avec les blessés.

Dernier obstacle une pente à pic, presque un mur d'escalade où les rochers émergent de la végétation, si nombreux que la piste se perd peu à peu. Les cordes à nouveau pour monter le matériel puis les hommes. Il n'y a plus de branches accessibles ni de lianes. Il fait froid, les arbres sont couverts de mousse, les premières nappes de brouillard apparaissent. Nous avons du atteindre plus de 1500 mètres d'altitude.

Ils sont bien là, sous le col, dans un petit vallonnement où coule un ruisselet sous des abris de branches et de feuillages ou quelques rares toiles de tente, les seuls rescapés de ce maquis. Je monte au village qui les ravitaille, à demi-heure de marche avec Naï Pat et deux chasseurs pour remettre au chef du village quatre plaquettes d'argent et un sac de sel en remerciement pour son aide et aussi pour acheter un poulet pour améliorer l'ordinaire. Il m'a offert le poulet et l'hospitalité pour la nuit. J'ai préféré redescendre passer la nuit avec mes hommes et avec les blessés. Ouane avait déjà du faire mon trou mais à cette altitude il n'y avait pas de bananiers pour tapisser le fond. Ce n'est pas lui qui m'a réveillé mais Naï Pat complètement affolé.

“Toubib, nous savons tous que tu es un bon médecin et que tu as fait tout ce qu'il fallait pour soigner ces blessés mais comment allons nous les transporter à présent.”

Evidemment quand je contemple mon œuvre de la veille et malgré le satisfecit que je m'accorde avec sérénité, je reste perplexe. Cette petite troupe prête au départ fait un tantinet encombrant. Passe encore pour les blessés des membres supérieurs transformés en basques porteurs de la chistera pour les plus modeste jusqu'aux plus atteints figés pour un temps dans le geste auguste du semeur de Millet, mais les appareillés des membres inférieurs dépassent nettement les limites acceptables de "l'épure", les petits chasseurs laotiens ont rejoint en longueur les joueurs de basket américains.

Le sergent qui a retrouvé son calme, me rassure.

"En route, on va essayer de descendre ; sur les à pics rocheux nous avons heureusement les cordes, pour franchir le torrent je vais réfléchir, c'est plus périlleux. Quand au pilote de l'hélicoptère c'est toi qui t'expliquera avec et je sens que ça ne va pas être triste."

Finalement tout c'est bien passé avec bien des émotions et de grosses difficultés au niveau du torrent ou nous avons du passer dans le courant avec de l'eau jusqu'à la poitrine, heureusement encordés pour ne pas être entraînés.

Nous attendons l'hélicoptère dans une clairière vaste comme un terrain de sport dont un bon quart est constitué par un banc de sable de la Nam Kadinh, Nos vestes sèchent sur des branches piquées dans le sable. Ce soir je reverrai Më Son si tout va bien et s'il n'est pas trop tard pour que l'hélico, après avoir laissé les blessés à l'antenne chirurgicale de la plaine des Jarres, me ramène au village pour rejoindre le bataillon.

Après l'effort, l'émotion, le doute, la crainte, l'hésitation et l'extrême tension, j'aime cet instant de relâchement total dans la sérénité retrouvée, d'abandon complet dans un présent calme et rassurant avec l'ardent désir d'abandonner le passé pour s'élancer vers une nouvelle aventure aux limites et contours encore indécis, aux voies encore incertaines mais induite par une pulsion irrésistible.

Le passé s'estompe et ne demeurent que quelques souvenirs forts jalonnant ma dernière année en métropole. La fin des études toulousaines et ma thèse de Doctorat avec le dernier et touchant témoignage d'affection de Martel qui m'avait offert un des sujets "réservés" comme dit Picinni. Les retrouvailles avec Lulu descendue de Paris à cette occasion et la sensation rassurante de la revoir avec la même passion charnelle, comme si nous nous étions quittés la veille. Nos interminables étreintes dans la chambre de la rue Ozenne, ma dernière résidence dans la cité Rose, au rez-de-chaussée de l'immeuble du Professeur Barlet à qui je devais cette location confortable et qui comme Martel m'avait soutenu et aidé avec une chaleureuse sollicitude.

La "montée à Paris", doctorat en poche, pour le stage de prestige réservé aux futurs médecins militaires, à l'hôpital du Val de Grâce. Le trop court retour aux Beaux-Arts, grâce à la lettre de recommandation de Barthez pour son ami Grandidier qui m'avait accepté avec sympathie parmi ses élèves parisiens.

Mon égérie retrouvée. Les seins de Lulu étaient un peu plus lourds, mais elle était toujours généreuse et dynamique. Certes je n'avais plus droit à son appartement personnel et nos sorties se terminaient toujours dans un petit hôtel du boulevard Saint Michel. Nos étreintes étaient toujours aussi animées et imaginatives mais elle avait perdue l'habitude d'ouvrir la fenêtre pour faire bénéficier le quartier de ses gémissements sensuels et luxurieux. Finalement nous étions devenus deux complices toujours prêts à partager une petite tranche de vie ou seulement quelques heures avec la même passion et le même enthousiasme. Son attachement fidèle et constant à ma personne, m'avait-elle confié un soir, était lié à quelques critères.

Tu ne poses jamais de questions, tu fais bien l'amour, tu racontes des histoires passionnantes surtout au dessert, tu ne te prends pas au sérieux, tu as la liberté d'esprit des artistes, au final tu es original et marrant. Tout un programme!

Quand Lulu était de service à la maternité ou bien j'assurai un service de médecin de garde dans une salle de variétés (privilège accordé aux stagiaires du Val de Grâce) ce qui m'avait permis d'assister à de nombreux spectacles parmi lesquels j'avais été impressionné par la mise en scène du "chanteur de Mexico" avec Luis Mariano au Châtelet, ou bien je faisais le "Boul Mich".

Un soir, j'y avais retrouvé "Ciceron" le professeur de latin qui m'envoyait toujours au fond de la classe avec un art oratoire digne d'un membre de l'assemblée du peuple sur l'agora romain. Il était devenu un chansonnier bien connu du "Théâtre de dix heures". A la libération il avait déserté l'enseignement, terrorisé, m'avait-il avoué par les méchants élèves. (dont je faisait sûrement parti). Il m'avait tout de même donné gentiment quelques billets d'entrée pour son spectacle.

Nous savions déjà que notre promotion allait faire ses premières armes en Indochine. Est-ce la raison qui m'avait poussé à organiser une virée de retrouvailles pour les trois "godillots" de la 2ème section, 3ème compagnie du 5ème bataillon des FTPF du Lot ? Dans mon esprit réunion plus branchée sur la gaudriole que vers l'ambiance banquet des anciens combattants.

Fred m'avait reçu dans un salon particulier d'une bijouterie de la place Vendôme. J'avais eu son adresse par Jacques, miraculé de Buchenwald où toute sa famille avait disparu, avant son départ définitif pour l'Amérique. Fred me dévisageait avec une curiosité insistante et enjouée comme si je venais d'un autre monde, pendant que je tournicotais la petite cuillère d'argent dans la tasse de thé pour me donner une contenance, sans oser toucher aux petits fours. Il avait beaucoup grossi et une calvitie frontale affirmait une forte personnalité que la douceur de son regard exprimait dans une sereine autorité.

Je n'avais plus aucune tentation à lui rappeler ses facéties dans le maniement de la mitraillette Sten qui avait fait sa célébrité au maquis et encore moins à l'inviter à une virée fruits de mer et jambes en l'air en Bretagne pour le Week-end. Il m'a appris la mort de son père et je lui rappelais que le mien portait toujours à son poignet sa montre qu'il lui avait offerte après la libération, au moment de leur retour à Paris.

Pierre l'Ancien nous avait rejoint avec sa femme Denise. Lui aussi avait pris du poids mais ses minces paupières laissaient encore filtrer un regard vif et malicieux. Il était toujours professeur de dessin à Angers où sa femme la "briviste" était institutrice. Il était resté le brave communiste de base sans d'autre ambition politique que de perpétuer la tradition familiale de gauche et consoler son père de la désertion vers le radical socialisme de son frère jumeau, vétérinaire qui, pour la clientèle, avait glissé vers la position plus classique et traditionnelle de la majorité électorale du département du Lot. Par contre la Denise représentait bien la militante de choc du parti, exaltée et un tantinet agressive qui avait tendance à confondre virée entre amis et toutes les occasions sont bonnes pour diffuser quelques anathèmes de style impérialisme colonialisme en me regardant. L'ancien était mal barré pour la gaudriole.

Malgré tout, la sortie en Bretagne avait été agréable. Lulu tempérait la logorrhée sovieto-léniniste de la briviste en la décontractant avec de bonnes et saines histoires de fesses à vous réveiller un pépé de 80 ans pendant que j'opérais la reprise en main de Pierre l'ancien avec l'évocation de nos plus célèbres "tours de con" : le Muscadet et les praires farcies avaient fait le reste.

Quelques jours plus tard c'était le grand départ. Par le hublot du vieux quadrimoteur Languedoc j'avais aperçu pour la dernière fois la silhouette élancée de Lulu et ses cheveux blonds, elle agitait sa main dans un ultime adieu.

A l'escale de Karachi dans les Indes, à la vue d'un guerrier Sikh à la tête enrubannée, armé d'une sulfateuse et pulvérisant sans pitié, de DDT, tout passager se présentant à la portière de l'avion, je repris le "coup du mort" qui m'avait si bien réussi avec le pauvre Lamouse, mon professeur de géographie, mais à l'échelle "internationale". Quand le fier militaire me pulvérisa à mon tour, je mimais des mains les battements d'ailes des hyménoptères, descendis l'échelle de débarquement en oscillant comme pris de vertige et en émettant au mieux le bruissement de la mouche agonisant sur la colle de la bande attrape, pour m'écrouler bras en croix sur le tarmac. Je fis le mort une bonne demi-heure en provoquant une pagaille inouïe dont je ne jouissais hélas qu'à moitié, ne comprenant pas l'anglais ni l'hindi.

Mon arrivée à Saïgon fut plus discrète et moins facétieuse. J'y avais écouté avec une respectueuse attention ce qui certainement allait, au fil des années, devenir la sempiternelle allocution de bienvenue et d'affectation, pendant la période militaire de mon activité médicale.

"Nous vous attendions avec impatience pour vous affecter à un poste que seul un homme tel que vous peut assurer. Nous savons que vous serez digne de cette mission exceptionnelle." (ça devait bien être Napoléon qui avait inventé la formule).

L'hélicoptère est en vol d'approche et le bruit de ses pâles qui déchire le calme ambiant met fin à mes réminiscences rêveries. Je suis frappé par la taille de cet appareil que je n'avais jamais vu auparavant, ce doit être un de ces fameux Sikorsky S55 que les américains viennent de nous livrer au titre de l'aide militaire. Je regarde Naï Pat, l'explication prévue à l'embarquement n'aura peut-être pas lieu, tant cet hélicoptère nous apparaît énorme. Tout le monde a pu embarquer et sans histoires.

C'est un appareil plus modeste, Hiller, qui de la Plaine des Jarres me ramène, avec mes trois infirmiers, au bataillon, mais sur la piste, plus au nord, loin du village où m'attendait Më Son.

5

La consultation est un véritable cérémonial = deux officiants, les mô, c'est à dire le Mo Sado (médicastre laotien) et moi même le médecin français "T'an mo ya" (le sorcier des médicaments). Il faut bien savoir que le terme Mo désigne en règle générale les sorciers et les guérisseurs, exception faite chez les Thaï et les Kmus qui réservent l'appellation aux seuls sorciers officiant pour les cérémonies rituelles, les autres étant désignés par Pro Muot, U Muot ou Me Muot. Chez les Thaï je ne suis pas "Mo Ya mais Quan Chang Ya (le chef qui sait les médicaments).

Derrière les deux principaux acteurs Thiom mon caporal chef infirmier et conseiller en Pi, Nê et tous esprits malfaisants intervenant directement chez tous les malades, Xieng Khane Ha connaisseur averti des plantes médicinales, Ouane qui supervise mes prescriptions afin d'éviter le rire des consultants si par mégarde ou étourderie je prenais quelque liberté avec la langue du pays. En retrait le PIM (prisonnier interné militaire) vietnamien qui prend des notes sur son petit carnet à la couverture protégée par un peu de toile de parachute avec un court morceau de crayon grâce auquel il effleure la page pour ne pas l'user trop vite.

Je m'étais battu pendant des mois pour faire accepter aux Laotiens la présence quand cela était possible bien entendu, du Mô local et un exercice en commun quand celui-ci était d'accord. Je leur avais bien expliqué que si en France, tout docteur militaire était médecin "chef" de quelque chose (ce qui ne m'a jamais procuré le moindre sentiment d'autosatisfaction), dans leur pays je voulais être un Mô ya, par respect pour la médecine traditionnelle et les pratiques rituelles, par nécessité puisque la guerre m'imposait une intervention temporaire sans possibilité d'assurer un suivi médical, avec l'espoir de laisser un peu de mon savoir au Mo Sado du village.

Cela n'avait pas été facile mais toujours passionnant et parfois émouvant. Le contact était différent avec chaque minorité ethnique de cette mosaïque de races qui peuplent les montagnes et les vallées du Nord-Laos.

Chez les Kha Kô (nom laotien, entre eux et avec les chinois ils s'appellent A Kha), la maladie ou la blessure est l'œuvre d'un esprit malfaisant le Nê. Ces montagnards, dont on trouve les villages à une altitude moyenne de mille mètres vivent dans des cases établies à flanc de montagne moitié sur pilotis, moitié sur terre battue, couvertes d'un toit en paillote qui affleure le sol en amont. On les reconnaît à leur costume veste et pantalon large arrêté sous le mollet et surtout à leur turban bleu foncé tordu en huit sur leur tête. Leurs femmes sont grandes, minces et ressemblent plus à des gitanes qu'à des asiatiques, elles portent des vêtements très colorés. Sur le fond bleu de leur costume, le rouge, le blanc et le vert des broderies, le rouge des ceintures de rotin, les teintes multiples des verroteries et le blanc éclatant des bijoux d'argent font un ensemble vif et gai.

Pour les Kha Kô l'homme est fait de deux éléments le Sông La (un groupe d'âmes) et le corps le Yô Gô. Pour eux le Sông La comprend trois âmes.

Quand une d'elles s'absente l'homme est “patraque”, si deux âmes vont faire un tour il est malade, si les trois s'en vont c'est la mort.

Pour soigner le malade il faut donc rappeler les âmes en promenade. S'il meurt le Sông La se rend au Nê Mi Khang (le domaine des morts) pour prendre place à côté de ses ancêtres. Il peut cependant après quelques années se réincarner dans le corps d'un autre homme s'il a été sage ou d'un animal plus ou moins affreux suivant les bêtises accumulées dans sa vie antérieure. Heureusement que je ne suis pas Kha Kô avec tous les "tours de con" de ma jeunesse, je risquerais de réapparaître sous la forme d'une araignée mygale.

La maladie étant l'œuvre d'un esprit malfaisant le Nê, le sorcier médicastre intervient à la demande et gratuitement. Ou bien l'examen du patient lui permet d'emblée d'identifier le Nê, ou bien il hésite et interroge le riz. Il invoque le nom du Nê qu'il soupçonne dans une prière, puis il prend une pincée de riz dans sa main droite et l'étale sur la paume de sa main gauche pour compter les grains et savoir si leur nombre est pair ou impair. Il recommence trois fois l'opération. Si le nombre des grains est pair à chaque fois, le Nê soupçonné est bien le responsable du mal. Dans le cas contraire il recommence, patiemment la procédure jusqu'à la découverte du Nê coupable par trois examens de grains pair.

Il est évident que si le patient trouve le temps long parce qu'il souffre beaucoup ou qu'il frémit de fièvre, je peux intervenir mais dans la plus grande discrétion. Si mains jointes sur la poitrine il me regarde puis incline légèrement la tête, si de mon côté mains jointes sur la poitrine, je regarde puis j'incline la tête alors je me tourne vers Ouane et lui donne mes instructions. Le malade momentanément soulagé, le rituel peut reprendre avec la même gestuelle mais c'est moi qui procède alors à la première inclinaison de tête.

Dès que le Mo Sado connaît le nom du Nê malfaisant il ne lui reste plus qu'à connaître ce qu'il désire manger. Il reprend donc la procédure du riz en plus simple cependant, une seule fois suffit. Ou bien le nombre est pair donc le Nê accepte le plat proposé ou bien le nombre est impair et on lui propose autre chose. Quand il a enfin choisi un met à sa convenance, il n'est pas servi pour autant. A malin, malin et demi, il faut d'abord que le Nê guérisse le malade, ensuite seulement il aura à manger.

Dès le moment ou le malade se sent mieux, il se procure l'animal destiné à l'esprit malfaisant. Après le sacrifice, le sorcier médicastre garde une cuisse avec la queue de l'animal et aussi la poitrine. Le reste de la bête revient aux gens de la maison du malade et s'il est très gros le reste du village peut en profiter. Enfin parfois le Nê exige aussi une somme d'argent obligatoirement accompagnée d'une brasse d'étoffe blanche qui demeurent évidemment la propriété du médicastre. Cette dernière exigence de l'esprit malfaisant ne devant être effectuée qu'après guérison complète, le malade oublie souvent la promesse faite.

Chez les P'u Noi, qui en laotien signifie “montagne petite” ou “homme petit” la consultation “médicale” ne repose pas sur les mêmes critères mais le rituel est à peu près semblable. Petits et musclés ce sont des porteurs exceptionnels, leurs femmes s'empâtent rapidement dès la vingtième année et deviennent obèses, elles sont transformées en bêtes de somme pendant que les hommes les suivent en les encourageant. Mais le Viêt-minh connaît bien l'aptitude des P'u Noi à marcher vite et longtemps sous les plus lourds fardeaux, et ils constituent souvent les colonnes de coolies suivant les Bo Doï dans les opérations militaires. Comme tous les montagnards ils portent une veste courte et un pantalon ample arrêté sous le mollet, le tout est teint à l'indigo en bleu sombre. Mais on le reconnaît à sa petite taille, au turban rouge vif qu'il est seul à porter dans toute la région, et à ses cheveux roulés en chignon maintenu par un peigne en bois (le chignon par temps de pluie lui sert à loger les allumettes). La femme P'u Noi porte une veste bleu foncé croisée sur la poitrine et une jupe faite d'une pièce d'étoffe noire enroulée et qui se fixe curieusement au niveau du pli de l'aine. Elle est coiffée d'un turban bleu foncé en forme de bonnet phrygien et agrémenté de petits pompons rouges en coton. Enfin ce costume est complété par deux pièces caractéristiques = un tablier qui se place derrière et une besace suspendue sur la tête et pendant sur la poitrine pendant la marche. Elle contient le coton cardé qu'elle file pendant les longues marches.

Comme les Kha Kô, les P'u Noi croient à la présence en eux d'âmes mais en plus grand nombre = neuf pour l'homme et dix pour la femme. La maladie provient de l'absence d'une ou de plusieurs âmes dont sont responsables les mauvais génies, la mort du départ de la totalité.

Les génies malfaisants sont spécialisés chacun dans une maladie bien déterminée.

Pour P'i Muong, le génie de la ville, c'est la fièvre.

Yatthadat, le génie des grottes est responsable de la diarrhée.

Laudat, le génie des ruisseaux est compétent en syncopes.

Chudat, le génie des marais rend fou

Yachidat, le génie des rays cumule trois spécialités = la furonculose, la dysenterie et la migraine.

Ahakeandat, génie des eaux provoque les vomissements

Sephudat, génie des mamelons et Mochodat, génie de la foudre déclenchent les maladies des yeux.

Yodat, génie des gros arbres, déclenche maux de dents et névralgies

Et enfin Mathudat, génie des jujubiers sauvages engendre les gros boutons

Okhandat, génie des arbres produisant la laque noire les

petits boutons.

Upidat, génie des fourmis noires, les petits boutons sur la tête.

Le responsable d'un mal étant identifié le sorcier a le travail plus facile. Il ne lui reste plus, si on fait appel à ses services, qu'à tuer un poulet et à l'offrir au génie en cause avec une petite prière qui se termine par une invite à le déguster (!)

Après cela il attache l'inévitable fil de coton blanc au poignet du malade et appelle les âmes en ballade à reprendre leur place par la prière appropriée.

La consultation chez les malades Khmu permet de faire connaissance avec des génies sans cesse à l'affût d'un mauvais coup ce sont les rô. A cela près qu'ils sont en nombre restreint, à l'inverse des innombrables P'i chez les laotiens et les thaï, et des Nê chez les A Kha. Ils sont très nombreux dans toute la région de Muong Sing les laotiens les appellent souvent P'u T'ing (les hommes d'en haut), pour eux c'est tout ce qui vit entre la plaine et la grande montagne réservée aux Méos (entre 400 et 1000 mètres d'altitude environ). Leurs villages sont en général riches et avec beaucoup de bétail, d'arbres fruitiers et de plantes potagères. J'en ai connu beaucoup dans les montagnes situées entre Luang Prabang et Xieng Khouang et on parle toujours des trésors cachés au fond de grottes inaccessibles aux environs des aiguilles calcaires de Muong Ngoï sur la Nam Ou. On reconnaît les Khmu à un teint très bronzé, à la longueur de leur pantalon noir, à leur veste courte fermée par de petits boutons d'argent cousus serrés, à leur gros turban noir sur la tête remplacé quelquefois par un chapeau de feutre, et aux oreilles des boucles d'argent avec aux poignets des bracelets.

Les femmes sont aussi bronzées que les hommes, elles

sont en général plus petites et aux formes lourdes, elles ont les dents laquées de noir. Leur costume est fait de petits corsages indigo, la jupe est identique au Sin laotien, de teinte sombre vert ou bleu foncé. Le turban bleu indigo est orné d'un liseré rouge et agrémenté d'une petite chaînette d'argent. Enfin elle porte une musette suspendue au front, tombant dans le dos. Leurs bijoux ne sont pas caractéristiques car les colliers sont Méo, les boucles d'oreilles Thaï ou laotiennes.

Les principaux rôi sont très proches des P'i laotiens ou thaï. Le rôi gang est le génie de la maison et c'est le moins malfaisant de tous. Il se contente de rendre malade le maître de maison (sans le faire mourir) quand des membres de la famille en prennent un peu trop à leur aise avec les règlements des ancêtres.

Le rôi pop (qui correspond au P'i Pop des laotiens et des thaï) à la spécialité de provoquer des maux de ventre. Il se fâche quand on oublie d'enterrer un chat mort.

Le rôi bri n'est autre que le P'i Pa des thaï (l'esprit des grands bois). On peut donc le rencontrer sur la piste à n'importe quel moment par contre il est facilement identifiable car tout malade atteint voit aussitôt des méo dans ses rêves. Pas étonnant qu'il donne surtout de violents maux de tête.

Le rôi Su est le P'i Su des thaï qui l'appellent aussi P'i P'ông. C'est de loin, le plus actif et le plus malfaisant et puis il est le seul qui peut être visible en s'introduisant dans le corps d'êtres humains qui deviennent eux même des rôi Su. On les reconnaît facilement à ce que leurs tempes sont dégarnies de cheveux et que le teint de leur visage devient facilement rouge vif.

Le rôi Pê so Công est le génie qui donne la variole. On peut soupçonner son intention si on voit en rêve un grand cerf distribuant des fruits bons ou mauvais. Suivant la qualité de ceux ci on contracte ou non la maladie. Seuls les malades qui ont les moyens peuvent éviter la variole en lui sacrifiant un cochon (pesant au moins cinquante kilos) et un chapon. Il s'agit en effet d'un génie puissant qui ne se contente pas de cadeaux ordinaires.

Il y a encore le Rôi Nâm très méchant lui aussi, spécialiste des maux de ventre, le Rôi Cuot qui est en cause dans les fausses couches et même un Rôi qui n'en serait pas un, le Rôi R'nai, qui détermine chez le patient un désir de manger suivi d'un refus de l'aliment quand il le sent. Pour ce dernier le traitement du sorcier est simple, il invite le Rôi à respirer l'odeur de l'aliment refusé et de vouloir bien laisser en paix le patient. Il ne reste plus qu'à pousser celui-ci hors de la case. Ou bien il s'affaisse sur le chemin et c'est terminé il va guérir, ou bien il continue tranquillement de marcher et c'est le signe de la chronicité irrémédiable.

Pour être sur d'identifier le vrai Rôi en cause, les Khmu emploient le procédé du riz (pair ou impair) comme les A Kha et les P'u Noi mais aussi l'examen de l'œuf méthode beaucoup plus rapide en cas d'urgence. On étudie les taches rouges sur les jaunes d'œuf de poule non frais (indispensable).

De petits points rouges régulièrement disposés c'est le Rôi Pop

Des taches plus grandes c'est le Rôi Bri

Des petites stries parallèles c'est le Rôi Gang, le génie de la maison

La moitié du jaune est d'aspect normal, l'autre moitié est striée de filaments sanglants c'est le Rôi Pê so Cong

Deux grandes taches rouges entourées d'un entrelacement de petits filaments c'est le Rôi Cuot.

Deux grands filaments rouges entrecroisés c'est le Rôi T'ao.

Quand le jaune a envahi l'œuf entier c'est le redoutable Rôi Nâm.

Le Khmu a encore une corde à son arc. Il peut s'il tombe malade avoir déjà une idée sur ce qui l'attend et savoir s'il peut se passer de l'intervention du sorcier. Il énonce successivement, en comptant sur ses doigts et en commençant par la phalange inférieure du pouce (qui compte pour trois phalanges) les seize jours de son calendrier en appelant en premier lieu le jour où sa maladie s'est déclarée. La phalange sur laquelle il s'arrête lorsqu'il arrive au jour de sa naissance, lui donne l'identité du Rôi qui lui veut du mal et aussi sur le degré de son agressivité. Par exemple lorsque le compte s'arrête sur le pouce, l'index ou le majeur c'est le Rôi gang ; s'il tombe sur les deux autres doigts c'est le Rôi Bri.

Pour un consultant masculin si le compte s'arrête sur une phalange extrême c'est grave ; les phalanges inférieures sont néfastes aux femmes, les phalanges intermédiaires sont sérieuses pour les jeunes filles mais bénignes pour les femmes âgées.

En cas d'apparition d'une épidémie, la plus fréquente étant le typhus de brousse, on peut isoler le village et empêcher, autant que faire se peut, les Rôi de pénétrer à l'intérieur en édifiant des Ta Lê sur les pistes d'accès à une centaine de mètres des dernières maisons. Ce sont de petits treillis de bambou enfilés verticalement sur des piquets plantés en terre. Les A Kha en utilisent le Da Long qui joue le même rôle ; il s'agit de deux piquets supportant une traverse garnie d'un petit grillage de bambou.

La piste longe le Ray, une nasse de bambou tressé planté verticalement dans la vase doit retenir les silures prisonniers, une petite réserve à poissons. Je pense à l'emprunt de Mareuil sur la Dordogne où avec mon père nous pêchions ces mêmes "poissons-chats" qui avalaient le ver et l'hameçon jusqu'aux tripes à mon grand désagrément. Ici il suffit de repérer les deux petits orifices qui signalent sur la vase la présence du poisson et de plonger la main dans la boue gluante. Ouane m'avait appris cette pêche comme Poung m'avait initié à la chasse aux iguanes. Mais il fallait rester des heures immobiles, le nœud coulant d'herbe devant le trou, repère du terrier de l'animal, avant qu'il daigne se montrer et de toute façon j'étais presque sûr de manquer le coup de poignet du bon traqueur qui permettait à ce licol improvisé d'emprisonner la tête de l'animal. Mais Poung ne ratait jamais la prise ; il enlevait ensuite la peau et les écailles du gros lézard en le tournant sur la flamme avec délicatesse exactement comme la grand-mère Marie enlevait les duvets des volailles pour en rendre la peau d'une blancheur nacrée immaculée. Les tranches de queue à la coupe triangulaire ont la saveur de la langouste grillée et seule la coupe en haricot de cette dernière permet de faire la différence.

Nous remontons vers le Nord une fois encore, inlassablement et sans même l'espoir d'un dernier et définitif effort, comme les montagnards et même comme les viets. Mais le laotien lui se fatigue de recommencer toujours. Cela l'ennuie profondément. Il a tant de Boun, de Bassi ou de fêtes à célébrer qu'il n'y a plus de temps pour la guerre. Il y a longtemps que je ne tente plus de les convaincre qu'ils ne peuvent rester indifférents devant les tentatives des vietnamiens d'occuper leur pays et que nous sommes là pour les aider, comme il y a un siècle nous avons empêché les annamites de les coloniser.

En novembre 52, notre bataillon occupait la cuvette de Dien Bien Phu puis il s'est replié décimé jusqu'à Nam Bac.

En mars 53, il était reparti vers le nord et s'était installé à

Sam Neua. Au début d'avril il se repliait sur le plateau du Tran Ninh. C'est là que j'ai eu le plaisir de voir et de montrer à mes camarades la photographie, en première page de la "Dépêche du Midi" en date du 14 avril, d'un élément de notre bataillon franchissant une rivière. L'entête de l'article mentionnait "Les Franco-laotiens quittent Sam Neua tandis que les autorités politiques s'interrogent sur l'opportunité de saisir l'ONU d'une plainte en violation des frontières".

En janvier 54, nous étions à Nga Na Son à quelques jours de marche de Dien Bien Phu après avoir repris Muong Khoua aux viets et nous avons réalisé une liaison avec les assiégés du camp retranché.

Nous venons de quitter Nam Bac en direction du nord, encore une fois, vers Muong Noï village que nous connaissons bien et où j'espère retrouver un ami le Mo Sado local pour une consultation partagée.

Thiom Ban Lao marche devant moi, comme d'habitude, d'un pas désabusé, il se retourne de temps en temps avec le visage fermé de celui qui pense "c'est bien pour te faire plaisir". Nous sommes restés trop longtemps au repos dans le village et les Bassi ont laissé des traces plus profondes que le petit bracelet de coton blanc que nous portons tous au poignet.

Ouane est derrière moi, comme toujours, attentif à rectifier mes erreurs de langage en laotien et à veiller à l'application de ses protections rituelles pour qu'il ne m'arrive rien de fâcheux. Si je fais une halte pipi au bord de la piste sous un bananier sauvage, il vérifie toujours si après avoir refermé ma braguette, je n'ai pas la mauvaise idée ou la simple étourderie de me gratter le sternum au risque de polluer par contact le Bouddha qui pend sur ma poitrine. Si tel était le cas, il faudrait trouver au plus tôt, au gré de nos pérégrinations, une pagode non abandonnée et un bonze compatissant qui veuille bien plonger mon pendantif dans la vasque de pierre pleine d'eau prévue pour tester la pollution = s'il flotte, je peux reprendre la piste tranquille ; s'il plonge le bonze m'en donne un autre "purifié" moyennant une petite liasse de piastres.

Le PIM (prisonnier interné militaire) suit, derrière Ouane qui lui a attribué cette position sans appel pour un motif tortueux qui m'échappe. Il ne m'a pas été facile de l'intégrer à "l'équipe santé" au contraire... de celui qui suit notre commandant = le cuisinier (quand on sort quelque fois de l'ordinaire riz poisson séché et viande boucanée) du "petit" Etat-major du bataillon. Evidemment après avoir servi successivement les grands chefs Viêt-minh, puis le Colonel Gilles à Na San, son affectation actuelle devait lui sembler plus discrète malgré la considération que lui portait Loiselet qui n'hésitait même pas à lui accorder des permissions de "détente" (aussi incroyable que cela puisse paraître).

Avec Tran Van Tu cela avait été plus difficile. Il est vrai qu'il s'était présenté avec deux défauts majeurs pour mes laotiens (sans compter celui d'être vietnamien), il parlait français et puis il avait un petit carnet semblable au mien (à la différence près qu'il y notait mes réponses à toutes les questions qu'il me posait et que dans le mien il n'y était représenté que des têtes de buffles en train de rigoler ou quelques croquis de pagodes et de Rays). Passons sur les conseils de prudence qui avaient saturé son affectation = espion, assassin en puissance qui allait m'éliminer, saboteur. Le pire était à venir quand j'ai prié mes infirmiers de substituer au terme de PIM qu'ils distillaient à longueur de journée avec une satisfaction évidente, celui de son nom. L'incompréhension avait été totale et sans appel pendant un bon mois. Avec le temps la situation avait évolué = j'étais toujours en vie, il ne s'était jamais absenté pour renseigner les viets, il n'avait pas saboté les seringues, il n'avait jamais profité des combats pour rejoindre ses anciens camarades. J'avais un infirmier supplémentaire et que j'estimais (sans trop de manifestations exubérantes de mes sentiments, on ne sait jamais).

Nous contournons Ban Ban par la forêt sur une piste de montagne. Le temps des Da Leng et des Ta Lê qui nous prévenaient à l'entrée des villages des épidémies puis de la présence des viets ont disparu. Loiselet est inquiet et il sent le danger comme un vieux renard. Plus question de s'installer dans un village, peut-être désert du reste, mais passer assez loin pour être le plus discret possible. Plus au nord le camp retranché de Dien Bien Phu, constitue le "hérisson" (expression du grand Etat-major) qui va protéger le Laos de l'invasion vietnamienne comme l'écrit le journaliste de "la Dépêche du Midi" sur l'exemplaire que m'a récemment envoyé mon père. Quand, de temps en temps, le DC3 nous parachute le courrier, j'ai le "privilège" d'être sur le terrain et d'en lire le compte rendu sur le quotidien. C'est très instructif et source de réflexion.

A quatre jours de piste au nord de Ban Ban, au petit matin, quand le "fond de la vallée s'enfume d'un brouillard blanc qui s'effile, se balance et s'étale" comme disait Colette, quelques courtes rafales d'armes automatiques, comme étouffées par la moiteur blafarde et dense, puis à nouveau le silence, un peu plus oppressant comme à chaque fois. Je rejoins Loiselet qui s'est déjà porté en tête de colonne près de ses éclaireurs.

Une petite clairière, un feu qui se meurt, six Bo Doï sans vie dans leur treillis vert foncé, des casques de latanier épars piqués d'une étoile rouge, quelques boudins de riz certains prolongés de traînées blanches et puis des sacs éventrés laissant s'échapper un nombre incroyable de plaquettes d'argent. Loiselet compulse une paperasse calligraphiée qu'il commente à haute voix avec le PIM cuisinier promu interprète.

Le poste radio ANGRC 9 grésille. La division viet 308 amorce une grande offensive en direction de Luang Prabang repli immédiat sur Muong Saï qui devient centre de résistance.

Loiselet avait compris, avant même cette annonce, il savait que nous venions d'anéantir une petite avant-garde de la fameuse division et que les viets allaient immédiatement savoir où nous étions.

Depuis quatre jours et pratiquement quatre nuits nous marchons sans arrêt. Le Commandant avait choisi tant que cela était possible le repli le plus rapide mais aussi le plus risqué c'est à dire en utilisant les vallées. Il m'avait expliqué que les unités viets endivisionnées étaient moins rapides que le bataillon de secteur qui nous disputait périodiquement le terrain. Ils traînaient derrière eux une armée de coolies, surchargés, qui n'étaient pas très enthousiastes pour les cadences accélérées.

Et puis ils ne bénéficiaient pas comme au Tonkin, en Annam ou en Cochinchine de dépôts d'armes et de ravitaillement préparés avant l'offensive, les populations leur étant hostiles et les maquis surtout méo très efficaces. Ils s'éloignaient donc progressivement de leurs bases du Tonkin et de la frontière de Chine ce qui ne leur facilitait pas leur progression vers le sud.

Epuisée, mon équipe s'est affaissée sur place, incapable de creuser des trous individuels de protection et même de faire cuire un peu de riz. Nous occupons la crête d'un mamelon, au milieu d'une vallée étroite. Je parviens jusqu'à Loiselet toujours debout, comme moi, au milieu d'une troupe anéantie de fatigue et paraissant incapable de la moindre réaction. Il est nerveux, tendu et inquiet. La nuit est sombre et humide mais le brouillard n'est pas encore levé.

“Toubib observe bien les crêtes des montagnes de part et d'autre de la vallée.

- Je ne vois rien.

- Fixe ton regard sur un seul secteur sans bouger les yeux.”

A présent je vois bien à de longs intervalles le petit éclair de lumière fugace.

“Si nous ne reprenons pas la piste immédiatement au petit matin nous serons encerclés et anéantis. Avec Le Meur et toi nous devons redresser tout ce monde et sans tarder.”

C'est un bataillon de zombies qui s'est remis en marche, réanimé encore une fois par l'aura émanent de Loiselet, et soutenu par la confiance inébranlable en celui qui seul pouvait à nouveau nous éviter le pire. Pas de ravitaillement prévisible, tout parachutage nous signalerait aux viets et une partie ou la totalité risquerait de toucher terre parmi eux. Pas de liaison radio régulière, exception faite d'un gros coup dur.

La semi-obscurité de la forêt tropicale et son atmosphère moite et oppressante nous enveloppe inexorablement. Nous ne verrons plus le ciel dans un éclair lumineux qu'au franchissement d'une rivière ou à l'accès d'un col en haute altitude.

C'est sur un de ces cols dans une trouée au milieu des nuages qui couvrent la vallée que nous apercevons le camp retranché de Muong Say, un point minuscule au fond d'une mer de montagnes couvertes de forêt. Loiselet m'attend. A ses pieds un sergent français épuisé, pâle enveloppé dans sa toile de tente. Il n'ira pas plus loin et il le sait. Après une épidémie de typhus de brousse nous avons encore quelques cas isolés. Je regarde le Commandant désespérément, mais je connais par avance la décision terrible, impitoyable. Il restera là et le sergent le sait. Pas un de nous n'est plus capable de le transporter pour traverser les lignes viets qui sont entre nous et le camp assiégé. Sans ravitaillement depuis deux jours nous subsistons malgré l'épuisement physique avec quelques cœurs de bananiers sauvages et les quelques grains de sel qui peuvent encore exister en grattant bien le fond de la poche frontale du pantalon de treillis et en buvant l'eau des ruisselets cascadant entre les rochers. Déjà beaucoup de laotiens ont jeté leurs armes dans les broussailles pour s'alléger et d'autres ont déjà du nous quitter, abandonnant treillis et pataugas au bord de la piste, vêtus du pantalon et de la petite veste bleu indigo qu'ils ont tous au fond de leur sac au cas où.

Loiselet ne voulait pas et il avait raison mais je suis resté encore un moment avec le sergent après le départ des derniers éléments. De la dernière et récente épidémie il restait miraculeusement encore quatre comprimés de Chloramphénicol (antibiotique) au fond du sac que portait Tran Van Tu, perdus au milieu des pansements et des syrettes de morphine.

“Dès que nous arrivons à Muong Saï, le commandant me l'a promis, nous viendrons te chercher avec l'hélico.”

Je sors de ma poche le morceau de sucre enveloppé dans un bout de toile de parachute, ma dernière réserve.

“C'est tout ce que je peux te laisser.”

Ses yeux fiévreux, me fixent avec intensité, dans une ébauche de sourire, tendu, angoissé. Il respire difficilement.

“Toubib, si tu t'en tires, quand tu reviendras au pays, le nôtre à tous les deux… le Quercy… il faut que tu ais une petite pensée pour le Sergent… tu vois… comme si tu faisais naître… pour un instant… un petit fil invisible entre ce qui restera… peut-être… de moi, ici… et les causses de mon enfance.

Et maintenant fous le camp ! Nom de Dieu ! où tu vas te faire faire aux pattes avec tes gars."

La végétation pourtant luxuriante n'avait pas eu le temps d'effacer la piste tant des milliers d'hommes en marche à la file indienne soit dans un sens soit dans l'autre l'avaient empruntée. A chaque pas une veste de treillis, une chaussure, un sac abandonné témoignent d'une retraite précipitée. Combien d'armes avaient elles été jetées dans les herbes à éléphant ou au milieu d'un lacis impénétrable de lianes.

Je marche machinalement, d'un élan instinctif plus que conscient, obsédé par l'image de cet homme que je venais d'abandonner malade et seul = ce pays d'un village peut-être proche du Roi du Guet qui avait partagé avec moi deux ans d'aventure sans se confier ou se rapprocher de moi. Quel mystère, quelle douleur, quelle honte secrète poursuivait le Sergent ?

Deux énormes explosions déchirent brutalement le silence de la forêt. Comme mes hommes je me couche d'instinct dans les herbes qui bordent la piste. A nouveau le silence. Pas de doute ce sont les batteries d'artillerie de Muong Saï qui encadrent la piste de leur tir, confirmation que les viets qui encerclent le "hérisson" ne sont pas loin. J'y vois un peu plus clair dans ma tête, le danger m'éclaircit les idées comme quand j'interviens sur une urgence médicale.

Poung et Xieng Kane sont déjà vêtus de leur petite veste de coton et de leur pantalon bleu indigo, Ouane l'air indécis a mis son sac ouvert à ses pieds, Thiom le caporal chef est toujours en treillis, le chapeau de brousse sur la tête. S'ils ne sont pas déjà partis ou bien ils veulent me dire au revoir et à bientôt ou bien ils attendent une intervention de ma part.

"Nous devons quitter la piste immédiatement et

descendre la montagne dans la forêt pour avoir une petite chance de parvenir à la vallée. Si vous estimez qu'il est plus facile et sûr de tenter votre chance individuellement, sans armes et sans uniformes, allez-y je ne vous en voudrez pas, mais laissez moi un coupe-coupe pour me faire un passage." Ouane a sorti ses vêtements indigo de son sac et me les tend.

"Merci beaucoup, mais tu vois, j'ai ton Bouddha sur ma poitrine et l'écharpe de Më Son autour de mon cou." Je ne lui ai pas dit que j'avais aussi dans mon vieux portefeuille enveloppé dans de la toile de parachute, une vieille photo de la grand-mère Marie filant la laine avec sa quenouille devant la maison du Roi du Guet.

De toute façon comme j'envisageais la traversée des lignes viets comme "un tour de con" à leur jouer, mon visage devait refléter, malgré la faim qui me tordait les tripes, une détermination si sereine et décontractée que tout le monde a remis le treillis et le chapeau de brousse et que Xieng Khane a commencé à jouer du coupe-coupe pour nous ouvrir le passage.

Tran Van Tu me fixe avec insistance

"Ong Quân (monsieur le chef en vietnamien) je continue la piste. Je vais à la rencontre de mes anciens camarades, avec beaucoup de crainte, mais je pense ainsi pouvoir vous rendre service.

J'abats d'un revers de main le canon du pistolet mitrailleur de Thiom qui veut abattre le "déserteur".

Ne fais pas de bêtises il va peut-être nous rendre service et ne crois pas qu'on va lui faire de cadeau pour son retour ce sera au minimum deux ans de centre de rééducation."

Il est parti sans se retourner. Nous plongeons dans l'obscurité protectrice de la forêt cap à l'ouest et le PIM le sait. L'aveuglante lumière qui nous fait tituber les mains sur les yeux en lisière de forêt, nous cache le premier ray et un peu plus loin après une étendue désherbée les premiers barbelés.

Les dernières heures ont été éprouvantes, une progression le plus souvent sur le ventre, sans rencontrer le ruisseau providentiel pour calmer la faim avec un peu de liquide, le passage entre deux batteries de mortiers viets dont nous entendions les servants plaisanter, et la patrouille de Bo Doï vêtus du treillis vert foncé, avec leur casque de latanier sur une piste transversale qui coupait notre progression.

Loiselet avait du passer lui aussi car les avants postes du camp retranché ne nous ont pas pris pour cible à notre présentation devant les barbelés.

Ribot manquait à l'appel mais il faisait toujours durer le plaisir et il avait du en profiter pour excursionner en altitude chez ses amis méos.

Delmas en bon samaritain nous avait préparé quelques petits blockhaus étayés de rondins pour notre hébergement et sur celui qu'il nous avait attribué, il avait même décoré l'entrée avec une croix rouge sur un bout de planche. Aucun détail ne lui échappait. J'ai à peine eu le temps de le remercier, je m'écroule dans mon trou épuisé après avoir avalé une grosse boule de riz et bu deux bidons d'eau.

Depuis une heure nous tournons en larges cercles au dessus des montagnes, dans le Morane d'observation, unique appareil disponible à Muong Say. Avec Loiselet nous scrutons désespérément avec nos jumelles les crêtes des montagnes à la recherche du Sergent pendant que le pilote ne cesse de gémir en nous montrant sa jauge à essence. Il doit penser aussi que les viets ont beaucoup de patience pour supporter ce bourdon qui tournicote au dessus de leur tête, qui les empêche de faire la sieste et qu'ils vont bien finir par le descendre. Un moment nous avons cru reconnaître le col mais il était désert.

Le lendemain matin le Morane était en miettes pulvérisé par un obus de 81. Le bombardement viet avait tué un de nos Lieutenants affecté depuis peu à notre unité, blessé le Commandant de l'autre bataillon laotien le 4ème qui était basé à Muong Say et dix neuf chasseurs. Avec mon camarade médecin du 4ème nous avons bien aidé le chirurgien de l'ACP (antenne chirurgicale parachutiste). Tous de la même promotion, embarqués dans une aventure qui de jour en jour devenait une vraie guerre.

L'ambiance du camp retranché est oppressante. Il y a un an et demi j'avais déjà connu la plaine des Jarres mais c'était plus aéré. Ici c'est confiné, angoissant, peut-être aussi parce que nous sommes tous épuisés. A chaque bombardement nous plongeons instinctivement sous les rondins de nos abris en rentrant la tête entre les épaules à chaque explosion. Ribot c'est le plus malin. Il ne s'est pas laissé enfermer, lui, et il doit traîner là haut avec ses hommes, sur les pistes de la liberté, le long des crêtes, de village méo en village méo, en attendant que la situation évolue plus favorablement. Loiselet est las. Comme pour moi l'abandon du Sergent est difficile à assumer.

L'étrange appareil se présente en bout de piste encore tapissée de trous d'obus, empierrés à la hâte. Il bat des plans de sustentation comme une vieille mouette à fin de la tempête. A peine touche-t-il le sol que ses bouts d'ailes inférieurs touchent le sol. Cette étrange voilure curieusement animée en vol est celle d'un vieux biplan anglais de Havilland dit Héron, qui a bien du sortir des surplus de la guerre de Birmanie.

En descend un être rubicond et jovial dont la bonne humeur évidente ne semble pas troublée par nos visages traduisant inquiétude et appréhension.

Loiselet a obtenu quelques jours de détente à passer à Luang Prabang et il m'amène avec lui. C'est ma première permission depuis deux ans et demi mais à quel risque.

Le privé, lui, ne désarme pas d'optimisme

“Mon “Beaver” est à la révision, mais soyez tranquille ce vieux coucou dépanne encore et avec lui même si le moteur s'arrête il peut continuer à voler comme un planeur.”

Il brandit une énorme clef à molette.

“Je vais lui remonter les ailes.”

Effectivement le biplan se présente sous un aspect plus rassurant.

L'atterrissage à Luang Prabang s'est effectué en douceur. Quoique. Les derniers tours d'hélice avec quelques hoquets nous ont permis d'accéder à un gros bidon à moitié rouillé surmonté d'une pompe à main, à côté duquel était assis un laotien “Bo Penang” dont le sourire fut figé net à la descente du pilote qui avait quelque peu perdu de sa superbe.

“Quel est le con qui m'a laissé décollé ce matin avec un fond de réservoir ?”

J'ai cru comprendre que la moitié des instruments de contrôle de cette antiquité volante ne fonctionnaient plus depuis de nombreuses années.

6

Sur le mur du Vat May (Vat est la pagode), une fresque monumentale aux nombreuses scènes peintes enveloppe la salle de culte d'une harmonie colorée malgré la matité des teintes, caractéristique des peintures à la colle utilisées par les artistes laotiens. Le bleu de ceruléum clair des montagnes et le sillon turquoise de cobalt évoquant les vallées profondes crée avec le cobalt chrome des arbres et des ombres une harmonie de couleurs discrète et apaisante. Le rouge indigo plus ou moins dilué colore les chemins sur lesquels des personnages blanchâtres jouent avec d'étranges cerfs-volants jaune cadmium où sont à califourchon sur des chevaux tirant des chars aux formes complexes couvert de feuilles d'or. Les représentations de pagodes sont aussi traitées dans les tons indigo avec des toitures dorées.

Luang Prabang, cité sacrée, la ville aux cent pagodes est au Nord-Laos, au confluent du Mekong et de la Nam Kane, entourée de montagnes, la ville où l'art laotien s'exprime le mieux. Dans ces provinces du nord, difficilement accessibles, se perpétue un art vivant, dans ces pagodes aux riches décors.

Le caractère curieux de cet art est bien loin de nos conceptions classiques qui nous font concevoir l'œuvre conçue pour l'éternité (ou presque). La préoccupation constante des artistes occidentaux est la recherche d'un procédé durable assurant la pérennité de leur œuvre = préparation de pigments stables, étude d'un support solide, moyen de protection pour pallier à une fragilité constatée.

Au Laos rien de semblable car les édifices sont périssables. Les pagodes ne résistent pas plus de deux cent ans pour les plus solides et leur décoration est beaucoup plus fragile = les termites dévorant le bois des portes sculptées, la pluie et le vent effacent les peintures à la colle et désagrègent l'or en feuille appliqué au pochoir. Ne pouvons nous donc que contempler des œuvres relativement récentes ? Non.

Le temps dans ce pays n'a pas le sens que nous lui donnons = le Bouddha qui naît sous les doigts des bonzes quand ils appliquent les feuilles d'or sur des découpures du pochoir, et en réalité, non pas contemporain, mais parvient jusqu'à nous au travers de temps presque légendaires.

Comme le navire argo sur lequel Jason était parti conquérir la toison d'or et que les grecs conservaient pieusement. Chaque fois qu'une planche était pourrie, ils la remplaçaient par une planche neuve de sorte qu'après un certain nombre d'années le vaisseau avait été entièrement reconstruit. Cependant c'était toujours le navire de Jason car malgré la matière nouvelle, il restait "l'idée", "le modèle éternel" dont parle Platon.

Cette conception rejoint la croyance hindoue sur la non existence des apparences sensibles. Les thèmes représentés sont immortels mais leur apparence matérielle (ce qui pour nous constitue l'œuvre d'art) meurt et renaît sans cesse. "L'art vivant" prend ici un sens profond puisque l'expression artistique est libérée du temps.

Les influences civilisatrices successives ont dans le temps modelé l'expression artistique au Laos.

Au début une civilisation brahmanique qui est encore vivante dans les décorations sculptées des portes du Vat Vixun = Vishnu monté sur Garuda, Civa sur le taureau Nandin, Brahma sur le lotus, Indra sur l'éléphant Airavata.

A la fin du XIIème siècle la plus grande partie du Laos fait partie de l'empire Khmer, le bouddhisme du grand véhicule s'est établi à cette époque et tout le pays hérite de l'architecture légère des Khmers en bois et mortier de chaux dont dérivent les procédés laotiens actuels de construction.

Au XIVème siècle le royaume du Laos se constitue alors que disparaît l'empire Khmer. La légende rapporte que c'est un jeune prince Laotien Fa Ngoum en exil, élevé à Angkor par un bonze très savant qui fonda le royaume du Laos. Quand il atteignit l'âge de seize ans le Roi Jayavarman, dernier souverain d'Angkor, avant l'invasion siamoise et l'abandon de la capitale, lui donna sa fille en mariage, la princesse Nang Yot Kéo. A la tête d'une armée le jeune homme partit à la conquête du territoire de ses pères et obtient la soumission de tous les princes Thaïs du Mekong.

Il avait amené avec lui pour gouverner son nouveau royaume un groupe de religieux, de lettrés, de savants et d'artistes Khmers, porteurs des livres bouddhiques et du “Prabang”, statue du Bouddha en or, offerte au IXème siècle par le roi de Ceylan à un souverain d'Angkor. Ce “Prabang” devint le palladium du Royaume.

Ainsi donc se succédèrent les influences civilisatrices = d'abord le brahmanisme, puis le bouddhisme du grand véhicule avec sa profonde empreinte Khmer, enfin le bouddhisme du petit véhicule et son influence siamoise. J'ajouterai une influence certaine de l'art chinois que l'on retrouve dans toutes les peintures murales et aussi dans certains éléments de mobilier des pagodes.

L'art au Laos est donc en rapport étroit avec l'activité religieuse et c'est la pagode qui bénéficiera de l'expression artistique et la retiendra dans ses murs. C'est la découverte passionnée des temples bouddhiques de Luang Prabang qui m'a permis d'en découvrir l'architecture, la décoration et l'ornementation.

Le Vat abrite la statue du sage et fait office de salle de réunion pour les fidèles. Il est érigé sur un soubassement et l'on y accède par quelques marches. Deux types de construction ou bien l'entrée est précédée d'un porche soutenu par quatre colonnes, ou bien une véranda tourne autour de l'édifice. Les murs sont verticaux mais plus souvent inclinés vers l'axe médian (influence siamoise) comme pour le Vat Pa Khé dont les portes et fenêtres prennent alors un aspect trapézoïdal.

L'élément qui donne à l'architecture laotienne son caractère essentiel est le toit, énorme, débordant les murs très bas. Rarement simple il offre en général une superposition de deux ou trois couvertures (qui assureraient la fraîcheur à l'intérieur du Vat). L'arête faîtière se prolonge à ses extrémités par deux cornes aigus accentuant la forme retroussée de l'ensemble.

La partie noble de l'édifice est le pignon. L'angle aigu de la toiture réserve un immense triangle fournissant au décorateur une splendide surface à orner. Ces frontons de bois sont d'une richesse remarquable. On y trouve au centre une représentation de Bouddha assis sur son lotus, parfois d'Indra sur l'éléphant tricéphale.

Autour se tordent des rinceaux et des volutes végétales dont la dentelle, rompant la lumière, entoure d'un fond gris chaud l'image divine. Celle-ci en relief est dorée à la feuille et repose sur un fond laqué rouge. Les sculptures se détachent en or lumineux sur un fond de laque sombre. Ce fond est quelques fois incrusté de plaques de plomb émaillé dont la polychromie scintillante entoure l'effigie sacrée d'un éclat de gemmes.

La charpente est visible à l'intérieur de la pagode sauf sous le porche et au fond de l'édifice dans la travée sous laquelle est installé le Bouddha. Là il y a un plafond de bois ou bien constitué de caissons sculptés de fleur de lotus ou bien de planches peintes de rouge indien décorées au pochoir de feuilles d'or représentant les animaux bénéfiques = la chauve-souris, le phœnix, le dragon ainsi que des rosaces géométriques.

La statue de Bouddha est toujours monumentale. Elle est

construite en maçonnerie et sa forme définitive est réalisée par un enduit de chaux modelé et ciselé puis doré à la feuille. Dans la pénombre du Vat, cette énorme effigie prend encore plus d'importance car à sa base de nombreuses petites statues en cuivre ou en bronze multiplient à l'infini l'image du sage (ce sont les dons des fidèles).

La décoration des pagodes laotienne est la plus remarquable au niveau des vantaux des portes et des fenêtres. Il ont, il est vrai, un rôle très spécial = ils doivent interdire l'accès du sanctuaire aux mauvais génies. Sur l'étroite bande rectangulaire que présente le battant de bois, les héros légendaires prennent des poses de danseurs. Ils jouent de l'arc et du trident avec une grâce efféminée tandis que leurs membres se plient dans les attitudes rituelles. Les visages ont les mêmes sourires que ceux des acteurs de théâtre laotien et leurs costumes présentent la fastuosité de celui des princes évoluant sur la scène. Parmi tous les demi dieux représentés, ceux que l'on découvre sur les portes du Vat Pa Khé appelé ici pagode des hollandais sont fort imprévus. Sur les vantaux de l'une d'elles figurent en effet des représentants de ce pays en costume du XVIIème siècle (des néerlandais seraient en effet venus en mission au Laos en 1641) ; sur une porte latérale de ce même temple sont représentés des personnages très élégants rappelant des seigneurs vénitiens de la renaissance et on peut penser qu'au XVIème siècle des voyageurs venus de la cité des doges ont peut-être abordé la Chersonèse d'or des anciens et sont remontés jusqu'au Laos.

Afin d'aider ces gardiens du temple à repousser les esprits malfaisants, des animaux qui sont de réputation leurs ennemis éternels comme le lion ou l'éléphant s'ébattent au pied des personnages mythiques. Tout autour des enroulements de feuillage accompagnent de leurs volutes rythmées les figures élégantes. Parmi les rinceaux s'épanouissent des fleurs de lotus et évoluent quelques oiseaux. Dans les pagodes plus modestes, les vantaux des portes sont constitués par un simple hais de bois lisse, laqué noir et décoré de feuilles d'or.

Auprès des vats, dissimulées derrière un rideau de verdure et ombragées sous les cocotiers on devine les simples paillotes sur pilotis où habitent les bonzes.

Une végétation luxuriante entoure les temples = arequiers, tamariniers, seringas, flamboyants, banians, bananiers, cocotiers s'épanouissent en un décor envoûtant et sublime. Tout ici invite à la méditation mais aussi à une indolence sereine mais lénifiante. Un dernier regard sur un Bouddha assis à l'orientale, la coiffure en bouclettes prolongée par une flamme en bulbe allongé, les paupières baissées ; il prend la terre à témoin de sa doctrine en abaissant la main droite vers le sol. Les lobes de l'oreilles très allongés se réfèrent à l'origine royale de Gaudama (6) et aux lourdes boucles qu'il dut porter dans sa jeunesse. J'ai l'impression que l'artiste n'a pas cherché à traduire un idéal purement plastique mais plutôt à exprimer la perfection spirituelle, la paix intérieure, l'absence de toute émotion humaine, de tout désir, de toute passion.

(6) Le Bouddha naquit au Vème siècle avant notre ère, dans la province hindoue de Kapilavatsu, issu d'une famille royale. Des astrologues avaient prédit à son père, le roi Suddhodana, un destin merveilleux pour l'enfant nouveau né. Mais le jeune prince quitta le palais à l'âge de 29 ans, las des plaisirs faciles et trompeurs, pris le nom de Gaudama et se fit ermite-Mendiant. Ayant enduré épreuves et tentations, il connut un jour, après une longue méditation sous l'arbre "Boddhi", l'illumination. Il se mit alors à prêcher l'humilité, le renoncement aux biens terrestres et l'expiation des fautes aux foules innombrables qui, attirées par ses dons de thaumaturge s'assemblaient autour de lui pour écouter sa parole. Après 45 ans de prédictions, il mourut, entouré de la vénération de ses disciples auxquels il avait montré la voie de la perfection.

Marloff et son beaver tentent de dégager la piste de Nam Bac en piquant sur les buffles qui y flânent avec une feinte indifférence et en amorçant sa ressource au ras de leurs cornes. Après quatre passages et compte tenu de l'état de ses deux passagers et de l'apathie persistante de ces animaux que seule peut importuner et animer l'odeur de tout individu de race blanche, il se pose en slalomant au milieu des derniers obstinés à occuper le terrain d'aviation malgré la participation de quelques laotiens qui tentent en vain et sans conviction de les mobiliser en les titillant avec leur canne de bambou.

Etrange et inhabituel accueil de mon équipe au grand complet qui m'attend sur les marches du soubassement de la petite pagode de Nam Bac dans laquelle Thiom, en mon absence, a installé l'infirmerie = regards un peu figés, mi admiratifs mi empreints de respect, Ouane sans son inaltérable sourire, Poung au garde à vous, Xieng Khane dont le visage témoigne de l'étonnement. Un bon temps de réflexion avant de réaliser que la nouvelle de ma réception par le roi du Laos SM Sisavang Vong dans son palais au pied du mont Phousi était déjà connue bien avant mon retour de Luang Prabang. Cette réception n'avait rien d'officielle et je n'aurais jamais imaginé qu'elle eut un tel effet sur mes infirmiers. D'autant plus qu'ils savaient déjà que je connaissais bien le prince héritier Savang que j'avais rencontré plusieurs fois à Xieng Kouang et à la plaine des Jarres. Pour l'heure je ne savais même pas pour quelle raison il avait désiré me voir le vieux monarque au visage carré, ridé comme une pomme ayant passée l'hiver sur la paille d'un grenier et surmonté de cheveux courts tout raides, engoncé dans une tenue d'apparat aux parements dorés contenant à grand peine un embonpoint digne du “sous préfet aux champs”. Nous avions parlé de l'art khmer et laotien, de littérature française, de bouddhisme et de médecine traditionnelle. Quelques évocations de ses écrivains préférés, un passionnant commentaire sur la pensée bouddhique et le Nirvana, et pour ma part les réflexions sur ma découverte de l'art laotien et mes efforts pour influencer vers plus d'efficacité immédiate les pratiques ancestrales des Mo Sado de village tout en respectant les coutumes traditionnelles.

Je pense qu'il a été très sensible à ce dernier discours car il m'est apparu très attaché aux vieilles traditions.

C'est en pensant au vieil homme, parvenu à l'acmé de la spiritualisation et tant imprégné de bouddhisme qu'il n'est plus capable d'identifier les réalités tant pour lui même que pour son pays, que je réanime mon équipe en leur présentant mes dessins qui sont pour la première fois en couleurs. Le chinois m'a trouvé une boite de crayons caran d'ache (made in suisse) pour laquelle en témoignage de mon intense satisfaction, je l'ai gratifié d'une série interminable de flexions thoraciques en avant mains jointes au niveau du sternum. C'est aussi le seul qui a semblé s'intéresser à mes œuvres. Je ne me fais aucune illusion, il devait en faire une petite estimation pour une commercialisation éventuelle.

Le courrier m'a apporté une grosse enveloppe en papier kraft avec l'intégralité des articles parus dans la “Dépêche du Midi” au cours des premiers mois de cette année 1954 et concernant le Laos. Depuis longtemps déjà mon père découpait le journal. Il m'évitait ainsi de subir la déconvenue de mes camarades qui se précipitaient avec passion sur les deux sacs de courrier balancés des airs sur la piste par le Morane ou le Beaver de service = le plus gros avec mes trois kilos de “Dépêche du Midi” et le petit avec les lettres de la famille pour tout le monde.

C'est toujours rassurant de vivre des "événements" et de savoir qu'un journal en informe mes concitoyens en métropole. Et puis ma petite revue de presse avait toujours son petit succès auprès de Loiselet, Le Meur et des Commandants de compagnie parfois présents. On y trouve sous la rubrique "Problèmes extérieurs" = 11 janvier 1954 "L'affaire laotienne. Au moment ou s'engage la bataille de Louang Prabang le monde occidental mesure les répercussions de cette agression communiste contre un état libre de l'union française car il faut le répéter le Laos est indépendant et est entré librement avec tous ses droits de pays souverain dans l'union française où il doit trouver la garantie de son autonomie... on cherche les raisons de l'entreprise communiste. Elles peuvent être d'ordre politique et d'ordre économique. On se demande si, grâce à son allié Viêt-minh, Mao-Tsé-Toung n'envisage pas de s'emparer des matières premières qui abondent en Malaisie, du caoutchouc et de l'étain. On émet aussi l'hypothèse que les communistes voudraient pousser jusqu'à l'Océan Indien et trouver des débouchés qui leur ouvriraient d'autres perspectives. On pense enfin et c'est l'opinion répandue au Siam, que leur souci est d'occuper le plus grand espace possible en Asie avant que ne s'engagent les conversations à quatre ou cinq sur le règlement du problème d'extrême orient. Moscou et Pékin s'efforceraient, en somme, de prendre des gages. Mr Fosser Dulles vient de déclarer que l'agression contre le Laos rendait très difficile l'ouverture des négociations entre les occidentaux et les soviétiques et leurs alliés. Il reste à savoir si le refus de causer avec Moscou permettra de suspendre les hostilités au Laos comme au Vietnam."

Il y a des articles qui laissent le lecteur (sur le terrain) perplexe. "La guerre au Laos 20 février 1954" . "la stratégie française au Laos défendue par la presse britannique. Commentant la situation au Laos le "Manchester Gardian" écrivait hier matin le Commandement français a été critiqué pour avoir immobilisé d'importantes forces dans des points fortifiés tels que Na Sam, Lai Chau, Dien Bien Phu dans le pays thaï au Tonkin. Mais si l'on doit compter sur la puissance de feu et les armements lourds cette stratégie n'est pas mauvaise Le Viêt-minh ne peut cependant être battu que par des armées mobiles, capables de le poursuivre dans les collines et les forêts. La formation d'une armée nationale vietnamienne par le Maréchal de Lattre composée de bataillons de commandos est acquise. Est-ce que l'on forme de telles armées au Laos et au Cambodge ?" suivi dans le même article de la rubrique "une déclaration aux communes de Sir Winston Churchill sur le Laos", "Londres. Le gouvernement britannique est assurément inquiet au sujet des événements qui se déroulent au Laos. Il se tient au contact étroit avec les gouvernements intéressés mais il considère qu'une conférence réunissant les représentants de ces gouvernements n'est pas nécessaire. Le premier ministre a ajouté faisant allusion à une aide britannique aux troupes françaises : "les ressources britanniques sont assez limitées". Heureusement nous pouvons compter sur les australiens : "Une mission française se rend en Australie y faire son choix dans les "surplus" utilisables au Laos". La dépêche du Midi 19 février 1954 "Camberra - le Ministre des affaires extérieures a annoncé l'arrivée prochaine à Camberra d'une mission militaire française venant de l'Indochine chargée de choisir parmi les "surplus" australiens, les armes et les pièces de matériel militaire pouvant être utilisées immédiatement au Laos.

Au cours du récent voyage de Mr Jean Letourneau, le gouvernement australien avait décidé, on le sait, de mettre à la disposition du haut commandement français en Indochine tout le matériel encore utilisable”

Je repense au vieux FM de Pierre l'ancien et à mon Remington qui avait du servir pendant la première guerre mondiale, au maquis, déjà, il devait être question de surplus. C'est la première fois que je pense à l'origine de ces tonnes de ferrailles tombées du ciel sur les Causses du Quercy et que nous avons transportées entre les ridelles des vieux P35 encore utilisables, après la libération, pour les mettre en “lieux sûrs”. Des stocks de surplus pour la prochaine ?

De toute façon je m'en contre fiche allègrement. Depuis mon arrivée au royaume du million d'éléphants, j'avais laissé aux vrais militaires, la responsabilité de l'utilisation des armes à feu et pour ma part je m'étais engagé à ne créer d'autre désagrément à un de mes semblables, ami ou ennemi, qu'avec la classique seringue hypodermique qui ne me laissait que le regret d'être dans l'obligation de l'attaquer traîtreusement dans le dos pour atteindre cette zone privilégiée pour l'injection, la fesse. Pourtant un des clients au cours d'un de mes premiers remplacement dans le Gers, m'avait dit un jour :

“Docteur (je ne l'étais pas encore) vous tenez la seringue comme un pinceau, je n'ai rien senti.”

Il est vrai que j'avais mis la bonne dose pour la désinfection locale avec un vieil armagnac aux effluves capiteuses et inoubliables.

La Dépêche du Midi 18 mars 1954. Quelques lignes perdues dans un commentaire de presse. “Un poste enlevé par le Viêt-minh - Le petit poste de Tha Torn situé à 50 kilomètres de la plaine des Jarres centre de résistance, a été enlevé l'autre nuit par des éléments légers du Viêt-minh”.

Une ligne de sympathie eut été peut-être souhaitable pour les vingt morts et les cinquante blessés (des deux côtés) du petit poste enlevé par de "légers" Viêt-minh. J'espère que ce ne sera pas une petite histoire ou pas d'histoire du tout, que les historiens laisseront plus tard à nos enfants.

Les grandes déclarations dithyrambiques : "La défense du Laos est la défense de tous les peuples libres" écrit le "New-York Times". "New York - Le New York Times consacre son éditorial au Laos" = "Lutter pour le Laos, c'est, écrit le journal, le problème de l'heure, en ce sens que l'invasion du Laos est une extension directe de la guerre menée par les communistes contre le monde libre et que, de ce fait, la défense du Laos est la défense de tous les peuples libres". Ainsi conclut le "New York Times" ce qui se passe au Laos n'est qu'une partie du grand conflit mondial en cours. L'invasion du Laos, en effet, rentre dans le grand plan de guerre communiste et constitue "une contradiction fondamentale de toutes les paroles de paix".

Cette dialectique politicologique affirmée avec cette belle assurance n'a aucune chance d'interpeller le "godillot" (comme disait Valérie). Je ne suis pas prêt à participer à une croisade plus ou moins idéologique. Demain je reprends la piste et ses interminables journées de marche, tranquille, avec mes deux boules de riz dit gluant dans les poches de mon pantalon et mes instruments de petite chirurgie dans celles de ma veste de treillis, la musette de médicaments à l'épaule. Demain mon seul bonheur est que Thiom, Ouane, Poung, Xieng Khane soient encore une fois présents autour de ce "Phallang Mo Sado" qui porte le bouddha sur la poitrine et l'écharpe de Më Son autour du cou... et que le roi connaît.

Et pourtant je lis dans la Dépêche du Midi (3 avril 1954) "Aucun Général ou soldat laotien ne combat aux côtés des viets.". "Hanoi - Le haut commandement français a publié un rapport du deuxième bureau spécifiant qu'aucun général ou soldat laotien ne combat aux côtés du Viêt-minh au Laos...

Le haut commandement cite le prince Soupha Nouvong, parent éloigné du roi du Laos comme le seul laotien connu passé au Viêt-minh. Il a été choisi pour diriger le "Laos libre" dont le siège se trouve probablement à Sam Neua".

Je n'ai pas vocation pour jouer à l'historien mais je ne peux laisser à ceux qui plus tard auront vocation à le faire, un tel document échouer aux archives sans une salutaire mise au point.

Depuis 300 ans les rois de Luang Prabang régnaient sur le Laos. Depuis 1904 régnait le roi Sisavang Vong assisté du prince régent Petsarath à Vientiane et du prince Boun Oum à Champassak au sud du pays. Après l'occupation japonaise (1941 à 1945) le roi et le prince Petsarath déclarèrent le pays indépendant et ce dernier créa le Laos Issara (front de libération Laotien). De ces vingt frères et demi-frères deux seulement firent des études d'ingénieurs les autres entrèrent dans l'armée après des séjours dans les écoles militaires françaises. Le prince Souvanna Phouma avait obtenu son diplôme à Paris le prince Souvanna Vong, le cadet avait fait ses études à Hanoï puis à Paris aussi dès 1945. Après avoir rencontré le révolutionnaire Hochi Minh, il commença à organiser une résistance et un mouvement à l'image du Viêt-Minh aidé par un communiste laotien Kaysone Phom Vihan. Dès 1945 les princes royaux avaient donc des opinions bien opposées. Petsarah et Souvanna Phouma voulaient un Laos indépendant membre de l'union française. Souvanna Vong luttait déjà pour s'allier au Vietnam. C'est alors qu'après le départ des japonais le gouvernement français entreprit de reconquérir le Laos. Le mouvement Lao Issara s'y opposa en instituant un contre gouvernement dirigé par le prince Petsarath et organisa des groupes de résistance dans le Nord du pays autour de Xieng Khouang, Sam Neua et Phong Saly sur le modèle de la résistance vietnamienne. Le prince Souvanna Vong installa son quartier général dans les montagnes du Nord est du Laos. La campagne dura cinq mois et se termina avec le contrôle des principales villes. Le gouvernement provisoire s'exila en Thaïlande avec Petsarath et Souvanna Phouma. Souvanna vong blessé se réfugia en Thaïlande lui aussi. Le roi Sisavong Vong fut nommé par la France souverain de tous le Laos.

En 1947 le pays devint officiellement une monarchie constitutionnelle et démocratique et en 1949 accéda à l'indépendance dans le cadre de l'union française. Souvanna Phouma revint à Vientiane, Petsarath resta à Bangkok (malgré la dissolution du gouvernement provisoire). Souvanna vong prit la tête de la résistance de gauche unie dans le Pathet Lao, dont les combattants sous encadrement et commandement vietnamien sont actuellement engagés avec le Viêt-minh.

En ce printemps 54, le destin du Laos ne dépend que de l'issue de cette guerre d'Indochine que seuls, à mon avis, les commandants et les capitaines évaluent avec réalisme, lucidité, tristesse et gravité. Mais je sais bien que Loiselet, Le Meur, Ribot et les autres joueront le jeu jusqu'au bout, moi aussi du reste.

L'issue de cette guerre nous en étions tous conscients se jouait un peu plus au nord, à quelques jours de marche, dans la cuvette de Dien Bien Phu, où notre bataillon avait déjà subi une lourde défaite. Notre liaison avec le camp retranché (opération condor) n'avait pas apaisé les craintes ni les incertitudes et l'attitude du Commandement Viêt-minh qui avait "laissé faire" sans opposition aurait pu apparaître des plus suspectes. Le Général Giap avait tiré les leçons de l'évacuation de Na San et du repli de la garnison de Sam Neua sur la plaine des Jarres qui n'avaient été rendu possibles qu'avec l'aide des 400 partisans des maquis méos du Nord Laos.

Avec l'aide des chinois qui occupaient en partie la haute région tonkinoise après les abandons de Langson, Cao Bang et Lao Kay, les troupes du Viêt-minh ont éliminé ces maquis sans que nos chefs aient fait quoique ce soit pour leur venir en aide. Sans les maquis autour de Dien Bien Phu, le camp retranché avait perdu sa principale source de renseignements et toute possibilité d'action (mines, embuscades) sur les pistes d'accès des hommes, du matériel et du ravitaillement viets.

Le 5 avril déjà un projet (opération albatros) évoquait une tentative d'évacuation vers le sud est, sur deux axes de repli la vallée de la Nam Hou vers Muong Saï et au delà Luang Prabang et vers Nam Bac et au delà de la plaine des Jarres.

Le 15 avril nous quittons Nam Bac au sein d'un groupe mobile composé du 4ème bataillon de chasseurs laotiens et du 1er bataillon de parachutistes laotiens, direction le nord et les rives de la Nam Hou. Nous serons en soutien des commandos qui doivent occuper la DZ de Nga Nha Son à quelques kilomètres au sud de Dien Bien Phu et permettre à un groupement aéroporté de faciliter une sortie d'une partie des combattants du camp retranché. L'issue de la bataille ne semble plus faire de doute dans l'esprit du haut commandement. Il y a bien longtemps que Loiselet en avait la certitude.

Mon ami Le Meur, officier des transmissions du bataillon, affectueusement surnommé No Noï par les laotiens, a bien voulu me confier ces quelques notes prises sur le vif au cours des opérations.

14 avril1954 - Départ de la première compagnie (Capitaine Ribot) en direction du nord - direction Ban Tiak Neua

15 avril 1954 - Départ à 6h30 de Nam Bac du reste du bataillon suivi du 1er BPL - arrivée à Ban Tiak Neua vers midi - arrêt à 19h dans un Ban abandonné

17 avril 1954 - le bataillon reçoit plusieurs parachutages à Tao Noï - on procède au balisage d'une aire d'hélicoptère - départ à 17h - arrêt à 22h après avoir traversé trois incendies.

18 avril 1954 - dimanche de pâques - rencontre avec le PC du groupement mobile, le 4ème bataillon de chasseurs laotiens (1ère compagnie du Capitaine Grand) - départ à 18h vers Ban Koung où nous arrivons à 19h30 nous y découvrons les tombes sommaires des combattants tués le 3 avril

19 avril 1954 - départ de Ban Koung à 7h - arrivée à Yang Toï à 9h - arrivée à Klou Krum à 12h30 - arrivée des premiers éléments du 4ème BCL à 18h - nuit calme

20 avril 1954 - départ à 6h30 - arrivée à Hat Den à 17h - une rafale d'obus de mortier tombe sur la compagnie de commandement alors que le Commandant Loiselet, le Lieutenant Le Meur et un opérateur radio arrivent à hauteur de la pagode. On relève huit blessés dont un chef de section.

21 avril 1954 - évacuation par hélicoptère de cinq blessés de la veille - arrivée à 17h45 d'une section du 4ème BCL cantonnée en face de Pak Nua. Elle passera la nuit avec nous. Arrivée d'un nouveau Capitaine et d'un paquet de courrier

22 avril 1954 - Hat Den

23 avril 1954 - départ à 7h de la 1ère compagnie

(Capitaine Ribot) et de la 2ème compagnie (Lieutenant Clavel) en direction de Kung Trol

24 avril 1954 - RAS

25 avril 1954 - La 2ème compagnie (Lieutenant Clavel) franchit la Nam Hou en direction de Lhassa Luang

26 avril 1954 - Démarrage de l'opération Condor - nous progressons vers Ban Thana - Muong Khoua est réoccupé par le 1er BPL

27 avril 1954 - après une matinée calme, accrochage vers 16h - Ravel se porte sur les lieux car une de ses patrouilles évolue à 2 km au nord est de Lhassa Luang - C'est bien la section du Sous-lieutenant Billoux qui est aux prises avec la 221ème compagnie du bataillon viet 910 - Un chasseur laotien a été tué - la 221ème se retire en laissant du matériel sur place et s'installe sur les hauteurs dominant Ban Na Khé

28 avril 1954 - la 1ère compagnie récupère 9 fusils 303, 1 mas 36, 1 mauser et des obus de mortier 81 - la 3ème compagnie récupère un important matériel de transmission

Dans la nuit on entend les sons continus de la canonnade vers Dien Bien Phu

30 avril 1954 - détente - les renseignements en provenance du camp retranché sont désastreux et alarmants

2 mai 1954 - ordre est donné dans la soirée à la 3ème compagnie de quitter Lhassa Luang et au reste du bataillon de se préparer à faire mouvement

3 mai 1954 - la 3ème compagnie rejoint le gros du bataillon à 4h - la 1ère compagnie la suit et arrive à 13 h - entre temps le PC accompagné des 4ème et 2ème compagnies a pris position au sud de Ban Thana

4, 5, 6 et 7 mai 54 - position inchangée - le 5 mai on apprend que l'opération aéroportée sur la DZ de Nga Na

Song est annulée - le groupement n'existe plus, il a été largué dans la cuvette du camp retranché

8 mai 1954 - Dans la nuit du 7 au 8 mai plus de fusées éclairantes sur Dien Bien Phu

A 10 h réception d'un message émanant d'un C47 (avion de transport) “Ici TTh 25 - J'appelle tous - Donnez moi votre position”. Il tente semble-t-il d'atteindre d'éventuels rescapés.

A 11 h passage d'un “Criquet” qui annonce que tout est fini à Dien Bien Phu.

A 15 h reception de l'ordre de repli par message conventionnel “Beau temps pour les escargots” retransmis immédiatement à toutes les compagnies et au 4ème BCL

La 4ème compagnie du 4ème BCL de Mok Pheng rejoint notre bataillon - elle reste au dessus de Ban Thana avec la compagnie du Capitaine Ribot avec mission de recueillir le 4ème BCL car on craint une action du bataillon viet 910 sur Hat Sa.

La 3ème compagnie du Capitaine Robert reste en recueil entre Klang Kit et Ban Thana au carrefour de Mok Kok

Le repli s'effectue dans l'ordre 4ème compagnie, CCB, 2ème compagnie à 20 h la 1ère et la 3ème compagnie décrochent à leur tour. - arrivée à 22 h au PC du GMN (Lieutenant Colonel Revard)

A 23 h nous sommes à Ban Koung Rip

9 mai 1954 - départ de Ban koung Rip à 5h30 - à 8h30 après un contact radio avec le 4ème BCL, la 1ère Compagnie repousse une attaque des viets mais de nombreux blessés.

A 13 h 30 nouvel accrochage à l'arrière de la colonne - il s'agit, du 4ème BCL - pas de nouvelles des 1ère et 3ème compagnies - arrivée du PC à Mai Phao vers 19 h.”

Les commandos ont pu recueillir et regrouper à Nam Bac de petits groupes de rescapés qui généralement ne devaient leur salut qu'à leur composition, deux légionnaires et un Thaï par exemple.

D'autres atteignirent et même certains individuellement Muong Saï où ils rejoignirent ce qui restait des éléments du 4ème et du 5ème bataillons de chasseurs laotiens qui avaient constitué le GMN du Lieutenant Colonel Revard.

Le régiment viet 101 et ses deux milles hommes n'attaqueront jamais Muong Say et Nam Bac. Le Général Giap les envoie, à marches forcées sur Phong Saly pour chasser les nationalistes chinois qui pillent la récolte d'Opium.

Un dernier regard au travers du hublot du vieux Dakota qui me rapatrie sur Vientiane, vers la plaine des Jarres où j'avais découvert le Nord Laos il y a plus de deux ans. Je reconnais bien un peu au nord de la piste de Luang Prabang la colline où j'avais installé ma première infirmerie dans la plus basse des deux grottes curieusement superposées de Tam Kap et de Tam Mat. Thiom m'avait assuré alors qu'elles renfermaient autrefois des bouddhas d'une valeur inestimable mais qu'elles avaient été pillées. Je devine plus que je ne les distingue les fameux blocs de pierre taillée en forme de jarres disséminés sur cette vaste étendue sans ordre apparent, étrange champ de vases au fascinant mystère. Il s'étend vers le sud jusqu'à Lat Sene où on trouve les sept dernières jarres de la plaine mais les deux sites les plus importants sont à Muong Sui, à côté de la piste qui mène à Luang Prabang où elles apparaissent rangées en arc de cercle jusqu'à deux collines calcaires, et à proximité du village méo de San Tio entre Muong Phan et Muong Phé. J'en ai vu de toutes les tailles = de très grandes mesurant environ trois mètres de haut, de toutes petites ne faisant qu'une quarantaine de centimètres. Beaucoup sont ovales ou cylindriques, d'autres carrées avec des coins arrondis.

Des couvercles bombés sont éparpillés un peu partout.

Un archéologue rencontré au cours de mon séjour à Luang Prabang m'avait "prudemment" renseigné sur leur origine.

"Il s'agit probablement de sépultures et d'urnes funéraires sans qu'il soit possible d'en déterminer avec certitude, ni l'époque, ni le peuple qui les a édifiées. On pense cependant qu'elles appartiennent à une civilisation mégalithique très répandue en Indochine mais aussi en Birmanie, en Malaisie et en Indonésie. Elle serait proche de la civilisation Don Son de l'ère de bronze en Asie du sud et dont un des sites principaux est situé dans la province vietnamienne de Thanh Hoa."

Le Dakota a pris de l'altitude. Je n'ai plus qu'une vue d'ensemble du formidable camp retranché qui s'est développé depuis deux ans sur le plateau du Tranninh avec ses pistes d'aviation, ses blockhaus, ses bâtiments, ses collines fortifiées, cerné dans le lointain par les montagnes gardées par nos amis méo.

Loiselet me l'avait souvent affirmé, l'armée du Viêt-minh n'attaquera jamais ce camp retranché. Et pourtant la plaine des jarres est le point stratégique le plus important du Laos et peut-être de toute l'Indochine. Qui tient ce plateau tient le verrou d'accès au sud de la péninsule, Giap le sait bien et les chinois ne l'ignorent plus.

Mais les grands stratèges ont choisi Muong Theng le berceau de la race thaï, dit la légende, qui se nomme Dien Bien Phu en vietnamien. Et le petit stratège Giap a bien exploité l'erreur. Loiselet pensait qu'en janvier 1954 on pourrait encore tenter une sortie vers le sud, au prix de lourdes pertes il est vrai. Après c'était trop tard, pire, tout ce qui était parachutable a été, jusqu'au dernier moment lâché dans la cuvette-piège, inexorablement.

Le Meur m'a appris, peu avant mon départ, qu'il avait

entendu à la radio, parlé de pourparlers de paix. De toute façon et même s'il y a un vainqueur, les deux armées en présence ne sont plus en état de combattre, alors il faut bien en finir autour d'une table dite ronde. En ne considérant que les dégâts, il aurait peut-être mieux valu commencer par là. Mais ceci n'est qu'une opinion de "godillot". Quoique.

Le Général Leclerc, cosignataire de l'acte de capitulation du Japon le 2 septembre 1945 avait été nommé Commandant en chef des troupes en Indochine. Après avoir rétabli, par la force là où c'était nécessaire et par les pourparlers là où c'était possible, un peu du prestige et de la "souveraineté française" discréditée et humiliée par l'occupation japonaise, il espérait des discussions et même un accord avec Hô Chi Minh. Avec lui lui le représentant de la France au Tonkin Jean Sainteny, s'accordait sur la même ligne politique et était fortement opposé à toute intervention militaire aux "lendemains incertains". Mais le décideur était le haut commissaire l'Amiral D'Argenlieu [7], et il avait déjà à Saïgon orienté son action vers un règlement à ne mettre en œuvre qu'en "état de force seulement", des contacts possibles avec le Viêt-minh mais sans engagements et surtout sans intervention étrangère.

Nous n'avons jamais été en "état de force" et l'histoire s'est arrêtée à Dien Bien Phu, curieusement pour les uns, inévitablement pour les autres, de façon incompréhensible pour certains (toujours les mêmes), brutalement pour plusieurs, tragiquement pour tous.

(7) Le haut commissaire en Indochine n'a fait que mettre en œuvre une stratégie politico-militaire élaborée et décidée à Paris et en aucun cas je ne me permettrais d'en faire un responsable ou un bouc émissaire. C'est aux historiens plus tard qu'il appartiendra d'analyser et de commenter les évènements.

7

Dans un coin de la scène du vieux théâtre un laotien âgé prépare un Khéne impressionnant de deux mètres au moins de hauteur. Peu à peu d'autres musiciens s'installent près des instruments. Il y a un Kông, grosse caisse double qui est destinée à scander le rythme de l'ensemble ; un Kong Tapône, tambour posé sur deux tréteaux à l'aide duquel l'exécutant d'un tapotis de main souligne les passages pathétiques de la partition.

A la place d'honneur, au centre de l'orchestre deux Canat, xylophones à touches de bambou qui s'animent sous le choc de petits maillets à tiges flexibles couverts de peau à l'extrémité.

Sur le côté, un Khong Vong, alignement circulaire de seize petites cymbales horizontales sur un encadrement de bois.

Je remarque aussi des Xo et des Khuï, violons à simple et double corde et des classiques flûtes de bambou à sept trous.

Trois jeunes chanteuses s'accroupissent face aux instrumentistes tandis qu'au fond une dizaine de femmes de tous âges se groupent. Ce sont les choristes dont la plus âgée tient en main une latte de bois au calibre imposant.... qu'elle utilisera comme un bâton de chef d'orchestre.

Assis à la laotienne, autrement dit, les jambes repliées du même côté, sur un coin de natte à même le sol, j'attends sans impatience, calme et détendu, au milieu d'une assistance bruyante et gaie faite surtout de femmes aux bavardages interminables et d'enfants vifs et joueurs paraissant indifférents aux préparatifs du spectacle.

Quelques hommes, âgés en majorité, m'interpellent d'un regard lointain témoignant d'une incompréhension totale quant à l'objet de ma présence ici, insolite, étrange et surprenante. Les femmes savent, elles, et je dois faire l'objet de bien des commentaires et de sourires entendus et complices.

Un intervenant nous annonce que l'on va nous jouer un des airs très populaires au Laos, le chant des piroguiers de la Nam Ngum.

Au début cette musique n'est qu'un tâtonnement agréable des instruments, cherchant à élaborer un tout harmonique. Progressivement l'anarchie apparente des enthousiasmes individuels se discipline sur les modulations du Khène et le fond mélodique se constitue, simple, spontané. Ici il faut bien observer le musicien pour pénétrer la délicatesse de son inspiration, sa mimique, ses jeux de physionomie, les balancements de son corps font partie de ces expressions musicales, qu'ils complètent intimement.

Le répertoire est traditionnel et se joue de mémoire. Il en résulte d'une part une grande variété d'interprétations, d'autre part des adaptations imaginatives fécondes. Impressionniste subtil, le laotien parvient toujours, malgré souvent la pauvreté de ses moyens, à faire partager à l'auditoire les sensations physiques les plus fines des thèmes qu'il évoque.

J'image facilement le piroguier évoluant au milieu des rochers, se précipiter dans les chutes, haleter dans l'effort qui fait ployer sa perche, sourire au calme du bief qui s'étend en nappe lisse cerné par les falaises d'intense verdure de la forêt. Je perçois le grondement des cataractes, l'éclaboussement des gerbes d'eau, le battement des rames. L'extrême fantaisie de chaque exécutant se fond, sans dissonance, dans un fond rythmique unique et harmonieux.

Je n'entends même pas l'annonce de l'intervenant. Avant même qu'elle n'entre en scène avec ses jeunes danseuses l'apparition prochaine de Ja-Nang me plonge déjà dans un état passionnel incontrôlable.

A présent mon regard ne la quittera plus, lié par un attachement obsessionnel et soutenu par une pulsion sublimée, instinctuelle. La musique obsédante et saccadée scande et rythme la présentation des danses avec le chœur des vieilles laotiennes qui de leurs claquettes de bois, frappent la cadence invariable des mouvements et des traînantes mélopées.

La danse laotienne avec un charme discret et contenu, traduit un sens ésotérique profond. Sous un masque d'impassibilité, c'est un déroulement rigoureux et monotone de gestes précis, de poses invariables de statue dans le parfait équilibre des genoux ployés et des pieds campés à plat.

Ja-Nang m'avait fait connaître la mythologie hindoue et m'avait raconté bien des légendes, ainsi je pouvais imaginer dans leurs poses et leurs mouvements les rapts de princesses, les combats de géants, les poursuites, les scènes de séduction, la lutte du singe noir et du singe blanc.

Comme j'avais appris d'elle le sens exact de chaque frémissement de torse, de chaque ondulation des bras incurvés, du retournement des coudes et des phalanges, de la salutation finale des mains jointes aux quatre points cardinaux = signes immuables, révélés, où toute la gamme des sentiments, des passions, se trouve en puissance et fuse par les doigts.

A la lueur fumeuse des torches portées par des enfants, et dispersant les fragrances odoriférantes imprégnant la senteur de la résine chaude Ja-nang et ses jeunes danseuses infatigables glissent en poses hiératiques, le corps serré dans leur corselet de velours lamé d'or, retroussé en ailerons aux épaules, formant de vivants bas-reliefs, symbole même de l'âme laotienne.

Le vieux théâtre était devenu mon refuge et Ja-Nang mon égérie. Ma Jeep facilement identifiable par les deux petites croix rouges peintes sur le pare-brise, traînait toute la nuit pas loin du marché du matin (le Thalat Sao) dans la rue (Thanon) Lane Xang. Mon ami Amka avait tenté en vain de me faire rejoindre le soir ma chambre de l'hôpital au bord du Mekong que les autorités m'avaient imposée comme hébergement et surtout de me faire cesser toute relation avec celle qui était considérée par les "services secrets" comme la Mata-Hari locale. J'aurais pourtant bien voulu lui faire plaisir au Colonel, futur Général (à court terme) que j'avais connu Capitaine à mon bataillon dès mon arrivée au Laos et mon affectation dans le nord. Il m'avait accueilli dans la capitale, désemparé et assumant mal la séparation d'avec les camarades, les montagnes et l'aventure exaltante de mes trois dernières années.

De plus je lui rendais la vie difficile, tant j'abusais de son amitié pour défendre auprès du chef du gouvernement le prince Savanna Phouma, mon projet d'édification d'un grand dispensaire destiné au peuple et aux réfugiés qui ne cessaient d'affluer du Nord (si une petite partie passait déjà en Thaïlande, la plus grande formait déjà autour de Vientiane des camps dits de rétention provisoire). Le projet était d'autant moins apprécié que les budgets étaient surtout orientés et engagés vers l'armée. Mais tout le monde savait que je ne quitterai pas ce pays avant que cette structure nécessaire dans l'avenir immédiat et indispensable pour le futur soit inaugurée. Il y a toujours un peu de Gascon qui sommeille chez tout Quercinois.

Le Laos pays jusqu'à lors inconnu ou presque du monde devient chaque jour un sujet de politique internationale. Les pourparlers de paix à Genève destinés à mettre fin à la guerre d'Indochine doivent empêcher que le Laos, le Cambodge et le sud Vietnam soient intégrés au bloc de l'Est. La Grande Bretagne et l'URSS en exercent la présidence. Le Nord et le Sud Vietnam, la Chine et la France sont représentés en tant qu'Etats participants. Les Etats-Unis ont envoyé des observateurs. Des décisions importantes sont déjà prises = création d'une commission internationale "garante" de l'indépendance des trois pays d'Indochine, départ des troupes étrangères de ces trois pays, ceux-ci ne devant conclure aucun accord militaire ni entreprendre aucune action de combat ni autoriser une aide militaire et enfin l'organisation d'élections "libres".

Au petit bar de l'hôtel Lane Xang on fait déjà de la haute politique internationale et Vientiane devient peu à peu une arène pour les ébats des journalistes et... des "services secrets".

La Dépêche du Midi ne me tombe plus du ciel car ici on trouve les grands journaux de la métropole et même depuis peu des éditions anglaises et américaines.

Je n'ai ni le temps, ni le désir de parcourir tous les articles mais je prends un malin plaisir à ne retenir que les gros titres de la première page = une revue de presse réduite au minimum mais combien révélatrice après l'annonce des accords de Genève.

L'Aurore "une liquidation douloureuse", le Figaro" il s'agit d'un deuil", le Parisien Libéré "pas de célébration bruyante", Paris Presse "souvenons nous de Munich !", Carrefour "Pensons à l'AFN", Climats "une attention vigilante", Combat "soupir de satisfaction", Franc-tireur "un résultat prodigieux", Libération "un porte parole de paix" (il s'agit de Mr Mendes France), l'Humanité "une victoire populaire". La presse anglaise n'est pas en reste, le Times "une plaie qui affectait la France enfin cautérisée", le Daily express "ce n'est pas une journée de joie". Enfin la presse américaine le New

York Time "on peut redouter que les élections prévues dans deux ans se terminent par l'unification du Vietnam" et le New York Herald "quoique cet accord apporte la paix en Indochine il ne la maintiendra pas".

Cacophonie stérile laissant transparaître une gaieté de Vendredi Saint, un soulagement au final d'un désintéressement, une pudeur hypocrite camouflant la satisfaction.

Un homme qui parlait de braderie en allant à Genève était trop intelligent pour ne pas savoir que les dés étaient pipés.

Hochi Minh (24 juillet 1954)

"Le gouvernement français a reconnu la souveraineté, l'indépendance, l'unité et l'intégrité territoriale du Vietnam. Il a consenti à ce que les troupes françaises se retirent de notre pays. Notre pays sera unifié et nos compatriotes des trois zones seront libérés."

Général Giap (22 juillet 1954)

"Notre armée et notre peuple doivent continuer à combattre pour l'organisation d'élections générales, la réalisation de l'unité du pays. Les combattants de l'armée populaire doivent renforcer leur esprit de combat"

Nguyen Van Tao (ministre du travail Viêt-minh)

"Voyant que les troupes étrangères stationneront encore dans le sud, nos compatriotes ne pourront retenir leur haine contre les fantoches, valets de l'impérialisme américain et des fauteurs de guerre français. Cette situation dans le sud est seulement temporaire. Bientôt nos compatriotes seront à leur tour libérés."

Pendant ce tumulte international, le vieux roi continue à Luang Probang de représenter l'ensemble du pays en attendant que son fils Savang Vathana lui succède, à Vientiane le gouvernement est entre les mains du prince neutraliste Souvanna Phouma, à Paksé le prince Boun Oum esquisse déjà dans les Champassak une aile droite proche de la Thaïlande et influencée par les américains, le prince Souvanna Vong reste lui le chef de la gauche réunie dans le Pathet Lao. On ne peut, raisonnablement, espérer que pour Boun Pimai (la fête du nouvel an laotien) prochain un gouvernement de coalition conduit par les trois princes voit le jour et augure d'une paix enfin retrouvée. Comme dit, Amka, ton optimisme est rassurant.

Le Colonel a troqué son képi de l'Infanterie Coloniale pour la casquette américaine. Je n'ose lui dire que, sans chauvinisme aucun, il a gagné en élégance, ni aussi lui faire savoir que quand les américains distribuent les casquettes à une armée nationale c'est qu'ils ne sont pas loin. J'espère qu'ils ne vont pas se croire obligés à la guerre sainte à la place des français et combattre les vietnamiens communistes, leurs alliés et sympathisants.

De toute façon les russes avaient déjà mis sous casquette le Général Giap et son état major, intention louable mais esthétiquement inopportune en raison de la “galette” de cette coiffure, à la circonférence si démesurée que la réunion des grands chefs devait évoquer une clape [8] d'amanite des césars [9] dans un sous bois méridional.

Je pense que l'on évolue vers une époque où les guerres vont, de plus en plus, faire intervenir les petits pays pour le compte des grandes puissances et j'ai bien peur que les intérêts divergent des Etats-Unis, de l'URSS et de la Chine trouvent en Indochine un bon terrain de confrontation. Déjà certains parlent même d'une intervention directe des américains dans l'avenir .

(8) Expression méridionale désignant un groupe de champignon rassemblés sur un petit espace.

(9) Oronge champignon très apprécié sur le pourtour méditerranéen, caractérisé par un chapeau rouge et sous lui des lamelles et un petit pied jaune. Mets préférés des empereurs romains d'où leur appellation.

Depuis la dernière guerre où nos pères avaient affiché sur les murs “nous vaincrons parce que nous sommes les plus forts”, je suis toujours circonspect et réservé. Je ne suis pas sûr qu'ils gagneraient une deuxième guerre d'Indochine. Comme nous ils portent une montre au poignet.

Tong Chao Lan sculptait en taille directe, jour après jour, une énorme défense d'éléphant. Ses mouvements étaient précis, le petit maillet d'ébène d'une main, la fine gouge de l'autre, il faisait précéder chaque geste comme d'un petit temps de réflexion. Son visage était si ridé qu'il n'était plus possible de lui donner un âge. Je me demande encore pourquoi je lui ai posé la question.

“Tu es si vieux auras-tu le temps de terminer la sculpture de cette défense ?

Il m'a longuement regardé avec ses petits yeux vifs, reflétant l'ironie.

Si je ne peux terminer cette tâche, mon fils le fera et si lui même n'était plus en mesure de la réaliser, mon petit fils continuera. Le temps ne s'estime pas, c'est inutile et parfois nuisible, seul le but à atteindre doit inspirer, soutenir et fortifier l'action avec la satisfaction pleine de sérénité d'être assuré qu'il y aura toujours quelqu'un pour assurer la réalisation.”

Un long soupir à la signification énigmatique.

Ta question était inutile mais je comprends que tu me l'ai posée, tu as une montre au poignet.

Je l'ai toujours appelée familièrement Ja Nang ce qui en langage Thaï signifie princesse et pour moi ce surnom que j'avais subtilisé à son véritable nom incroyablement long et à la prononciation laborieuse, représentait parfaitement sa beauté parfaite et sa personnalité distinguée et attachante. Bien sur elle n'était pas Thaï, mais de père laotien et de mère thaïlandaise. Danseuse depuis l'enfance elle avait été formée aux danses classiques Khmers au palais royal de Pnom Penh où son père était un des musiciens de l'orchestre de Piphat [10]. Revenue à Vientiane avec sa famille qui participait aux activités du théâtre, elle était partie en Thaïlande, réfugiée, m'avait-elle affirmé quand le Viêt-minh avait attaqué le Laos. De retour à nouveau elle avait repris ses activités artistiques en animant et dirigeant l'école de danse depuis un an. Je comprends qu'en ces temps troublés ses allées et venues soient apparues suspectes et que selon mon ami Amka, son identité même n'étant pas claire pour les "services secrets de l'armée royale", et ses activités extra théâtrales discrètement surveillées, ma liaison posait problème. S'il y a bien un héritage que les laotiens conserveront de notre présence, c'est bien la manie du secret à la française = secret d'état, secret du procès, secret militaire [11], secret professionnel (médecins, avocats, curés), secret de polichinelle (le plus commun), secret des dieux, secret des cœurs, secret de consciences, secrets de la nature, secret de fabrication, secret de tout, lire en secret, fumer en secret, secret d'alcôve,.... et tous les mécanismes à secret du cadenas au coffre en banque.

Peut-être tentent-ils de percer notre "secret et me surveillent-ils. Quoique.

Pas une seule fois les patrouilles militaires n'ont embarqué la Jeep aux petites croix rouges, négligemment échouée toute la nuit à proximité du Thalat Sao.

C'est celle du Mo Sado Phallang.

(10) Orchestre au service du roi du Cambodge pour les danses sacrées, les cérémonies, composé d'instruments essentiellement Khmers.
(11) Le secret est l'âme de toute les opérations militaire . (P.L COUR).

Le surnom m'avait suivi jusqu'ici, et cette marque d'estime, que je pense sincère, me met à l'abri de toute intervention intempestive.

La princesse m'a longuement parlé d'un lien spirituel qui durerait autant que notre vie, qu'une séparation, même définitive, n'altérerait en rien, gage d'un attachement immatériel, incorporel et... définitif. Le rite initiatique issu d'une danse sacrée Khmer qu'elle espérait faire renaître à cette occasion, avait permis la réunion par un mariage de deux dynasties celle de la "lune" d'Aninditapura et celle du "soleil" de Sambhupura qui se combattirent entre 681 et 716.

Ces deux dynasties étaient issues du Chenla supérieur qui disparut en 799 époque à laquelle naît le royaume Khmer dans la région d'Angkor. Bref si l'érudition de Ya Nang ne laissait planer aucun doute sur l'origine de cette procédure, je lui avais demandé un temps de méditation... non ! de réflexion.

Je me rappelle trop de ce chef de village méo qui voulait faire de moi son "frère de sang" par ce rite dont l'origine se perd dans la nuit des temps. On remplit un bol du sang d'un coq fraîchement décapité et on y introduit quelques gouttes du sang tiré d'un doigt de chacun des intervenants. On y ajoute une bonne dose d'alcool de maïs (pour éviter la coagulation !!!) et on verse en deux parts égales le mélange soigneusement brassé dans deux petites tasses à alcool. Et après Cul-sec, pardon, "Kampei" comme dit la formule chinoise.

Je ne saurais jamais ce que contenait la tasse que la princesse partagea par moitié avec moi.

Je suis nu sur la natte, à demi allongé, le dos soutenu par deux énormes coussins, sur la scène du vieux théâtre chinois. Face à moi de l'autre côté un écran de toile éclairé par deux torches, évoque un théâtre d'ombres avec les silhouettes accroupies des trois jeunes chanteuses de l'orchestre que je reconnais bien. Leurs claquettes de bois, frappent la cadence invariable des mouvements de Ja Nang, en harmonie avec la musique envoûtante et saccadée d'un Khêne dont je ne vois pas l'instrumentiste.

Elle est nue et je ne peux détacher mon regard de ce corps d'une incroyable beauté dont chaque frémissement n'est qu'érotisme, chaque mouvement révélateur de volupté, chaque geste imprégné de sensualité, chaque ondulation des hanches empreinte de lascivité. Le fond sonore devient obsédant avec un rythme syncopé qui rend la danse plus animée et plus évocatrice, plus sensuelle encore.

La tension douloureuse de ma virilité tendue par l'impatience me rend le déroulement du rite de moins en moins supportable et le masque impassible et figé de Ja Nang ne me facilite pas l'épreuve.

Bien plus je ne dois ni la caresser ni même effleurer la moindre partie de son corps et pire je ne dois pas m'abandonner au moindre orgasme quand nos corps se joindrons au final.

Elle continue ses mouvements rituels en s'avançant vers moi mais ils n'intéressent plus que ses bras et ses mains.

Lentement, par petits mouvements d'approche discontinus, elle s'est accroupie sur mes hanches. A nouveau les ondulations de son corps permettent une pénétration intime prudente et progressive. A présent elle ne bouge plus, comme fixée dans une attitude hiératique, seules les phalanges de ses mains frémissent encore de chaque côté de ma tête.

Une chaleur subite sur mes tempes, immédiatement suivie d'un spasme profond qui fige mon corps et puis une exaltation intense se diluant progressivement dans un état de sérénité extrême. Le Nirvana ?

La princesse n'est plus là, le fond musical sonore a fait place à des bruits d'eaux et de rires et derrière l'écran toujours éclairé, je la devine avec ses chanteuses qui participent de façon troublante à des ablutions qui n'ont, je l'espère, plus rien de rituel.

Dans mon voluptueux abandon, je repense au moment sublime, où sans intervention d'orgasme, nous avions réalisé cette jouissance extrême, faite de spiritualité, née d'un élan incorporel n'appartenant plus à la nature sensible et peut-être génitrice d'un attachement immatériel mais indéfectible.

Un silence profond, les lumières éteintes, la chaleur d'un corps discrètement parfumé, les caresses enfin permises, un besoin incontrôlable de possession charnelle, Ja Nang n'était plus la prêtresse d'un incroyable rite, mais une femme d'une merveilleuse beauté dont ce qu'il reste de cette nuit, va me permettre d'apaiser la passion sensuelle irrésistible qui me lie à elle.

Le prince Savanna Phouma avait présidé l'inauguration de mon dispensaire. Ma hiérarchie pouvait, à son grand soulagement, mettre fin à mes nombreuses prolongations de séjour justifiées par ma volonté de mener à bien ce projet.

Devant le Dakota avec lequel j'allais quitter définitivement le Laos, seul, Amka, à présent Général, est venu assister à mon départ. Je quitte le merveilleux pays du million d'éléphants qui n'est plus, hélas, celui du matin calme avec Ja Nang dans la tête, Më Son dans le cœur et son écharpe autour du cou, le bouddha d'Ouane sur la poitrine et le fil de coton blanc que la Princesse a solidement fixé à mon poignet au cours de notre baci d'adieu.

J'étais déjà sur la passerelle quand Amka m'a rappelé

brusquement. Il m'a tendu son bâton de commandement tout neuf, au pommeau d'argent ciselé.

- "Un petit témoignage de reconnaissance pour ton travail dans mon pays… de la part d'un ami qui ne t'oubliera pas."

Surpris et surtout très ému, je reste un moment sans voix puis :

- "Je sais bien que je ne serais jamais Général, mais il me suivra partout où j'irais."

J'ai le pressentiment que je reverrais mon ami Amka, un jour, comme je me suis mis dans la tête que je ferais dans les années à venir, la connaissance du médecin du bataillon Viêt-minh 910. Allez savoir pourquoi !

En attendant j'ai mission de rejoindre l'Algérie dans les "délais les plus brefs", le gouvernement met en place en 1954 une "campagne de maintien de l'ordre" pour une guerre qui a pourtant commencé le 8 mai 1945.

Achevé d'imprimer par Corlet Numérique - 14110 Condé-sur-Noireau
N° d'Imprimeur : 9759 - Dépôt légal : septembre 2002 - Imprimé sur DemandStream
Imprimé en UE